心灵瑜伽

See your own beautiful shadow

李良旭 / 著

看见自己绚丽的影子

中国书籍出版社
China Book Press

图书在版编目（CIP）数据

看见自己绚丽的影子 / 李良旭著 . —北京：中国书籍出版社，2014.3
ISBN 978-7-5068-3970-9

Ⅰ.①看… Ⅱ.①李… Ⅲ.①散文集—中国—当代
Ⅳ.① I267

中国版本图书馆 CIP 数据核字（2013）第 305212 号

看见自己绚丽的影子

李良旭 著

图书策划	武 斌　崔付建
责任编辑	赵丽君
责任印制	孙马飞　马 芝
出版发行	中国书籍出版社
地　　址	北京市丰台区三路居路 97 号（邮编：100073）
电　　话	（010）52257143（总编室）（010）52257140（发行部）
电子邮箱	eo@chinabp.com.cn
经　　销	全国新华书店
印　　刷	三河市华东印刷有限公司
开　　本	650 毫米 ×940 毫米　1/16
字　　数	309 千字
印　　张	20
版　　次	2015 年 1 月第 1 版　2018 年 5 月第 3 次印刷
书　　号	ISBN 978-7-5068-3970-9
定　　价	49.80 元

版权所有　翻印必究

序 言

　　每时每刻，目光所及，我们总能看到各种各样的景致：或缤纷异彩、或光怪陆离，抑或妖娆婆娑。每一景，每一光，总是能带给我们一种无限的遐想和憧憬。

　　可是，我们在生活中，常常感到活得很累、很烦、很纠结，更多的是看到别人身上的华丽与光彩，看不到自己身后那道绚丽的影子，从而使自己心情变得灰暗、忧郁起来。

　　由于疏忽、不屑、自怜，自己变得焦虑不安，心绪难平……

　　书房窗户对面是一片新开辟的人工湖。

　　每日从窗口望去，那垂柳、那山石、那游弋的水禽，就会在眼前婆娑、摇曳，绽放出妖娆的景色。那人工湖中的小岛上，还有几幢青砖黛瓦的房屋，柳叶轻拂中，似乎有人影绰绰。

　　我常常对着那片景色发愣，心想，那里的景色真美，我要是能生活在那里就好了，把书房放在那里，置身于那种景致，我一定会更幸福。

　　于是，那边美丽的景色，成为我心中十分向往的伊甸园。

　　一日，我从家里走出来，不经意地晃晃悠悠、晃晃悠悠地走到了那片人工湖的小岛上。在这片人工湖的小岛上四处转了一圈，不禁大失所望。这里的风景根本算不上妖娆、婆娑。那垂柳、山石、水禽，都是假的。远看以为是真的，走近一看，不禁兴味索然。

这里还没有我书房窗台外，那长了几十年的梧桐树美呢！那粗壮的梧桐树，身躯上斑驳陆离，虽然丑陋点，但它的枝叶却尽情地舒展开来，为我书房的窗户上投下一束影子，遮挡住了夏日的阳光，带来了一丝清凉。还有我窗台前，不时走过的一些小狗小猫，它们不时跳、腾、跃，带来的是一丝灵动。它们身后那晃动的影子，在我心中，留下了一丝柔软。

现在想来，原来我一直置身在最美丽的景致中，却辜负了那种美好，心中不免慌乱和不安起来。

阳台对面，一栋新建的楼房正拔地而起。层层脚手架上，建筑工人正紧张忙碌着。我看不到他们的面部表情，但我能看到从他们身上投下的那道道影子。那些影子，从脚手架上投下来，像蛇一样扭曲着，时而重叠、时而分开。我常常静静地看着那些晃动的影子，一动不动，心中产生无限美好和感慨。心想，如果我站在那脚手架上，我也有那道绚丽的影子吗？

我曾带着疑问，问进城当建筑工的表哥。表哥兴奋地告诉我，会有的，我在那高高的脚手架上干活时，就常常看见自己投在脚手架上那条颀长的影子。我想，我身后的影子，真绚丽，别人一定不曾有过，我为自己那条颀长的影子感到自豪和骄傲。

看着表哥那张洋溢着青春的笑脸，我的眼前，仿佛绽放出一道绚丽的霞光，带给我无限希望和力量。

一花一世界，一草一枯荣。万物都有自己生存的方式和生活的空间，都有自己的妖娆和婆娑。尘世间，哪怕再卑微的生命，也有自己一道绚丽的影子，就像是这本书中那些建筑工、清洁工、交通警察、小学老师……他们都有一道自己绚丽的影子。这道影子洒满金色的阳光，像披上了一道金色的羽毛，熠熠生辉。

永远不要看轻自己、怠慢自己，在你的身后，一直有一个绚丽的影子，它散发出金色的光芒，照耀着你的人生。看见自己身后那道绚丽的影子，不仅是人生的一种智慧和聪明，更是一种人生的勇气和力量。

看完这本书，冥冥之中，我们的精神会为之一振，胸中有种豁然开朗的美好和顿悟。

本书作者李良旭，系《读者》《青年文摘》《意林》《格言》《特别关注》《思维与智慧》《微型小说选刊》、美国《心灵鸡汤》出版公司等30多家媒体签约作家。从事文学创作30多年，已发表300多万字的文学作品，有多篇文章在全国文学大奖赛上获奖，在读者中产生了一定的影响和好评。有多篇文章入选中考语文试题和中学生课外阅读书籍，并作为中学生写作素材和范文以及高考素材必读题，高等教育"十一五"规划教材等。先后出版了《生命的笑容》《生活是有诗和远方》《一株麦穗的尖锐和辽阔》等多部作品，许多作品在美国、加拿大、日本、新加坡、越南、香港、台湾等国家和地区的报刊上发表，并相继在一些报刊上开辟专栏。许多文字先后收录在《培养孩子勤奋坚强的励志故事》《带着智慧远行》《永远不要找借口》《智慧的人生不寂寞》《回回头看见爱》《和生命拉钩》《100篇作家经典美文》《修好自己的这颗心》《穿越时光的思念》等80多部作品中。

这本书，精选了作家近年来创作的近百篇文学精品，这些文字先后被《读者》《青年文摘》《意林》《特别关注》《格言》《思维与智慧》等知名刊物转载，在读者中产生了深刻的影响。这些文字，构成了这本文集的主题——善。从这些文字中，我们仿佛得到了一种灵魂的洗礼，心灵顿时变得清澈、亮丽起来。

这是作家倾心创作的奉献给广大读者的最美的心灵鸡汤，这本书，特别适合青少年阅读，对参加高考、中考、公务员等考试也具有一定参考价值和实用价值。

  永远看到自己最绚丽的影子,不放弃,不抛弃,走好自己人生的路,从而走得更加坚强、更加勇敢、更加铿锵,这正是这本书里作家要向读者表达的一种思想。

目录

第一辑 民工父亲的『幸福』

暖　心 / 002

"攀比"使人进步 / 005

看惯别人 / 008

认识你自己 / 011

日不落 / 013

那张张留香的卡片 / 016

冰是睡着的水 / 019

真水无香 / 022

风不知道自己的样子 / 025

民工父亲的"幸福" / 028

出售时间 / 032

苍蝇还会飞回来 / 035

儿子的"格子铺" / 038

我打扰你们了 / 041

假如盖茨想不开 / 043

草从对岸来 / 046

第二辑 笑着活下去

让你大于你 / 050
一句顶一万句 / 052
尊　严 / 055
职业操守 / 058
我的舟曲网友 / 060
这个孩子也是我的 / 062
没人有义务对你好 / 065
浮　石 / 068
长　大 / 072
一个人的味道 / 075
一人一果一树高 / 077
笑着活下去 / 080
最幸福的福利 / 083
醒着的记忆 / 086
老翁旁边的小女孩 / 088
水消失在水中 / 091

第三辑 看见自己绚丽的影子

中途别下车 / 094
一定要幸福 / 096
那些个"我" / 099
隔岸风景 / 101

无畏的自愈力 / 105

一生一冲天 / 109

不要虐待那头驴 / 112

看见自己绚丽的影子 / 114

心的蹉跎 / 116

敢于不成功 / 118

落满山鹰的灰 / 121

醉人的笑脸你有没有 / 124

让他多睡一会儿 / 126

管好你的表情 / 128

岁月十八弯 / 132

第四辑 为一只蚂蚁引路

生活不仅仅是比赛 / 136

拾穗的脚步 / 139

我能认识你吗 / 142

指间流沙 / 144

标准答案 / 147

只夸盐，醋会失落的 / 149

陪你一块儿吃 / 151

有灵且美 / 154

凿去多余的石头 / 156

你的当下在哪里 / 158

晚上回家吃饭吗 / 161

黛丝太太的笑容 / 164

为一只蚂蚁引路 / 167

失败的秘诀 / 170

一株麦穗的尖锐和辽阔 / 173

高贵的慈善 / 176

第五辑 我需要你的帮助

跳出棋盘的棋子 / 180

我需要你的帮助 / 183

庄稼长得好，大粪有功劳 / 186

戈达德的梦想 / 190

卡什拉 18 号的守望 / 193

你不能总在瞄准中 / 196

一念灭，一念起 / 199

过来了 / 202

简单成一根骨头 / 205

守土有责 / 208

人生如打保龄球 / 211

请不要告诉太多的人 / 214

只能用爱 / 217

我比你容易些 / 220

第六辑 从来没有枯死的生命

乔治的遗憾 / 224

我要尝试着犯错 / 226

奔跑的父亲 / 229

生命的笑容 / 232

交出蒙尘的心灵 / 234

永远要看好的一面 / 238

彩色的声音 / 242

生命的清单 / 245

一只会说话的青蛙 / 248

凯特拉街的鞋匠铺 / 250

一切生命都是平等的 / 253

人活着的世界 / 256

让驴子和学者走在队伍中间 / 258

从来没有枯死的生命 / 260

很远的远 / 263

人间最美的读书声 / 266

第七辑 跌倒的姿势很豪迈

未来未必来 / 272

毕加索成功的秘诀 / 275

残缺的果实 / 278

和老板争得面红耳赤的人 / 280

跳不过去的唱针 / 283

摆地摊也是一种人生 / 286

他是一只卡通熊 / 290

别碰落花瓣 / 294

光阴流逝的安宁 / 296

人生的"地下室" / 299

爱不单行 / 301

第一辑
民工父亲的"幸福"

暖　心

在皖南山区旅游时，路过一个偏僻的小村子。在一农户家门口，看到一个六七岁的小女孩，正趴在一个石碾上。只见她用手紧紧地握住一只铅笔头，歪着头，在一个本子上一笔一划地写着字。

石碾上，一个用过的洗衣粉塑料袋装着几本书。小女孩穿着山里老粗布漂染的花格子外套，外套显得有点肥大。小女孩身旁一条小黄狗趴在一边，将头埋在胸前，两只耳朵却直直地竖着。大概是听到我走路的动静，这条狗立刻直起腰，向我狂吠起来。

小女孩抬起头，看见我一个游客走来，赶紧向小黄狗呵斥一声，小黄狗立刻低下头，摇着尾巴，乘顺地在小女孩的身边转来转去，但两只眼睛却偷偷地向我这边望着。

我走到小女孩身边，看到小女孩黑里透红的小脸蛋，一双眸子又黑又亮，用嘴咬着辫梢，看人有种怯生生的样子。这山里小女孩稚朴的形象，给人一种爱怜。小女孩身后是农舍土屋，土屋后是一片层层叠叠的山峦，竹林深深，绿叶婆娑，将一片山峦严严实实地包裹起来，成了一片绿色的屏障；土屋顶上，炊烟袅袅，与远处浅浅淡淡的雾霭缠绵在一起。这种景致很美丽，我掏出相机，对着小女孩就要拍张照片。

没想到，小女孩看到我掏出相机要对她拍照，立刻伸出一只手制止，说了句："等一等。"

我疑惑地望着她，笑道："怎么啦？不允许拍照吗？"

小女孩脸上露出一丝羞涩，腼腆地说道："不是，请您等一下给我拍照，我回家一趟，马上就来。"说完，小女孩赶紧将石碾上的洗衣粉袋里的几本书收起来，抱在胸前，一溜烟地跑回家去了，那条小黄狗也紧紧地跟在小女孩后面。

这一下把我晾在那里，心里溢满了疑惑，不知道小女孩到底想干什么。

很快，小女孩跑了出来了，大概因激动跑急了，小脸蛋显得愈发红润，还有一层细细的汗珠。她倚在门口一棵桃树旁，冲着我嫣然一笑道："叔叔，就这样给我照一张吧。"

我一看，仿佛被什么东西击打了一下，顷刻间，心，被濡湿了。

只见眼前的小女孩头发上夹了一只发卡。发卡的颜色老气了点，小女孩戴在头上松垮垮的，她不时地用手扶扶正；她的肩膀上斜挎着一只包。这只包只是用当地土布缝制的，包上绣着几朵花儿，使这包有了一丝亮丽和明媚。就这一下子，小女孩多了几分灵动、几分妩媚，还有几分艳和俏。

我一下子明白了。刚才小女孩制止我，原来是不想让相片上留下贫穷和寒酸，在她幼小的心灵里始终揣着一份美丽和向往，这份美丽和向往像一只小粉蝶，扑闪着一双薄薄的翅膀，飞过这小屋、飞过这竹林、飞过远处的高山。远处，山重水复，迢迢渺渺。那里有着一种怎样的生活呢？在小女孩幼小和懵懂的心里，一定描摹了千遍万遍，甚至在梦里也见到过。在她心里，穷只是暂时的，这一切都会改变的，相片中留下的是一种永恒，而现在的她才是最美丽的。

我刚按下快门，这时，从屋里走出一个农家大嫂。她站在门口，对小女孩说道:"这丫头,把我的发卡和花包又拿到哪里去了?"

小女孩冲门口的女人做了个鬼脸,伸了伸舌头,赶紧将发卡和肩膀上的花包拿下来,走到那女人跟前,递到她手里,说道:"妈,刚才这位叔叔在给我照相哩!"

那女人这才看见了一旁的我,脸一红,说道:"这丫头就知道臭美,整天就想着我这两样东西,稍不注意,就给她拿起来了。"

刹那间,空气仿佛都凝固了,我的心,溢满着一丝柔软。

生活离不开美,爱美更是女人的天性。可是在这对母女之间,只有这两件最美的东西:发卡和花包。我的脑海里顿时幻化出这样一幕情景:一会儿,小女孩将母亲头上的发卡拿下来戴在头上,又将母亲的花包挎在自己的肩上,头一歪,冲着母亲俏皮地说道:"妈,我美么?"一会儿,母亲又将女孩头上的发卡拿下来戴在头上,又将花包挎在自己的肩上,学着小女孩的样子,说道:"女儿,我美么?"母女两个,就将家里最美的两样饰物,拿来拿去,不断地互相打扮着自己,贫寒的农家屋子里,顿时飘溢着浓浓的化不开的温暖人心的缕缕情愫……

我敢说,那时,她们是天下最美的一对母女,那两样东西就是天下最美的饰物。生活虽然还不太富裕,凡俗的日子里还有许多困难和曲折,但是,她们心中始终洋溢着对生活的感恩和爱。就这两样简单的东西,便给她们带来浓浓的化不开的幸福和快乐,让灰暗的生活里,荡漾出一份明媚、一份妖娆。

这大山里的一对农家母女,成为我生命中最暖心的感动。暖心是一种力量、一种坚持、一种信心,是人间最宝贵的不可缺少的一种财富。

"攀比"使人进步

外甥挟裹着一身太平洋浪花的气息,从国外留学回来。回国后,他谢绝了许多单位的高薪聘请,每天东跑西颠的,不知道在忙什么。

令人意想不到的是,外甥竟自主创业,成立了一家房屋装潢公司。经过一番摸爬滚打,几年后,他成为了当地有名的装潢公司的大老板。

外甥富了,他一面继续扩大业务规模,不断开拓新的市场;一面积极参与慈善事业,扶危济困,每年向慈善机构捐款捐物上百万。外甥成为人们学习的典型,媒体竞相报道的对象。许多单位、学校还邀请他去做报告、谈体会。

有记者问道,您为什么放弃了那些单位的高薪聘请而选择自谋职业?这需要承担很大风险的。

听了记者的提问,外甥仿佛陷入一种遥远的回忆中。他深情地说道,攀比,是一种攀比心理,才使我不甘平庸,有一种不断向上攀登的念头。

记者疑惑地问道,攀比?

外甥说道,是的,攀比。攀比使人进步。在我们传统思维和教育中，有一种渗透到骨子里的印记，那就是虚心使人进步。一个人，只要有一点攀比心里，就会马上被人提醒道，要虚心、要低调、要内敛，这样才会有所进步。其实，这种思维和教育，往往给人造成一种惰性，缺乏冒进和敢闯的心理素质和果敢精神。

外甥说道，小时候上学，有同学考得比我好，父母就教育我说，他们比你强，你要攀上他们，不能比他们弱。如果我流露出虚心、退缩的样子，父母就会训斥我，说我是个懦夫，不像个男人。是男人，就应该像战士一样去冲锋陷阵、去攻山头，直到占领最高峰，这才是一种勇气和雄心，如果没有了这样一点勇气和雄心，将来怎能去干一番大事业？

父母的话，像出征的击鼓声，在我耳旁时时响起。当我有了懈怠和退缩心理，那些话，就又会在我耳旁响起。于是，我就以他们为目标，不断地向他们攀比、靠近。

就这样，我一路攀比下去，成为身边同学的佼佼者。高考时，我以优异成绩考取了北京一所重点大学，随后，我又考取硕士研究生。毕业后，我又出国继续深造。

学成回国后，我本有机会进入许多单位拿高薪。但是，如果那样，也许我一辈子也就平淡地过去了，我想，我应该有种向上攀比的心理，攀上一个人生的高度，有一种更大的作为。于是，我经过一番市场调查后，吸收了几个具有一技之长的下岗工人，我拿出在外国打工省吃俭用节约下来的一些积蓄，又找亲朋好友们借了一些钱，成立了一家房屋装潢公司。我以一些装潢公司为目标，向他们一步一步地攀比。心想，我一定要做得比他们更好，力争超过他们。

有人嘲笑我，就你还想和别人竞争？人家有背景、有资金、有人脉，在这个圈子里，你要是能发展，是很难的。

那些讽刺的语言、那些不屑的眼光，像一条无形的鞭子，狠狠地抽打着我。没想到，这些冷嘲热讽不仅没有击垮我，反而给了我一种前进的动力。

就这样，在前进中，我不断地总结经验教训，克服了一个个困难，市场占有份额越来越大。当我终于攀比上去了，我也不敢有丝毫地懈怠，我想，如果我稍微有沾沾自喜、高枕无忧的心态，就有可能被他们攀比上去。

听了他的一番话，人们的眼睛一亮，仿佛从外甥的一番话中，感受到一种别样的人生追求和态度。

攀比，是一种动力、是一种方向。人生中，正是有了一个又一个的攀比，才使得人生变得更加妖娆和精彩。从某种意义上讲，攀比是一种艳丽和绽放，是一种健康的心理。相反，那种得过且过，不思进取的心理，才是灰暗的、卑微的。

外甥的成功，使我看到了，攀比也是一种人生。如果没有了攀比，人生就少了些精彩和辉煌。

看惯别人

邻居是个40多岁的家庭妇女,她在家闲着没事,总爱到我家串门。她手里喜欢拿着个塑料袋,里面装着瓜子,走到哪,吃到哪。瓜子壳吐了一地,一点也不懂得礼貌。

我看到了,脸上常常露出不悦的神色,嘴里甚至叽里咕噜数落着。母亲看见了,脸上露出一种愠色,并用眼神制止了我。

那女人终于走了,母亲热情地相送到门口,还招呼她没事就过来坐坐。那女人高兴地说道,一定一定!

母亲回来后,弯下腰,不声不响地将地上的瓜子壳清扫干净。忙完了,母亲吃力地抬起腰,轻轻地揉搓着腰,脸上露出疲惫的神色。

看到母亲这个样子,我忍不住说道,下次再也不要让她到我们家了,她简直太不懂礼貌了。

母亲一脸严肃地说道,你这是什么话?一个人有一个人的个性,你不能要求别人都像你一样的,这不公平,你要看惯别人!

听了母亲的话,我一下子愣住了。看惯别人?怪不得母亲无论是以前在工作上,还是退休在家,她一直有许多朋友,一直和大家相处得很和睦、很融洽。一些老姐妹见了面,拉着手,亲热地有说不完的话。我常常感叹母亲的人缘好，难道这就是母亲所说的看惯别人？

在我眼里，对别人的言谈举止、生活习俗，只要是不符合自己的习惯，就会皱起眉头，看不惯别人。因为看不惯别人，久而久之，身边的人离我渐渐远去，我成了一个特立独行的"孤家寡人"了。

记得小时候，我有一个好朋友，我俩常常形影不离，玩得可好了，常常在一起下棋。可是，我最看不惯的是他在下棋时，喜欢用手指头挖鼻孔。看到他这样子，我很不舒服，每次都很客气地指责他这个怪毛病。他听了，不好意思地嘿嘿一笑。可是，时间不长，他又忘记了，又在那里用手指头挖鼻孔。我见了，又指责他了。

终于有一天，他听了我的指责，默默地站起了身子，说了句，我就这习惯，你看不惯我就算了。说完，他站起身，又用力地挖了几下鼻孔。

从此后，他再也没有找我玩过。就是看到我，也装作不认识我似的，甚至故意地用手指挖着鼻孔给我看。

长大后，我认识了一个女孩子。她各方面都很优秀，我很满意。可是，接触了一段时间后，我发现女孩子有一个很不好的习惯，她坐在哪里，就喜欢掏出个指夹钳，用上面的小锉刀锉自己的手指甲。桌子上、凳子上，常常留有一层粉末。时间长了，对她这个习惯我很看不惯，几次皱起眉头说她。开始，她还羞涩一笑，收起了指夹钳，将桌子上、凳子上的粉末抹去。可是，过了一段时间，我看到她又情不自禁地掏出指甲钳在锉自己的手指甲。

见到此景，我又皱起眉头说起了她。她抬起头，脸上露出一种愠色。然后，站起了身子，丢下一句话，你看不惯我这样，就去找一个你能看惯的人吧。说罢，头也不回地走了……

现在想来，正是由于我总是看不惯别人，少了一些包容心，才使我失去了童年的伙伴，失去了初恋的情人，失去了一个个亲朋好友。等我醒悟过来，再也找不回曾经的过往了。母亲虽然没有多少文化，但是，因为她懂得看惯别人的道理，懂得包容他人，才使得她一直生活在喜悦和感恩的生活中。

　　生活中，我们有一些烦恼、苦闷，不正是因为自己看不惯别人造成的吗？正所谓庸人自扰了，有的时候怀着一颗包容的心，尊重他人的习惯，生活不就更多了些乐趣吗？

认识你自己

这是我在大学上的一堂哲学课。教授讲完了课，还剩下一些时间，他忽然提议，让同学们谈谈今后的人生目标和追求。

听了教授的提议，课堂上的气氛顿时活跃起来，有的还情不自禁地用手拍打着桌面，表示支持和喝彩。

有的同学说，他今后要成为像"打工皇帝"唐骏一样的人。唐骏说过这样一句话："我的成功可以复制。"只要努力，我一定能成为唐骏式的"打工名人"。

有的同学说，他要像比尔·盖茨一样，今后也要从事计算机软件研究和开发，成为腰缠万贯的名人，争取在福布斯榜上挂上名。

……

教授听了同学们的激情畅想，脸上的笑容渐渐地消失了，有一种深深的忧虑浮现在脸上。停顿了很长时间，教授给大家说起了这样一个故事。

古希腊哲学家苏格拉底一直被称为智慧的化身。一次，在众目睽睽之中，他受到诸神的无情嘲弄。这是他从没有遭遇过的，他感到受到了莫大的羞辱。他默默离开人群，孤独地走着。他下意识地抬起头，仰望着深不可测的苍穹，心里好像大海的波涛，久久不能平息。蓦然回首,他惊奇地发现,一缕温暖的阳光正照射在神庙上镌刻着的箴言上。这行箴言上写着这样一句话:认识你自己。他心里仿佛被什么东西重重地击打了一下。放眼远眺,只见纯净的海与清朗的天合为一片动人心魄的蓝。

苏格拉底就此顿悟一个道理,神就是神,我就是我,我永远成为不了神。

教授说道,世界首富比尔·盖茨是一个成功的案例,但是美国商业学院的教材这样写道,比尔·盖茨的案例很特殊,最不适合模仿,最没有可操作性。他只是网络初始阶段的英雄,极具投机性和偶然性。他成为"案例王"是个"误会",更多的只是满足了青年人的心理需求。盖茨仅仅是个偶像,一个无法复制的偶像,学习和模仿他,成功率几乎为零。

教授又说道,当大多数人在唐骏"我的成功可以复制"的蛊惑下,也跃跃欲试,渴望成为唐骏式的人物。他们在职场上奋力冲杀、左冲右突。最后忽然发现,自己无论如何也不可能成为"唐骏",甚至连"唐骏第二"也够不上。其实,唐骏告诉你的"我的成功可以复制",只是一种诱惑,一个"陷阱",让你深陷其间,不能自拔,从而失去了自己人生一个又一个起点和目标。

教授最后斩钉截铁地说道,事实上,成功者永远有自己的道德,成功者永远在开创道德。燕雀永远飞不到鸿鹄的高度,我们应该明白这样一个道理,世界是多元化的,我们不能强求每一个人都是成功者,如果人人都去当比尔·盖茨,当唐骏,这个世界又是多么可怕。

所谓人生,就是说,这一出"人间戏剧"需要各种各样的角色,你只能是其中之一,不可以随意调换。每个人都要保持自己的个性,不要追逐或照搬他人的模式。摆正自己的位置,好好生活,这样的人生才会别样的精彩和美丽。

教授的话意味深长,教室里顿时陷入一片沉静,同学们的脸上浮现出一种严肃和深沉。那一刻,大家仿佛成长了许多……

日不落

他觉得生活对自己太不公平了。大学毕业都两年了，一直找不到专业对口的工作，谈了三年的女朋友也劳燕分飞了。自己没有钱、没有房子、没有后台，生活过得格外晦涩灰暗，他感到没有人瞧得起自己。自己已是心灰意冷，神情沮丧。对于这个世界，他已没有一点值得留念的东西了。只有死亡，才是唯一解脱。

在实施死亡之前，他决定到那个鞋摊前，将自己脚上的皮鞋再修补一下。就是死，也要有一个完美的仪容，他想。

他落寞地坐在鞋摊前，将脚上的皮鞋脱下，递到修鞋人的手中。就在那一刹那，他惊呆了。只见那个修鞋人没有用手来接这只皮鞋，而是用脚。对，是用脚，再一看，那修鞋人两只袖子空荡荡的。这是一个约30多岁的年轻人，脸上依然有一种青春的活力和阳光。他的两只脚裸露在外面，用脚非常娴熟地缝补着那双皮鞋。

看着那位年轻人用脚熟练地修补皮鞋，他不禁赞叹道，您真厉害，竟然能用脚修补皮鞋，真令人敬佩。

修鞋的小伙子一边用脚修补着皮鞋，一边灿烂地笑道，习惯了，当我失去了双手后，我就想，我不是还有一双脚吗？于是，我用脚学会了用手能做的一切，不瞒你说，我还可以用脚绣花呢！我用脚绣花，比我老婆用手绣得都好，我老婆老佩服我了。

修鞋小伙子说着，脸上荡漾出一种更加自豪和幸福的神色。

他有些惊讶地望着那修鞋人，弱弱地问了一句，您生活这么艰难，为什么还这么快乐呢？

修鞋人听了，又轻轻一笑，说道，这有什么呢？和生命相比，我失去了双手，又算得了什么？只要有生命，就有希望、有未来。我用这双脚，描绘着生活，我感到了一种幸福和美好。

没想到，这位身有残疾毫不起眼的修鞋人说起话来，还这么富有哲理和激情。他那颗冰冷的心微微一颤，有一种柔软溢满心头。

修鞋人望着他，又说了句，你看你们多幸福，四肢健全，在这个世界上，到处都有你们施展的舞台，真羡慕你们！

他听了，眼睛一亮，心想，没想到，还有人羡慕自己。他不由得伸出了自己的双手看着，然后又用力地握着，仿佛想握住什么……

离开修鞋人，他在路边拦了辆的士。他坐在的士里面，一直没有说话。的哥扭过头来，笑着说道，你到哪？

他微微一震，是啊，我这是到哪里去呢？想了一会，他说道，到海边去！

的哥看着他，笑道，好哩，你这是去看日出吧！他漫不经心地"嗯"了一声。

的哥是一个热情开朗的人，一路上，的哥打开话匣子不停地说起话来。的哥说道，我也常常看日出，有时从海边经过，如果没有客人，我就不由自主地来到海边，无论什么时间来，我都会看到一种全新的日出。这日出是有生命的，我仿佛看到它在呐喊、在跳舞、在燃烧，它充满着一种激情和奔腾。这日是不落的，是的，永远不会落的，就是夜晚来看，也能看到。在苍茫的夜空中，这日依然悬挂在天幕中。满着一种火热和激情。

不知不觉，他抬起头，目不转睛地看着眼前的哥。只见这位的哥四十多岁的样子，眉宇间露出一种沉稳和淡定。他低声地问道，您说得很有哲理，您的生活过得一定很滋润吧。

的哥笑道，如果我告诉你，我和妻子下岗都十几年了，孩子还是个脑瘫患者，三代人蜗居在四十多平方米的房子里，那么你还认为我的生活过得很滋润吗？虽然生活对我似乎有些残忍，但我必须要营造出一种诗意和浪漫来，因为，对我来说，我别无选择，因为，我是一个儿子、一个丈夫、一个父亲，这是一种责任。只有这样，在亲人们眼里，我才是日不落。其实，在生活中，我们每一个人在亲人们眼里都是一颗日不落，好好活着，好好生活，就是日不落。

他睁大眼睛，紧紧地盯着眼前的这位的哥，内心里涌动出一种别样的情愫。原来，自己在亲人们眼里就是日不落啊。

他擦去眼角的一丝泪痕，抬起头，目光深邃地看着前方，坚定地说了句，我也是日不落！

那张张留香的卡片

订了一瓶牛奶,每天早上,下楼在奶箱里取出一瓶牛奶,已成为一种生活习惯。不过,这送奶工长得是个什么样子,自己从未见过。

一天清晨,我起得很早。刚到楼下,发现天下起雨来。就着昏黄的路灯,只见地面已湿漉漉的一片了。突然,只见一个骑三轮车的人从风雨中骑过来,从他车上传来丁丁当当的叩击声。他骑到楼梯口,从车上下来,在车厢里拿出几瓶牛奶,然后,很熟练地将手中的牛奶瓶一一放进奶箱中。

我这才看见了这个送奶工,只见他是一个大约四十七八岁的样子,瘦削的脸庞,黝黑的皮肤,但很精神。他的衣服已被雨淋湿了,脸上也流淌着雨水,但他却把唯一的一块塑料布罩在车厢上,想必是为了防止雨水将牛奶瓶淋湿了。放好牛奶,他骑上车,就要冲进风雨中。

见此情景,我忙对他说了句,请您等一等!

见我在和他说话,他有点诧异,扭过头,憨厚地笑道,有事吗?我说,您看,这雨越下越大,您衣服都淋湿了,我回去拿一件雨衣给您穿上。

他听了,脸上露出一丝激动,连连摆手,说道,不用、不用!

见我一再坚持，只好局促地说道，那太谢谢您了！

我将雨衣拿出来，递到他手里，说道，我家里还有一件，这件雨衣您穿上，就不用还了。他听了，不停地连声道谢。

第二天早上，我下楼取牛奶时，发现牛奶瓶下面押着一张卡片。我拿起来一看，只见上面写着：朋友，谢谢您的雨衣。那件雨衣我会一直带在身边，它让我感到了一种风雨中的温暖。我曾经彷徨、苦闷、无助过。但是，自从在昨天的风雨中，您送给了我那件雨衣，我找到了生命中的一种信心和勇气。真的！

寥寥数语几行字，那个送奶工的模糊身影又在眼前浮现。没想到，一次偶尔看到风雨中前行的人，送出一件普通的雨衣，一件对我来说，没有多大价值的雨衣，竟给他人带来这么一番感动。我一遍遍地读着这张小卡片上的文字，内心萦绕着一种别样的甜蜜和温馨。

没想到，从此以后，我每天从奶箱取牛奶时，都能收到一张小卡片。小卡片上面总是写着几行字：有的是保健小常识，有的是卫生小常识，有的是厨房烹饪小窍门，等等。

这些小卡片上的内容，流淌着一种俗世生活里的烟火气。有时读后，令人莞尔一笑；有时读后，令人忍俊不禁；有时读后，又令人贻笑大方。真是个心细的男人，我心里默默地想着。虽然送奶工这份工作很辛苦，当人们还在睡梦中，他就已经穿行在大街小巷，在一家家、一户户送牛奶了。但是，他能在辛苦的劳作中，保持着一种细腻的生活情调，用自己看到的生活小常识，传播给更多的人，这也是他想到的一种最大的回报他人的方式了。

我仿佛看到他在夜晚的台灯下，正俯案桌前，用粗糙的手，在小卡片上认真摘录着小常识的情景。那一刻，他内心里一定溢满了甜蜜和快乐。他一定想到的是风雨中那件雨衣，想到了人间种种好……

自己一次偶然相助，给风雨中行进的人，带来的竟是一种久久的回味和感动,给自己也带来绵绵不绝的幸福和甜蜜。我不禁想起这样一句话:赠人玫瑰,手留余香。而这种文字留香,竟是那么的深沉、那么的芬芳,在尘世间,它清淡如菊,丝丝缕缕,化作了生命中一种永久的温暖和感动。

冰是睡着的水

华大学毕业后，当大家在四处奔波、托关系、递材料找工作时，他不等不靠，怀揣着在大学里勤工俭学节省下来的八千块钱，父母又支持了他两万块钱，就这点钱，他要自谋职业，开创出自己的一片新天地。

一些同学和熟人笑着说，你就那点儿钱能干什么？还想去创业？说罢，不住地摇头、叹息，目光中流露出满满的不屑与鄙视。

华用力紧了紧简单的行囊，转身坚定地走了。那背影，有种义无反顾的凛然和绝决。

很快，有人传来消息说，华的创业很不顺。他开了一家烧烤店，不到三个月就熄火了；开了一个小超市，时间不长也关门了；帮人跑业务，鞋子跑烂了好几双，也没跑到几笔业务……

有人听了，嬉笑道，我早说了，他无依无靠的，而且就那点本钱，如果能创业成功，简直是天方夜谭了。不久，又有消息传来说，有人看到华靠给人家在马路边发小广告传单，每天只能混口饭吃了，样子很窘困。再后来，有关华的消息一点没有了，就是偶尔有人提起，最多也是说华混得很惨，因为最后华沦落到马路边给人家发小广告传单了，这样的生活能好到哪里去？

就这样，华在人们的生活中渐渐地消失了，消失的没有一点信息了。日子就这样一天一天地划过，像风吹过平静的湖面，没有一点涟漪……

又过了一些年，一个建材商来到小城，说要在这里投资办个很大的建材销售中心，还需要招收许多员工。这一消息，让小城的人们感到十分兴奋和喜悦。人们看到这个建材商有些眼熟，再定睛细看，不禁大吃一惊，这不是华么？他怎么成为腰缠万贯的建材商了？想当初，他不是沦落到站在马路边给行人发小广告单吗？人们心里充满了疑惑和不解。

在建材销售中心竣工剪彩仪式上，华在发言中说了那个两万多块钱创业的故事，还说了自己曾经站在马路边发小广告的经历。

华说，在开始创业时虽然自己屡屡失败，但是，这些经历，也为他积累了一笔宝贵的财富。当时，他为了生存，只好到马路边为商家发放小广告单。就是在那种情况下，他心中的那颗创业梦想依然没有熄灭，他一次次地为自己鼓劲、加油。他再次创业，也是从发小广告单开始的。他在发小广告单时，发现同一品种、规格的建材价格，由于厂家不同、进货渠道不同，价格也不一样，地区之间的价格差别也很大。他发现了这个问题，内心里一阵窃喜。他暗暗告诫自己，这就是商机，手中那些花花绿绿，毫不起眼的广告单里就蕴藏着一种商机。

于是，他从经营简单的磁砖、地板建材开始，有了一笔原始积累后，将业务逐步地扩大。渐渐地，他的生意越做越红火，这时，他得到一个消息，一家生产瓷砖的建材厂家要转让。他闻讯后，迅速与厂家洽谈。终于，他以优惠的价格收购了这家生产厂。他有了生产基地，业务规模不断扩大……

华最后充满深情地说道，在创业中，无论遭受何种困厄和磨难，永远别说不可能。商机就在我们身边，就在我们眼前，哪怕你站在马路边发放小广告单,你也能发现里面的商机。冰是睡着的水。对于冰来说,睡只是暂时的,当冰融化了,它就会醒来,它就会在水中欢畅地流淌,那是生命在歌唱,是生命在飞舞,是生命在蹦跶。

那一刻,人们清晰地看到,华的眸子里闪烁着一丝晶莹。那晶莹的眸子里,像一团火焰在燃烧,给人一种无畏和希望。冰是睡着的水,人们记住了这句话的深刻内涵和真谛。

永远别说不可能,哪怕他是一个站在马路边发小广告单的,说不定,他也有醒来的那一天。醒来的天空一定是灿烂的、明媚的、妖娆的……

真水无香

在大街上拐弯处，迎面碰到好友小王。只见小王一脸阴郁，心情沮丧，这与过去那种总是容光焕发、一脸朝气的形象迥然不同，于是，甚感诧异。果然，没讲几句话，他竟像个祥林嫂一样诉起苦来。

小王说，结婚十几年了，平常老婆在家总是没感觉到什么，有时还嫌老婆在家挡事，总是盼望能自己一个人清净一会儿。这下好了，老婆被单位派到外地学习3个月。本想这下解放了，过几天逍遥日子。可是，不曾想，才几天时间，老婆不在家，自己就受不了了。家里乱成一锅粥。锅碗堆在水池里没人洗，地没人拖，被子没人叠，更重要的是自己的吃饭成了大问题。几天方便面吃下来，自己都快成方便面了。心里就想吃老婆烧的饭菜，可老婆又回不来。想想，老婆在家时，那日子虽然过得平淡，那可是凡俗的日子里离不了的烟火气啊。虽然俗，却像一汪清水，清澈透明。

小王的一番感慨，让人忍俊不禁。原来，过去小王一直生活在天堂般的日子里，却一直没有发现，直到今天才感觉到。可惜，要想回到过去那种生活，还需要忍受一段时间：要等到老婆学习回来才行。

我不禁想起另一个朋友小丁。前几天，小丁打电话给我，哽咽地说道，他老母亲走了，再也回不来了。母亲在世时，自己从没觉得有什么，可这母亲一走，过往那些庸常日子里一些细节，不可扼制地一一浮现出来。

每年，他母亲都要从乡下给自己送上一大罐自己腌制的小菜。那小菜可是母亲精挑细选出来的菜心，摊铺在阳光下曝晒，待那小菜晒干了，再放到咸菜坛子里腌制起来。这母亲腌制的小菜，可是自己最美的下饭菜。走遍天南海北，吃遍了山珍海味，给自己回味最深的，还是母亲亲手腌制的小菜味道最鲜美。可是，母亲从来不曾向自己说起过腌制小菜时的辛劳。母亲走了，自己再也吃不到那种天下唯一的小菜了。母亲对儿媳妇也充满着怜爱，把媳妇看得比自己亲生女儿都亲。对儿媳妇关爱细心到头上戴的发卡、用的花手绢都给买到。就是自己在弥留之际，还喃喃自语，要将一篮子鸡蛋留给媳妇吃。那一刻，小丁说得是泣不成声，无语凝噎。

亲人之间的关爱、给予，常常浸润在生活中点点滴滴，不显山，不露水。有时，我们忽略的恰恰是这种细节，而一旦失去，才感觉到，自己曾经是多么的幸福啊，这种幸福伸手就可以抓到，却始终没有伸出过那只手，去感触下那种幸福。

生活中，我们常常陷入这样一种错觉，那就是眼睛看到和感受到的大都是一木一树繁华盛开，闻到的都是扑鼻的花香，而对那些平淡的无色无味的庸常的生活，却看不到里面蕴含的涓涓真情。一树的繁花满枝，终归要一地残花碾成泥，那种疏朗的虬枝树干，大片大片空白，更是一种本真的生命的原态。无论多么华丽的舞台，多么精彩的演出，终归有曲终人散的那一刻，留给自己的终将是绵绵漫长的孤寂、清冷，这才是自己最本真的生活。

真水无香。它清冽明澈，虽然无香，但却永远是一种最本真的生命原态：干净、明亮、彻底，没有横逸斜出，清香四溢的繁文缛节。人生追求和向往的最高境界，其实只是一种：现实安稳，岁月平静。这是生活在俗世里的每一个人的天堂。

我们能珍惜和把握的就是那种真水无香的生活。在俗世的生活中，散发出清淡如菊的花香，幽幽淡淡……

风不知道自己的样子

那一年，一向十分自信的他，高考竟落榜了。他感到无地自容，不敢面对老师、同学、亲朋，他仿佛感到人们都在用一种异样的眼光看着自己，甚至，那些素不相识的路人，也在用一种嘲笑的目光看着他。他感到自己快要窒息、快要崩溃了。他不想见任何人，他想逃避，逃避到没有人知道自己的地方。

他拿了家里仅有的几十块钱，准备到一个谁也不认识自己的地方，过一种与世隔绝的生活。他往村口走去。心想，只要走过前面的那棵老槐树，再走几十米，就出了村子，再坐上一辆长途汽车，就不会有人知道自己了。

一路上，风很大。他感到风像刀子一样，吹在脸上很痛，钻心地痛。他抹了一把眼泪，继续往前急匆匆赶着路。

不经意地，他瞥见了正在田里劳作的父亲。他看到父亲正在田里铺塑料大棚。风很大，肆无忌惮地将塑料布不停地掀起、卷起、飘起。掀起的塑料布不时抽打在父亲的脸上、身上。父亲一点没有理会，继续用力扎着塑料布，扎得很紧。

他突然涌出一缕恻隐之心。他停下脚步走了过去，不声不响地用手压住被风吹起来的塑料布。可是。他这边压住了，那边又飘了起来，一时间他手忙脚乱起来，脸色更加阴沉，嘴里还喋喋不休地嘟囔着。

父亲扭头看到他，微微一震，看到他的那个样子，没有言语，只是嘴角露出一丝不易察觉的笑容。

父亲扎好一边后，来到了他的身边，用力把塑料布扎紧。说道，你这是在生哪门子气啊，这一脸的不高兴。

他用一种愤愤的语气说道，这风真气死人，刮得这么大！

父亲听了，边干着手中的活，边说道，哦，你在生这风的气啊。可是，你知道吗？你再生气，可风却不在乎你生气呢，它依然我行我素，想怎么刮，就怎么刮，一点也不在意别人的脸色，它随心所欲。东南风、西北风，刮得酣畅淋漓，刮得心花怒放。它是什么样子？是漂亮？是丑陋？抑或老态和年少？没有人知道。如果它总是在乎别人是对自己怎么看的，那它就没办法刮了。待到它自己刮累了，刮疲倦了，它就会自己停下来了。

他好像第一次认识父亲似的，直愣愣地看着他，心想，真没想到，没有多少文化的父亲，说的话还这么有哲理。他简直把风给说活了、说神了。

父亲看到他这样盯着自己，忍俊不禁地说道，傻孩子，你怎么啦？怎么这样看着我？

他说道，你把风说得很形象，我一想，是这么回事！

父亲听了，哈哈大笑起来，哦，没想到我随意说的这么一句话，竟让儿子夸奖了，这好像还是你第一次夸我哩。父亲有些得意地笑了。

父亲又说道，其实，我们都应该向风学习！

向风学习？他疑惑地问道。

对，向风学习！父亲的语气有种不容置疑的坚定，别在乎别人的议论，别在乎别人的脸色和讥讽，刮自己的风，想怎么刮，就怎么刮。这是风的骨骼和气魄。

他没有走。当夜色渐沉,风渐渐地小了,他帮助父亲收拾好农具,一前一后地回家了。月色将他的身影拖得很长、很长,就像他那颗惆怅的心和满满的心思……

他进了那个村办的小企业。从一线操作工人干起,后来他干了厂里的业务员、管理员、科长、厂长,他一路走来,变得日趋成熟和稳重。厂的规模在不断地发展、不断地壮大,许多大学生、科研人员来到了厂里,为企业的发展,不断增添新的血液和动力,产品也出口到五大洲。外商纷纷前来,与他洽谈合资办厂的事宜。

许多到过他的宽大、豪华的办公室的人,都会看到墙上贴着这样一幅字:风不知道自己的样子。每当客人询问他这句话的意思时,他总是情不自禁地将眼睛投向这幅字,目光里顿时泅上一片晶莹,仿佛陷入到一种遥远的回忆中。那一刻,人们似乎感受到他内心里回荡着一种激情和澎湃:那里充满了一种爱和温暖……

十几年过去了,已是中外合资企业中方总经理的他,接到母校的邀请,邀请他来学校给师生作报告。在报告会上,他讲了那个风不知道自己的样子的故事。他饱含深情地说到,我们如果像风学习,不在意别人说什么、讲什么、议什么,那么你就成功一半了。

人生中,我们往往失去了一种信心和力量,不是你的无为,而是你把更多的精力用在了关注别人的眼光怎么看自己上。只想活在别人的眼光里,那只能是一个失败者。他的话斩钉截铁,充满着一种别样的坚决和果敢。

民工父亲的"幸福"

刚刚搬入新居不久。这天,我面朝着宽大的落地玻璃窗,端坐在电脑前,凝神静气地专心打着字。光线很好,明媚的阳光像瀑布一样泼洒进来,周遭氤氲着暖暖的气氛:温暖、清亮、宁静。心情,也沐浴在一片暖融融的气氛中。

突然,大门响起一阵杂乱的敲门声。像宁静的湖面扔进了一块石子,打破了这份宁静和惬意。我心里好生纳闷,嘀咕道:门上不是有门铃吗?为什么还要这样乱敲门?

我轻声轻脚地走到门边,屏着呼吸,从猫眼里往外看去:只见是一个陌生人。他,头发蓬乱,脸上的灰尘和着汗水,渍渍点点,眼睛里露出一种焦灼和茫然的神色。他是谁?想干什么?一连串的疑问在我脑海里闪现。我警惕地将门打开一条缝隙,并做好随时关上门的准备。问道:"你找谁?"

只见那人脸一下子胀得彤红。他从口袋里抖抖擞擞地摸出一包皱巴巴的烟香来,从里面抽出一支递过来,脸上堆满了虔诚的笑意,嘴里嗫嚅地说道:"同志,我就是在您住的这片小区干活的民工。我想请您帮个忙,不知您能不能同意?"

"什么事?你说吧?"我推开他递过来的那只香烟,一脸狐疑地回答道。

见我态度缓和、平静，没有那种拒人千里之外的冷漠，他的脸上流露出一种激动，脸涨得更红了，语速急促地说道："是这样的，我的儿子马上就要放暑假了，他就要从老家到城里来看我了。孩子说，他想亲眼看看自己的父亲在城里盖了多少漂亮的房子，城里人住得舒服吗？我想，孩子来了后，我能带孩子到您家看看吗？如果他看到城里人住上他爸爸盖的这么好的房子，心里一定感到非常自豪和幸福的，不知您能不能同意？房子盖了许多，可我从来不知城里人住在里面的情况，我很难对孩子描述清楚，否则，我只能带孩子在外面看看了，那样，我想他会遗憾的。"这位民工一口气把话说完后，两眼露出渴望的眼神望着我，一脸焦灼和企盼。

我恍然大悟。原来这位民工父亲，是为了让乡下的孩子亲眼目睹自己在城里的"杰作"，真是一个心细的父亲啊！我也是一个父亲，自己在工作中取得了一点成绩，或者在报刊上发表了一篇小文章，不是也喜欢在儿子面前表现一番吗？那是一个做父亲的自豪和骄傲啊。想到这里，为了不辜负这位民工父亲这份小小的愿望，我毫不犹豫地点头答应了。

这位民工见我爽快地答应了，激动地连连称谢，一幅唯唯诺诺的样子，嘴里连声说道："谢谢！谢谢！您可真是个大好人啊，我问了好几家，人家一听我要带孩子来看看他们家，有的一句话也不说，随手就将门咣地关上了，吓了我一大跳；有的说我脑子有问题，简直莫名其妙；还有的跟踪我，怀疑我是坏人，一直看着我进了民工工棚。今天，我可遇到大好人了啊。"这位民工的脸上一片喜悦，荡漾出一种明媚。

几天后，这位民工父亲果然带着一个小男孩来到我家。小男孩约有十三四岁的样子，黝黑的皮肤，结结实实的身体，一双眸子很亮。见到我，小男孩有一种怯怯的样子，但看到我热情和蔼地抚摸着他的头，才放松下来。他父亲在旁堆着一脸的歉意，不停地说道："乡下孩子，不懂事，请多包涵。"

父子俩换上我递上来的鞋套，小心翼翼地迈着步子。也许是第一次踩上木地板，他们好像生怕将木地板踩踏了似的，步子迈得格外的轻、缓、慢。我看到，此时，一只大手和一只小手紧紧地握在一起，俩人的目光中有一种扭捏和拘谨。做父亲的好像在努力地显示出一种老练和成熟，只见他边弯下腰，边对儿子讲道："叔叔家住的这套房子就是爸爸建筑公司盖的。当时在盖这栋楼房时，我负责砌墙，你别小看了这砌墙的活，必须要做到心细、手细、眼细，不能有丝毫地偏差。你看，当时在砌这面墙的时候，这面墙上还留有一个洞口，和邻居之间是相通的，为的就是运送砖块、水泥、黄沙等材料施工方便，待房屋建好后，再将这洞口堵上，从此，两家再也不相通了。现在，我要是不说，你可一点也看不出啊！哦，对了，我的中级工考试也通过了，现在，我也是有文凭的建筑工人了。"

孩子的父亲，一边向儿子努力地介绍着，一边仿佛又回到了当初建房时的种种细节中。看得出，他在竭力地想向孩子描绘出自己在城里打拼时的一些细节，让儿子感受到自己在城里工作的情景。儿子听了，不停地望着他的父亲，眼睛里流露着一种自豪和骄傲的神色，只见他，又用另一只手握了握父亲的手。父亲的腰板似乎又直了许多。面对此情此景，在一旁的我，心里也有一种温暖和甜蜜的感觉。

一会儿，这对父子就看完了我的新居，俩人几乎是亦步亦趋地退向门边向我告别。突然，这位民工父亲伸出两只手，一下子紧紧地攥住了我的手，感动地说道："今天，是我进城打工以来过得最幸福的一天，我能进入到城里人家里，感受到了一种城里人家的温暖，这种幸福我一辈子也忘不了。"我看到这位民工父亲的眼睛里泗上一片晶莹。

没想到，在我看来一件简单、普通的事，只不过让对父子进了我的新房看了看，竟让这位民工父亲这么激动。就这一下子，我感到和这位民工父亲心的距离拉近了许多，周遭氤氲着一种温暖。

父子俩互相搀扶着下楼，只听到孩子对他父亲说道："爸爸，您真了不起，盖出这么好的房子，城里人住得真舒服，如果我们在城里也能住上您盖的这么好的房子就好了。"儿子的语气里有种羡慕和向往。父亲爱怜地摸了摸孩子的头，说道："傻孩子，这怎么可能呢？不要乱想了。我想，你只要在家里把书念好了，帮爷爷、奶奶多干点活就行了。"

孩子仰起稚气的脸，掷地有声地说道："怎么不可能？我一定好好读书，将来有出息了，我一定要让您和妈妈住上您在城里盖好的房子里，和城里人一样生活。"

听了孩子的一番话，这位民工父亲情不自禁地将孩子往怀里搂了搂。我看到，这位民工父亲的腰杆努力地挺了挺。顿时，他在我眼里一下子高大了许多：一个父亲的伟岸和坚强。

出售时间

我到皖南旅游时，走过一座古镇，感到饥饿袭来，于是，想找一家小店买点吃的。一路看下去，忽然，看到一家小店门楣上写着四个大字："出售时间"。驻足细观之，不禁莞尔。心想，我到过许多地方，也看到过许多种店家招牌，出售各种商品的，可还从来没有看到可以出售时间的。时间也能买卖，真是新鲜。在好奇心的驱使下，我推开了店家大门。

一个长得水灵灵的山里妹子迎了上来，脆嫩嫩地说道："先生，您想买点什么？"我笑道："我看到你们小店叫出售时间，不知这时间怎么卖，就想见识见识。"

女孩子嫣然一笑道："是的，我们这里一切都是按时间论价的，这是我们的价格表。"女孩说着，递过来了一张价格表。

我接过来一看，只见上面写道：1.购买地方小吃，半小时10元；2.购买地方工艺品，20分钟，30元；3.代客订购车票，半小时，10元；4.代当向导，1小时10元……

见我有种困惑的神色，女孩子莺声燕语地解释道："我们店主要是帮助顾客代办一些业务，根据办理事情情况，折算成时间，向顾客收取一定的费用。比如，您想吃我们这里的一种地方小吃，我可以换算成时间计算，如果要用去半个小时，我就收取 10 块钱的费用。"

我感到颇有新意，自己还是第一次遇到这种情况，就坐了下来，要求买一份麻辣粉条这种地方小吃。女孩子浅浅地一笑道："好哩，请稍等，马上就好。"说罢，翩然离去。过了一会，女孩像一阵风似的，端着一碗麻辣粉条放到我面前的桌子上。女孩抬起粉嫩的胳膊，看了看，说道："刚才我花了 15 分钟，收你 5 块钱就行了。"

看着女孩白嫩透红的脸蛋，鼻翼上还渗出细细的汗珠，笑道："小姑娘，你是怎么想到出售时间这种方法的？"

女孩抬头望了望窗外，柔声地说道："每天有许多人到我们这里来旅游，人们流连在古镇上，总爱购买一些这里的工艺品和地方小吃。我就想，如果能用另一种方法，使游客们在这里购买到更有意义的东西不是更好吗？于是，我想到这个方法，就是想提醒到这里来的顾客，一个人的一生中，唯一不能遗忘的是时间，只有珍惜时间，才能珍惜生命。"

女孩的目光中有一种令人心悸的淡定，我仿佛看到女孩内心的柔软。一个山里的妹子，想到了利用这种独特的方式，向路过这里的人们提个醒：珍惜时间，就是珍惜生命。

女孩又幽幽地说道："每当我出售了一分钟，我就想到了我的母亲。那年，我母亲遭遇车祸。当被人送到医院抢救时，时间已晚了。医生遗憾地说道，如果提前 5 分钟送到还能有救。就这样，我永远失去了母爱。"我看到女孩眼睛里泅上一片晶莹，思绪仿佛飞向了一个遥远的天国。

瞬间，空气中，仿佛有种令人窒息的沉寂，时间在这里凝固了。时间、母爱、生命，这一切，在我脑海里缠绕在一起，使我有片刻的恍惚和怅惘。是啊，女孩是在出售时间，也是在怀念母亲啊。

温馨的小店，使人心里驻满了阳光。我在这里向女孩又买了 1

个小时15分钟；购买一件竹器编织的工艺品；品了半个小时的茶水；还有半个小时的咨询服务时间。我看到，女孩小店的生意还很好，不时有人来这里购买时间。人们的表情像我开始一样，从进来时的不解、疑惑，到离开时的欣喜、释然，人们的心田里仿佛驻满了阳光和明媚。小女孩也许并不富有，但是，她在用另一种方式，向来到这片小店的人出售时间，寓意深刻，让人感到了一种温暖和爱。

走出很远，我再一次回眸凝望，只见小店门楣上"出售时间"四个大字，被披上了一层金色的余晖，散发出耀眼的光泽，熠熠生辉。

苍蝇还会飞回来

儿子大学毕业后,终于在一家外资企业找到了一份工作。看到儿子有工作了,全家人都很高兴。儿子参加工作了,也了却了我们的一个心思。

没想到,儿子干了没有2个月,就卷着铺盖回来了。我吃惊地问道,出了什么事?

儿子气愤地说道,我不干了,那是个什么单位?这样的单位我怎么能干下去?我忙问道,这到底是怎么回事?

儿子说,我在车间里上班,我看到那个车间主任就一肚子气。他自己整天不干什么事,还整天唬着个脸,动辄就训人,看到人家漂亮的女孩子,就喜欢讲几句荤段子,看到女孩子羞涩地低下了头,他就会哈哈大笑,仿佛得到了一种心理上的满足和快慰。还有,他看到老板来了,立刻一副讨好卖乖的样子,跑前跑后,低眉顺眼的,看了他那个样子,就像是吃了一只苍蝇。于是,一气之下,我就辞了职,回家了。

我被儿子的话惊得目瞪口呆,嗫嚅道,怎么?就因为这事辞职不干了?

"那当然,看了车间主任的那个样子,我就恶心。"

我小心翼翼地问道:"那你回来后怎么办?"

"我重新再去找个好单位不就行了吗?"儿子一脸轻松地说道。

那一刻,我感到心口十分堵得慌,气仿佛也喘不过来了。

过了一段时间,儿子回来告诉我说,这下好了,我又找到了一家单位,再也不会看到原来车间主任那恶心的样子。

儿子一脸喜悦地说着。

看到儿子那青涩的脸庞,一缕深深的忧虑袭上了心头。

没几个月,儿子又义愤填膺地回来了,他将铺盖往地上一摔,说道:"我不干了。"

我吃惊地问道,又是怎么回事?

儿子说,那个项目经理岁数不大,比我还小几个月,可处处爱贪小便宜。上次来客户,他买了2包香烟,却多开了一包烟发票报销了。这事我看到了,真恶心。还有,上次在饭店吃饭。临走时,他把剩下的一瓶酒,塞进口袋里,偷偷地带回家了。那一幕,我也看到了。就像是吃了只苍蝇,心里真恶心。可是,他却常常教训我们不要贪小便宜,要廉洁奉公。这个项目经理怎么说的和自己做的一点不一样啊?就这样,一气之下,我辞职了。

我惊讶地张大了嘴巴,好长时间才说道,就因为这事你就辞职不干了?

儿子疑惑地看着我,一脸轻松地说道:"怎么啦?这么紧张兮兮的?我就是看不惯这些说的和做的不一样的人,过几天,我再去找个工作不就行了?"

我感到胸口更加堵得慌,呼吸更加困难了。

儿子又去找工作了,他要找一个干净的,甚至看不见一只苍蝇的地方。

看到儿子那张干净、还散发出稚朴的面孔,我心里溢满了一种复杂的情感。儿子眼里的世界是干净、透明的,甚至不染一丝杂质。

可是，当他看见飞来一只苍蝇后，立刻感到受不了了，他想找一只苍蝇也没有的地方。

我知道，此时此刻，再多的说教、再多的启发、再多的开导，也很难拨开儿子眼前的那层薄纱。想了想，我给儿子的手机发了这样一条短信：苍蝇还会飞回来。

过了很长时间，儿子回复了这样一条短信：老爸，我懂了，苍蝇无处不在，无时不有。当我改变不了这个世界，我要努力地使自己不变成一只苍蝇，这才是最重要的。

儿子的"格子铺"

儿子去上大学了。他长这么大,还是第一次远离父母的身边。在家时,儿子的生活,一切都由我们安排,这次一下子离开我们身边,不仅多了一份牵挂,更重要的担心他的生活。

每月,我们准时给儿子寄去生活费,然后是千叮咛、万嘱咐,要他不要乱花钱。这个钱怎么花,那个钱怎么用,哆哆嗦嗦,说了一大通。儿子听了,常常哑然失笑,说道,你们怎么还总把我当小孩子,什么都不放心?

上大二后,儿子对我们说,从下个月起,你们只寄200块生活费就行了,我够用了。

这哪行?200块怎么用?我们为儿子稀里糊涂过日子很是烦恼。钱,还是按照我们的计划继续寄去。

又过了一段时间,我对儿子在大学里的生活很是不放心,于是,专程到大学里,看看儿子生活得到底怎么样。

儿子看到我来了,很是高兴,马上拿出成绩单,向我汇报他在大学里的学习情况。看到儿子的学习成绩,我不住地点头,脸上露出欣慰的笑容。

过了一会儿,儿子忽然想起了什么似的,他从箱子里拿出一张存折，对我说到，老爸，从下个月起，您就不要给我寄钱了，这张存折上还有3000块钱，都是你们寄来的，我没用上的。说罢，儿子又从抽屉里拿出一样东西，对我说道，这是我给您买的一个全自动的剃须刀，用起来很方便的。

我吃惊地问道，你怎么还剩这么多钱？你从哪来的钱？儿子的一席话，让我大为惊讶。

儿子看到我严肃而疑惑的神色，笑道，老爸，看你急的，这样吧，我带你去看一个地方，到了那地方，你就知道是怎么回事了。说罢，儿子带我到了校外不远处的一家商场里。

在商场一个柜台前，一位女营业员看见我儿子来了，立刻笑吟吟地迎了上来，说道，老板，您来了，你进的货很好卖，昨天就卖完了，这是这几天的货款，共计862块钱，您清点一下。

我吃惊地望着儿子，好像不认识他似的，心想，儿子什么时候成了老板了，他不是在大学里念书吗？

儿子看到我疑惑不解的神色，笑道，老爸，您别急啊，听我慢慢地告诉您。这是我在这里租赁的一个"格子铺"，每月30块钱租赁费，我从网上购买来一些手工小商品，放在这里，这里有专人帮助卖，根本不用我操心，没事时，我过来拿下货款，或者送点货就行了。开始时，我是抱着试试看的心情，只租了一个"格子铺"，后来，发现生意挺好，就又租了几个"格子铺"，这样，每月我的生活费绰绰有余，不用你们寄钱，我自己就能养活自己了。

听了他的一席话，心里有种说不出的感觉，没想到，儿子在大学里，边念书，还边学着创业，他肯动脑筋，想办法，不仅减轻了父母的负担，更重要的是开阔了视野，为自己以后创业积累了经验。我问儿子，那你下一步有什么打算呢？

我看到，儿子的目光中闪烁着一种坚定和无畏，这种坚定和无畏传递给我的是一种挥之不去的感动和坚强。只听他说道，下一步我准备做一番市场调查后，租一个门面房，聘几个人，把业务逐步做大做强起来，我现在有了固定的供货渠道，这对开拓市场，起到了积极促进作用。

　　看着儿子唇边毛茸茸的胡须，清澈的眼睛，结实的身板，我忽然感到，儿子长大了，长成个大人了，在儿子的生活中，注满了一种人生中最宝贵的东西，那就是自强自立！我想，有了自强自立的这个人生理念，任何风雨都阻挡不了儿子的奋斗。

　　想到这里，我走上前，紧紧地拥抱着已高出我一头的儿子，喃喃地说道，孩子，你长大了，长成一个大人了。

　　那一刻，我的眼里变得一片朦胧……

我打扰你们了

青海玉树发生强烈地震，顷刻间，玉树在颤抖、玉树在哭泣、玉树在呻吟。大批民房坍塌了，许多人被埋在了废墟、瓦砾中。

救人、救人，必须在最短的时间里，抢救出更多的被掩埋在废墟下的玉树百姓，成为从四面八方赶来救援的人的急迫心情。救人的72小时黄金时间，必须要争分夺秒，刻不容缓。这里的每一分、每一秒，都与人的生命紧紧地联系在一起。

最先赶到玉树地震灾区的一支消防救援队员，已连续奋战了2天2夜了。在他们的坚持努力下，抢救出一个个玉树百姓。救人的72小时黄金时间已经过了，这时，他们用生命探测议发现在一处民房里，又传来了生命的迹象。抢险指战员们立刻精神为之一振，又奋力地清理起那些笨重的水泥板块。

他们搬开了一块块水泥板块、掀开了一块块瓦砾、清除了一块块碎石，越来越接近被压到的那个人了。可是，一块巨大的水泥板块压在了上面，如果搬动了那块板块势必会引起旁边瓦砾的再次坍塌，将会直接压在下面的人身上。

这时，一个瘦小的抢险队员冒险从一个小小的缺口一点点地钻了进去。碎石、尘土不停地滚落，随时发生的余震，将有可能引起再次的坍塌。可是，这位抢险队员丝毫没有顾及自己的安慰，他此时想到的就是要尽快救出被掩埋在下面的生命。

他一点一点地接近了那个被压在水泥板块下面的人，用双手小心翼翼地掀开碎石、瓦砾，用双手托起那个人，再一点一点往后移动着、移动着。

终于，那个人被救了出来。人们这才看清了，这是一个才十一二岁的藏族小姑娘。小女孩受伤很严重，可以看到她的脸上、手上、腿上留有许多血渍。小女孩艰难地睁开了一双眼睛，尽管脸上沾满灰尘、污泥，但依然掩饰不了她那美丽的面庞。她看到救她出来的那些抢险队员，脸上露出一缕感激的笑容，她喃喃地说了一句："叔叔，我打扰你们了！"

轻轻的一句"我打扰你们了！"立刻让现场抢险队员，心里仿佛受到重重的一撞，无不为之动容。多么善良、多么懂事的藏族小姑娘啊！尽管她被碎石、瓦砾压在下面已经72个多小时了，尽管她已身受重伤、尽管她已经几十个小时没有进一粒食物一滴水，但是，当她被抢救出来，苏醒后，看到抢救她的抢险队员，她心里充满着感激，她说出的竟是"我打扰你们了！"

小姑娘想到的是，抢险队员为了争分夺秒地抢救她，一定是吃尽了苦头、费尽了力，他们也一定几十个小时没有休息、没有吃喝，他们也一定非常疲惫了。所以，当她被抢救出来后，首先想到的是对抢救队员的感激。

这一幕，刚好被正在现场采访的记者拍摄了下来。当这一幕情景在电视上播放后，立刻深深地打动了正在观看的电视观众，也深深地打动了正在电视机前观看的我。

"我打扰你们了。"短短一句话，让人看到了小姑娘那一颗金子般的心灵。在小姑娘的心中始终充满着一种爱，这种爱，就是爱他人、爱人间、爱生命。这种爱能荡涤尘世间的一切灾难和不幸，把坚强、感动、温暖洒向玉树的山山水水，洒向玉树的乡乡村村，洒到玉树的每一个人的心中。

假如盖茨想不开

晚上，一家人围坐在一起吃饭。饭桌上只有几样小菜，但一家人有说有笑，有时还互相搛着菜、谦让着。那一幕，给人一种天伦之乐的温馨和幸福。

儿子说，今天他看报纸，看到一条新闻，一个亿万富翁因不堪于生活压力跳楼自杀了。

母亲正吃着饭，听儿子说了这条新闻，于是，停下了碗筷，轻轻地问道，什么大的生活压力，能让一个亿万富翁选择跳楼自杀？

儿子说，听说这个亿万富翁今年少赚了两千万，被当地的另一个亿万富翁赶了上去，他不再是当地的首富了，所以感到生活压力太大就跳楼自杀了。

儿子的话音刚落，母亲的一口饭没有咽下去，突然将嘴里的饭喷了出来，好一会儿才缓过劲来。她吃惊地问道，一个亿万富翁，就是因为少赚了两千万，被另一个亿万富翁赶了上去，就为这事想不开跳楼自杀了，这也太不可思议了，如果按照这个亿万富翁的逻辑，那世界首富比尔·盖茨被墨西哥的电信大亨卡洛斯·埃卢超出90多亿美元，蝉联多年世界首富的帽子被易主了，盖茨要是想不开了，岂不也要跳楼自杀？

听了母亲的话,儿子好像不认识母亲似的,不禁睁大眼睛,紧紧地盯着她。母亲看到儿子这个怪样子,不免有些含嗔道,你怎么这样看着我?

儿子这才缓过神来,笑道,妈妈,您说得真有点道理,假如盖茨想不开,也有跳楼自杀的理由。

母亲有些严肃地说道,生活总有它不如意的一面,不可能处处笙歌不断,也有它另一面,另一面就是不幸、挫折,甚至是天灾人祸,你必须要有直面生活的勇气。死亡是一件很容易的事,如果动辄一时想不开,就跳楼自杀,这是一种逃避现实、回避矛盾的懦夫的表现。既然来到了这个世界上,你就不是一个人在战斗,因为在你的身后,还有你的父母、孩子、亲人,你一死了之,留给亲人的却是无尽的伤痛和悲哀。

儿子不知不觉已忘记了吃饭,全神贯注地听着母亲讲述。那一刻,仿佛有什么东西,深深地触动了儿子内心的柔软之处。

母亲继续动情地说道,无论在什么社会环境下,人都是需要一种灵魂寄托的,这才是充实和明智的,否则,物质生活再丰富,手中握着的钞票再多,内心世界也是空虚的,目光也是空洞和茫然的。

一直没有言语的父亲,这时也忍不住插上了话,说道,前几天看电视,看到一则访谈节目,就是那个在中央电视台《百家讲坛》主讲《论语》的于丹,她在接受媒体采访时说了这样一句话,给我留下了深刻的印象,她说,当人在被世界改造时,应该是一种滋润的、舒展的、找到自我灵魂的状态,同时凭自己的力量又一次改变自己。于丹说,她觉得现在许多人完成的只是一种生存,一种默然存在,一种物理现象,不是一种精神状态,更多地追求一种外在的物化的东西,在互相竞争、攀比、倾轧中,却离生命中最本质的呼唤越来越远了。当遇到挫折和不幸时,根本没有想到其他解决的办法,跳楼自杀成为自己唯一的选择。跳楼,好像也成为了一种"蝴蝶效应",在竞相效仿。

父亲接着又说道,我曾看过一本书,书名叫《等待灵魂》。书中有这样一句话,叫做:"别走得太快,请等一等灵魂。"书中告诉人们,人活着的世界,应该帮助我们完成心灵的遨游,灵魂的充实,这才是接近生活中最朴素、最自然、最壮美的一种人生穿越。

儿子静静地听着,仿佛有一种无形的力量,深深地击中他内心的柔软之处,他突然离开座位,走到父亲和母亲的身边,轻轻地拥抱了他们,目光中早已泅上了一片晶莹。

草从对岸来

舅舅是一个渔民,他一直靠打鱼为生。这些年,舅舅承包了几亩鱼塘,日子过得红红火火。舅舅多次邀请我到乡下去玩,看他养的鱼,他还要捞最新鲜的鱼给我吃。

听着舅舅的描述,我心里早就痒痒了,恨不得能一步跨到舅舅的身边。

终于熬到放暑假了,我即刻动身赶往乡下,去看望舅舅。我要看舅舅养的鱼,还要吃舅舅养的鱼呢。

到了乡下,舅舅带我看他承包的鱼塘。舅舅承包鱼塘的水面很大,有十几亩地的样子。清粼粼的水面上泛着银白色的光芒,偶尔有鱼跃出水面,溅起的朵朵浪花,打破了水面的平静。

舅舅撒开一张网,一下子就网住了几条鱼。舅舅捞起一条大鱼,剩下小点的鱼就又丢到水里。舅舅说,这小鱼正长个呢,过不了多长时间,这些鱼就会长成大个了,就能卖个好价钱了。

舅舅忙完了这些,又拿起一根竹竿,将塘边上的水草搅到竹竿上,清理着水塘里的水草。水面顿时变得清爽、亮堂起来。水草被丢到岸上,水淋淋的,空气中散发出淡淡的鱼腥味。

我问舅舅,您把这些水草捞上来干什么?舅舅说,这些水草长在水里，不仅吸收水里的营养，而且还滋生寄生虫，遮挡阳光，影响鱼的生长和发育。

噢，没想到，这水草还有这么大的危害，舅舅真不愧为养鱼专家了。我不禁从心里暗暗敬佩起舅舅来。

第二天，天刚刚露出鱼肚白，舅舅就将我喊醒了。舅舅说，起来吧，跟我到鱼塘边看看去。

清晨，乡下的空气真新鲜，飘飘袅袅的雾霭，将村庄笼罩在一片薄雾中，空气中泛着泥土和草汁的清香味，我禁不住贪婪地深深地呼吸几口。

到了水塘边，我看到舅舅拿起竹竿，又将水里的水草搅到竹竿上。我很疑惑，昨天傍晚时，舅舅不是将水里的水草全搅干净了，怎么又长出这么多呢？

舅舅听了我的疑问，爽朗地一笑，说道，这些草都是从对岸来的。我将这边水草弄干净了，可对面还有一些水草，这些水草繁殖能力很强，只要水里面还留有一点，只需一夜工夫，它就会又长成一大片，所以，我每天早晨到这里来，我第一件事，就是将水面上的水草清除掉。就这样，反反复复，没完没了。

草从对岸来？我不禁向对面看去。果然，对面的水草在舅舅搅动下，缓缓地向这片漂过来，也有一些停留在那里。我不禁恍然大悟，原来，这水塘里的水草，只要还剩一点，就会蔓延开来。

草从对岸来，那是一种改变不了的现实。能改变的，只是自己的心境。不断地清理好自己的心境，无论外界如何纷华靡丽，自己始终拥有一泓清澈的亮丽。

第二辑
笑着活下去

让你大于你

外甥大学毕业后,应聘进入一家合资企业。时间长了,每月固定的薪水,按部就班的生活,使外甥渐渐地感到生活中似乎缺少了点什么。

外甥的妻子平时喜欢编织一些针织品。他看到妻子编织的许多针织品,款式新颖,色彩斑斓。编织多了,摆放得到处都是,可是,妻子又停不下手。编织,是她的一大爱好。妻子常常调侃道,停不下了,手里如果不编织点什么,就会感觉到胸闷、心慌。

他百无聊赖地开了一家网店。将妻子编织的一些针织品挂在网上出售,本意只是想减少点家里的"库存量。"没想到,这些手工编织网上销售情况很好,许多网友在他的网店里购买。一时间,夫妻俩发货、销售、包装,忙得喜笑颜开。

就这样,业余时间,外甥精心打理着他的网店。妻子精心编织针织品,而且编织手艺日趋成熟。她一个人忙不过来了,又招了几个会编织手艺的下岗姐妹。货源有了保障,网店的品种更加丰富多彩。

外甥常常揶揄地笑道,我这白天是打工仔,晚上回来是老板。这老板只需用鼠标轻轻点击几下,就产生了效益,这种景况自己过去真是不可想象的,原来自己还有另一个当老板的潜能,真是自己大于自己。

想到自己还可以大于自己，外甥就会情不自禁地笑出声来。

外甥的几个大学同学毕业后，一直在四处找工作，他们投出的简历像雪片一样飞了出去，可是，却收效甚微。曾经的豪情满怀，曾经的踌躇满志，渐渐地变得有些心灰意冷、怨声载道起来。他们找到外甥诉起苦来，怨自己生不逢时，怨自己满腹经纶却无处施展自己的抱负和理想。

看到同学这种心灰意冷、愁眉苦脸的样子，外甥说道，其实人生没有什么生在逢时或生不逢时，每一个时代都有它逢时的机遇和挑战，只有多动脑筋，想办法，让你大于你，这才是一种人生的大智慧。

同学疑惑不解道，让你大于你？

对，只有让你大于你，你才能走出自我的小圈子，发现一个崭新的自我，发挥出自己最大的潜能。你看，你们始终抱着自己所学的专业这个小圈子，就在这里面转圈子，不能跳出来，一旦遇到阻力，就束手无策、怨声载道起来。

外甥的一番话，使几个同学恍然大悟，有种茅塞顿开的感觉。他们对人生重新进行定位。有的干了一样，又将目光触及到另一样；有的成为荐稿员，看见有好的文章，就推荐给报刊杂志；有的成为动漫设计员，为网络编排程序……他们又变得乐观开朗起来，更重要的是他们变得成熟、睿智起来。

漫漫尘世间，无论你是谁，永远不要囿于自己本身的条条框框，应将自己的触角伸向更多的方面，看得更远一点，想得更深一点，干得更多一点，你才会大于你，你才会重新认识你自己。在任何时候、任何情况下，只有让你大于你，你才会有百倍的信心和勇气，使自己变得更加强大、勇敢、睿智。如果说这个世界还有上帝的话，那就是让你大于你，成为自己的上帝。

一句顶一万句

他是一家私营企业的老板。靠着自己多年的摸爬滚打，他将企业不断发展壮大，企业员工已达几百号人。面对未来，他踌躇满志，意气风发。他成了亲朋好友的骄傲，成了媒体报道的重点。

就在他踌躇满志地要把企业不断做大做强之时，因受世界金融风暴的影响，他的企业一下子陷入前所未有的困境中：产品滞销、资金不畅、工资削减、员工跳槽……紧接着，合作伙伴停止原材料的供应，催要货款的人将工厂大门都给堵上，身边亲近的人也渐渐地离他远去……

他陷入人生的茫茫黑洞之中。眼看自己呕心沥血创办出来的企业就要关闭，他的心在流血、在哭泣。他想找个亲近的人倾诉下，他想找一个肩头依偎一下，他想听到一句安慰的话。可是，这样一件简单的事也很难得到。他感到尘世间的薄凉和无奈。

一天，他踽踽独行在昔日热闹，如今变得一片寂静的厂房里，心中溢满阵阵酸楚，步子变得格外沉重。突然，耳旁传来一声亲切的声音："老板，您好！"

他扭头一看，见是一个二十几岁的小伙子，正在擦拭一台早已停止运转的机器。他好生困惑，不解地问道："你姓什么？你怎么还没走？"

小伙子脸一下子红到脖颈，腼腆地说道："我姓王，在厂里打工已好几年了。"他听了，脸也立刻红了，心里不禁想到，人家在厂里都干了好几年，可自己对他还很陌生，心里感到一阵内疚。他向前一步，伸出手，紧紧地握着小伙子的手，目光中流淌的满是感动。他问到："你怎么还没有走？你在这里现在又没有工钱了。"

小伙子的眼睛里闪烁着一种激动和坚定的目光，他大胆地迎着老板的目光，缓缓地说道："几年来，我对咱厂有了很深的感情，虽然现在厂里遇到一些困难，但这是大气候所造成的，不是老板您个人的原因。我一直坚信，只要老板您不放弃，就一定能找到一把开启咱厂的金钥匙，重振咱厂昔日的辉煌，开辟出一个新天地。"小伙子看似平静的语气中，透露出一种坚定和决绝的果敢，有一种摄人心魄的力量。

霎时，仿佛是电光火石之中，眼前这位小伙子的话，让他顿时有种醍醐灌顶、豁然开朗的感觉。平平常常的一句话，此刻听起来，竟仿佛是天籁之音，余音袅袅，拨动心弦。真是一语惊醒梦中人啊，从眼前这位小伙子的一句话中，他看到了一种信心，看到了一种力量，看到了一种勇气。他的目光中泗上了一片晶莹，内心里掀起了巨大的波澜。

他走上前去，紧紧地拥抱着那位小伙子，嘴里喃喃地说道："谢谢你小兄弟！你真是一句惊醒梦中人啊！"

很快，他调整了经营思路。针对市场行情，大胆创新，使产品从过去只有几个规格，一下子扩展到拥有十几个品种，将产品销路伸向广大的农村、边远地区，不断扩大销售渠道。他用住房、小车作抵押，贷款给员工结算了工钱、购买了原材料。很快，厂房里又传出久违的欢畅的马达声，离开的工人们又回来了，装满产品的货车一辆辆开出厂区……

他的脸上又露出久违的笑容。那笑容里有一种铅华洗净积淀出来的沉稳和坚强。

有媒体前来采访他办厂创新的经验。他听了，目光突然变得柔和起来，他轻轻地说了一句话："一句顶一万句。"

记者听了，顿时感到一头雾水，脸上露出困惑的神色。

他两眼望着窗外。窗外桃红柳绿，一片春意盎然。他仿佛陷入一种美好的回忆中，他向记者讲述了他和那位小青年的那次对话。他深情地说道："那个小青年看似一句平常的话，但对于当时陷入困境的我来说，却是一种巨大的力量和鼓舞，他仿佛让我在黑暗的隧道里看到了一丝亮光，找到了一种前进的方向。"

他顿了顿，又说道："对于一个陷入人生黑暗的人来说，有时，一句激励和鼓舞的话，也是一笔巨大的财富。可是，这样一句话，当时对我来说也是一种奢侈。"

记者从他的故事中找到了他成功的秘笈，他在采访本上郑重写下一行字：一句顶一万句。

对于陷入人生困境的人来说，有时，一句善良的激励和鼓舞的话，给予他人的就是一座明亮的灯塔，让人看到了生命的出口。有时，无须更多，只需一句话，就可以顶上一万句。真的！

尊 严

一位在社区工作的同志对我说了这样一件事。他说,那是他刚到社区工作不久。一次,一位50多岁的女同志来领生活困难补助金。当他将200块钱补助金交给她,她签上字正要离开时,他喊住了她。他从抽屉里掏出相机,对她说,我还要给你照一张相片,然后将照片放在社区橱窗里,向大家公示。

没想到,他刚说了这句话,这位女同志的脸一下子变得满面通红,她将还没有装进口袋的200块钱轻轻地放在桌子上,然后淡淡地说了句,如果要是那样的话,那就算了。我生活是很困难,但我并不想让大家都知道。我有我的尊严。说完,转身离去。

他一下子呆坐在那里,那女同志的一席话,在他耳边久久回响。从那之后,他知道,穷,也是一个人的隐私,将这种隐私公布出来,无疑像一条带血的鞭子抽打在别人的身上。

一位朋友对我说了这样一件事。他说,一次,他到医院去看望一位病人,这位病人住在传染病房。他来了之后,发现自己没有戴口罩,就赶紧用手捂住鼻孔,站在病房门口,和朋友打着招呼。

朋友看到他这个样子,脸立刻阴沉了下来,说道,你走吧,这里不是你来的地方。说完,转身走向窗口,背对着他,一言不发地看着窗外。

朋友尴尬地离开了病房，刚走了没几步，就听到病房里的说话声，怎么？刚才来看你的那人是你的朋友？这也叫朋友？瞧他把鼻孔捂的，不把他憋死才怪，怕传染就别来呀。

走到门口，一位护士看到他用手把鼻孔捂得那么紧，一脸鄙夷地说道，你这是什么动作？戴个口罩不就行了吗？

这件事，对朋友产生了深深的震撼。他说，那天，哪怕你戴三层口罩，人家也不会有想法，但是，决不能用手去捂鼻孔，用手去捂，捂出的是冷漠、是讥讽、是嘲笑，是一个对他人尊严的一种漠视和轻慢。

一位在公安部门工作的同志对我说起这样一件事。他说，一次，他们奉命去抓捕一名犯罪嫌疑人。他们一行几人身着便衣，来到嫌疑人家里。当时嫌疑人正在家里看电视，抓捕工作非常顺利。

当我们正要将嫌疑人铐上手铐带走时，这时，响起了一阵敲门声，并传来清脆的喊声，爸爸，我回来了！

听到喊声，这名嫌疑人脸色立刻变白了，他压低声音对我们说道，我女儿放学了，我想求你们一件事，请你们不要当我女儿的面铐手铐好吗？在女儿眼里，我一直是一名好爸爸，我不想让女儿看到我是个坏人，那样的话对女儿打击太大了，我担心她幼小的心灵一时承受不起。说完，这名嫌疑人眼睛里竟噙满了泪水。

我们几个对视了一下，对他点了点头。他激动地打开了门，他女儿看到家里一下子来了这么多人，疑惑地问道，爸爸，您这是要去哪儿？他说道，爸爸要和几个叔叔去办点事，你先做作业，晚上你和妈妈先吃饭，就不要等我了。

女儿一扫刚才的疑惑，脸上露出甜甜的笑容，说道，叔叔再见，爸爸再见！然后，一转身，进了她自己的房间。

出了家门，他长长地吐了一口气，然后主动地伸出手，说道，现在铐上吧，谢谢你们给我在女儿面前留下了一个做父亲的尊严。

　　活得有尊严，是一个人安身立命的脊梁和根基。无论是谁，活在这个世上最宝贵的东西，就是活得有尊严。忽视他人的尊严，就是对他人的一种冒犯和亵渎。尊重他人的尊严，不仅是自己人性光辉的体现，也是社会发展和进步的一种体现。

职业操守

母亲岁数大了,身体不舒服,到医院看病又很不方便。妻子是一名医务人员,她从医院开回药水后,帮母亲在家吊水。这样一来,方便了许多。

不经意间,我发现,每当母亲吊完水,妻子总是将用过的针管、皮条、药棉等,仔细包扎好,然后放进了自己的包里。

我不解地问道,这些用过的针管、皮条还这样放进包里干吗?丢到外面垃圾桶里不就行了?

妻子听了,一脸严肃地说道,这怎么能丢进垃圾桶里?如果让收垃圾的人戳到手,都不安全,我要将这些用过的针管、皮条带到医院里做统一销毁,这是一种职业操守。

我忽然顿悟道,原来在妻子心里始终装着一种职业操守,这种操守无论是在工作中,还是在工作以外,已将这种操守渗透到生命中,这是渗入骨髓的一种印记,不会改变。

到姐姐家去玩。姐姐看到我来了,说道,家里没有什么菜,我到菜场去买点菜。我说,我陪您一起去吧。

姐姐在买菜时,忽然像发现了什么,只见她停下脚步,将手上的布袋放下,弯下腰,对着一个正在做作业的孩子看去。一会儿,姐姐用手指点着什么，对着孩子细心地说着什么。孩子抬起头，小脸蛋上还有不少污垢，他露出甜甜的笑，赶紧低下头重新做起来。

看到这孩子悟性很高，姐姐爱怜地抚摸着孩子的头，夸赞道，嗯，很聪明，以后题目要看仔细，不能马虎了。孩子有些羞涩地点点头。

离开后，我有些埋怨地说，姐，您也是的，那小孩您又不认识，干吗要教他？

姐姐莞尔一笑道，习惯了，无论是在学校，还是在校外，看到孩子做作业，忍不住都要看一看、讲一讲，特别是看到那些进城务工的农家子弟，就更忍不住要讲一讲，这大概也是一种职业操守吧。

姐姐的话，让我心里顿时溢满了一缕柔软，周遭沐浴着挥之不去的温暖和感动。

朋友老王是名出租车司机。需要打的时，我常常坐他的出租车。时间长了，我发现了一个奇怪的现象。每次遇到下雨天或不好的路段时，他总是将车开得很慢。我有些不解地问道，你为什么将车开得这么慢？

老王微微一笑道，你看，这路面有许多积水，如果将车开快了，会将雨水溅到行人身上的；如果路面灰尘太大，车开快了，卷起来的灰尘会呛到行人。遇到不好的路段，将车开慢点，会照顾到行人，这也是一种职业操守。

没想到，平时大大咧咧的老王，却在心里始终装着自己的职业操守，让人顿时充满敬意。

生活中，一个人，能将自己的职业操守渗透到生活中的方方面面，不需要监督、说教、指点，在生活的点滴中自行体现，这就是一种高尚、一种敬仰、一种感动。我们常说润物细无声，大概就是这个道理。

我的舟曲网友

和卓玛是在网上认识的。一天，一个叫卓玛的QQ号，要加我为QQ好友。卓玛，一个陌生而又亲切的名字。我立刻想到的是风吹草低见牛羊的清澈而秀丽的景色。可是，那又是一个多么遥远的地方。

对这个要加我的"卓玛"感到很新奇，就点击到其个人资料中查看。发现她是甘肃舟曲县的一名小学老师，同时，也是一名文学爱好者，已发表几十万字的文学作品。

和卓玛成为QQ好友后，通过QQ交流，我对她有了更多的了解。一次，卓玛问我，你知道舟曲这个地方吗？

我在记忆里努力搜找着这个地方的印记，可是，一点印象也没有，只好如实地回答道，真的汗颜，我不太清楚。

卓玛兴奋地告诉我，舟曲县位于甘肃东南部，这里冬无严寒，夏无酷暑，素有"陇上桃花源"之称。每年五月的端午，是舟曲独具特色的采花节。这一天，青年男女纷纷攀山采摘鲜花，以纪念传说中的兰芝姑娘。同一天，在舟曲县还举行祭水节。当喷涌而出的飞瀑临崖而下时，人们欢呼跳跃，尽情跳舞，沐浴净身。这里最享盛誉的是被称之为"琼浆玉液"的地方风味饮料——罐罐酒。这种自酿自饮的酒是用青稞、高粱、玉米为原料，以甘洌纯净的泉水酿制而成，其味醇厚，绵甜可口，远方的客人来到这里，主人必以此酒款待。

卓玛说起她的家乡舟曲，竟如数家珍，一一道来。看得出，卓玛一定是一个热爱生活，心地细腻、善良的女孩子。

卓玛在教学之余，深深地爱上了写作。她写草原、写牦牛、写美丽的舟曲、写舟曲姑娘和小伙的爱情。她常常将她写的文字发到我的信箱里，让我先睹为快。她那细腻的描写，热情奔放的语言，仿佛把我带到了美丽的舟曲。

每天打开电脑，我总看到卓玛的QQ头像是亮着的。有时，我向她发一句问候，她发来一大束的鲜花或者是一个开心的笑容。有时我就静静地看着她QQ头像闪烁，这是一种静默的祝福。尘世间，最幸福和美好的不外乎是你在、我在，大家都在好好地活着。

8月8日，舟曲发生了特大泥石流的消息传来，我立刻想到的是我的网友卓玛。我飞快地打开了电脑，开通了QQ。我希望看到卓玛在线上，她在向我报着平安。可是，我的心凉了下来：卓玛不在线，她的QQ头像是暗淡的。我心不甘，不停地在她QQ里发送着一句句问候。我宁愿相信卓玛是处于隐身状态。

一天，又一天，没有卓玛的任何消息。我一直坚信，卓玛不会有什么意外的。她说过，她还要写她的学生、写她的舟曲、写舟曲的姑娘和小伙……此时此刻，卓玛一定正在抢险现场，她正在搬运救灾物资，她正在帐篷里教孩子们上课……

现在她太忙了，等一切都安定下来，卓玛一定会出现在QQ上的，她会向我描述在舟曲特大泥石流灾害中，那一幕幕悲壮而又感人的抢险情景，描述舟曲人的坚强和勇敢，描述舟曲人重建家园的雄心壮志……

是的，我相信，舟曲永远是美丽的。那清香扑鼻的罐罐酒，依然在舟曲的大地上散发出浓郁的清香，令人陶醉、令人向往、令人流连忘返……

这个孩子也是我的

2010年8月23日上午,一个香港旅游团到达菲律宾旅游。菲律宾的美丽风光,让游客们流连忘返,乐不思蜀,沉浸在一片欢乐、祥和之中。

谁也不知道,一场突发的灾难,正悄然临近。在参观完马尼拉著名景点黎刹公园后,旅行团正在集合上车时,一名身穿警服,手端M16自动步枪的枪手,突然冲上车,将车上的23人全部扣为人质。

刚才脸上还露出幸福笑容的游客们顿时变得紧张起来。没想到,他们遭到持枪歹徒劫持了。时间一分一秒地过去了,车厢里尽管有空调,但依然显得闷热难当空气中,有一种令人窒息的沉闷。

枪手与当局派来的谈判代表谈判,始终没有结果。枪手一再扬言,如果当局不能满足他提出的要求,他将枪杀车上所有的人质。

车上一范姓女士和她的丈夫,带着她的两个孩子也随团参加这次菲律宾之游。她的两个孩子,一个4岁,一个11岁。两个孩子第一次随父母到外国旅行,没想到就踏上了这次"恐怖之旅"。两个孩子岁数还小,还不知道眼前究竟发生了什么,闷在车厢里,时间长了,他们不停地吵吵嚷嚷,又是尿又是屎的,让范女士忙个不停。

两个小孩的吵闹声,也引起了枪手的注意,并让他感到烦躁。

为了增加与当局谈判的筹码，枪手命令范女士将两个孩子带下车，先将她们释放。

范女士听了一阵惊喜，她赶紧拉起了两个孩子的手，站起身子。她向身旁的丈夫深情地望了一眼，仿佛有许多话要说，可是，由于情况紧急，枪手反复无常，随时会改变主意，只能赶紧带着孩子离开这个极度危险的地方。

范女士一手握着一个孩子的手，离开座位，向车的前门走去。车的前门近了、近了，她们马上就能离开这个恐怖之地了，她已经看到车门外的阳光了。阳光很明媚，那是一方安全之地，那里有自由的呼吸啊。

突然，范女士停下了脚步。她看到一个小男孩正坐在自己父母的身边。这个小男孩和自己的孩子一般大，漆黑的眸子，分外明亮。小男孩看着范女士的两个孩子，脸上露出甜甜的微笑，像是在和两个孩子打招呼。多可爱的孩子啊，他就像是自己的孩子一样，聪明、伶俐。范女士心里溢满了一缕柔软。

她抬起头，镇静地对枪手说，这个孩子也是我的，我要带他一起下去。枪手两眼紧紧地盯着范女士的眼睛，这目光，显得格外阴森、恐怖，仿佛要一眼看穿范女士的内心。范女士目光始终淡定地望着枪手，没有露出一丝恐慌和不安。

也许只有短短的几秒钟，但就像是经历了几个世纪，是那么的漫长，漫长得仿佛要让人窒息。枪手终于微微地点了一下头，示意范女士可以把这个孩子带下去。

范女士内心一阵窃喜，她赶紧松开自己孩子的一只手，将手伸向那个小男孩。小男孩伸出手，紧紧地握着范女士的手，眼睛里充满了感激和信任。

范女士用身体护着三个孩子一起往车门走去。经过枪手身边，她感觉到了枪手沉重的呼吸和阴森森的枪口，但是，她依然神情自若，没有一丝惊慌。

终于走下了车，离开了那个恐怖之地，来到了安全的地方，范女士这才蹲下身来，将三个孩子紧紧地搂在怀里，她再也控制不住内心的情感，禁不住流下了滚滚热泪。

在随后发生的菲律宾特警与枪手的枪战中，共有8名香港人罹难。罹难人员中，也包括范女士的丈夫和范女士认领的那个素不相识的小男孩的父母。

范女士在极度危险的情况下，置自己和自己的孩子生命于不顾，在歹徒的枪口下，冒领一个素不相识的孩子，挽救了一个无辜孩子的生命。范女士的英勇无畏之举，感动了无数香港人。在这场灾难面前，人们看到了香港人舍生忘死、大义凛然的浩然正气，这正是中华民族传统美德的生动体现。

没人有义务对你好

回到乡下,已是暮色浓重。院子里,母亲正在浣洗衣裳,空气中,弥漫着一种湿漉漉的气息;淡淡的水渍,隐映在地上,像画上了一块块地图。看到我回来了,母亲欣喜地直起身子,她擦去手上的水渍,搬过来一条小凳子。然后,母亲亲切地询问起我近来的生活情况。

我喜形悦色地说起我的近况,可是,说着说着,我突然义愤填膺地冒出一句,现在的人,真是狗眼,用得着你了,就会想方设法地巴结你,用不着你了,就会对你不管不问了。

母亲惊讶地抬起头,问我是怎么回事。

我心情郁闷地对母亲说起自己气愤的原因。我说,我去年下岗了,曾经和我玩的最好的一个哥们,却装作不知道似的,不管不问。我今年又重新找到工作了,他又跑来和我叙友情了,这种人真是狗眼。

母亲听了,淡淡地说了句,我当发生了什么事呢,这叫什么事?竟惹得你生这么大的气,真划不来。生活是自己的,你只要自己对得住自己就行了,没人有义务对你好!

母亲淡淡地一句话,像一击闷棍,重重地击打了我一下。我心里一遍遍地回味着母亲这句话,内心久久不能平静。

因工作上一件事,需要找过去单位的一个老领导作证明。这位老领导从单位退下来有好几年了,一直没有再联系过。于是,我辗转找到了这位老领导的家。

当他看到我的那一刹那,他脸上露出满是惊喜的神色,他紧紧地拉着我的手说道,还是你够朋友,我退休下来,就很少有人上我家门了,那帮人真是一群势利眼,我在台上时,都巴结我,整天围着我转,我下来了,就再也见不到影子了。这些年来,我一直在为这事生气!

老领导越说越气愤,脸上因气愤而变得有些扭曲了。看到老领导义愤填膺的控诉,我好不尴尬,不自然地讪笑着。终于,我嗫嚅着说出我找他的原因,他的脸色突然变得阴沉起来了。他松开我的手,淡淡地说了句,原来你是找我有事的哦,我还以为是专门来看望我的呢,唉!

老领导顿时陷入一种深深的失落中。我心里溢满了自责和内疚,我为自己也成为他眼中的那帮狗眼而难过。我知道,此时我无论如何解释我不是狗眼,一切解释都无济于事了。在他眼里,我就是狗眼。

事后,我对着镜子,曾仔细观察自己的眼睛,一遍遍地问自己:你也长着一双狗的眼睛吗?

生活中,我们常常觉得自己不快乐,并不是自己缺了什么,而是觉得别人对自己不够好,特别是在自己失落的时候,这种心理表现得更加强烈。我们看别人是长着一双狗眼,而别人看我们,又何尝不是长着一双狗眼?

香港著名主持人梁继璋先生在给他儿子的一封信中写道:孩子,

在你一生中，没人有义务要对你好！因为，每个人做每件事，总有一个原因。他对你好，未必真的是因为喜欢你，请你必须搞清楚，而不必太快将对方看作朋友。没有人是不可代替，没有东西是必须拥有。看透了这一点，将来你身边的人不再要你，或许失去了世间最爱的一切时，也应该明白，这不是什么大不了的事。

浮　石

　　这是我在大学里上的最后一堂课。那天,教授一走进教室,脸上就呈现出一种抑制不住的喜悦和激动。他用眼睛环视了下面座位上一个个青春勃发、阳光帅气的莘莘学子,目光中流淌着一缕温暖和深情。那一刻,我发现,教授眼镜的镜片后面竟有些晶亮。

　　只见教授对大家说道:"同学们,今天是你们在大学里上的最后一课。我将不在教室里讲课,同学们随我到校外走走,上一堂室外课。"

　　同学们听说是到室外去上课,精神为之一振,个个兴奋不已,嘻嘻哈哈地随着教授走出了教室。教授也一扫过去在课堂上的那种严肃和古板,和同学们一路上有说有笑,气氛显得十分轻松、惬意。

　　不知不觉,教授将学生们带到校园内的小湖边,停下了脚步。望着一汪清澈、平静的湖水,教授的目光突然变得柔和、清亮起来。只见他弯下腰,从地上捡起一枚小石块,指着那一湖清凌凌的水面,对学生们深情地说道:"同学们,你们谁能将这枚小石块,在不使用任何辅助品的情况下,就能让它漂浮在这水面上,不沉入水下?"

　　同学们听到教授给大家出了这道题,不禁面面相觑,哑然失笑。心想,教授您今天是怎么啦?一个极简单的生活常识,竟也犯迷糊了？石块是没有多少浮力的，只有木头、塑料、纸张这些东西才能浮在水面上，它们的浮力大，这是小学生都知道的常识。不过，大家转念又一想，教授既然出了这道题，一定有它的道理，教授是想考考我们到底聪明不聪明呢。这对我们这些大学生来说，还不是小菜一碟？根本难不倒我们。

于是，同学们从地上找到一枚枚小石块，一个个蹲在小湖边，将小石块轻轻地放在水面上，想让小石块漂浮在水面上。可是，无论怎么小心翼翼，无论怎么轻轻摆放，小石块总是立刻就沉到水里去了，根本漂浮不起来。

有几个同学见状，赶紧拿出纸和笔，要计算出小石块与水面应该摆放出多少角度，多少曲线，多少函数，才能将小石块漂浮在水面上。不一会儿，草稿纸上就密密麻麻写满了各种计算公式、数据和图形，额头上也渗出密密的汗珠来；有几个女生偷偷地从口袋里摸出唇膏、珍珠霜之类的化妆品，在小石块的一面偷偷地涂抹着，然后，用纤纤兰花指捏着小石块轻轻地放在水面上，想让小石块增加点浮力，让小石块漂浮在水面上。可是，这种方法也不行，小石块也很快地沉入到水里去了。只在水面上留下一层油腻的色彩花纹，一阵微风吹来，顷刻间就荡漾开来，将水面渲染出一片色彩来。女生们用眼睛的余光瞟向教授，脸上浮起一缕羞涩；几个男生灵机一动，从口袋里掏出香烟，抽出一根烟来。他们将烟揉碎，将烟丝贴在小石块的一面，想让小石块增加点浮力。可是，小石块一放到水面上，也很快地沉入水里去了。只是在水面上漂浮着丝丝缕缕的烟丝。男生们看了看教授，用手摸摸头，呵呵一笑，不好意思地低下了头……

不一会，同学们从小湖边一个个站起身来，对着教授无奈地苦笑道："教授，我们将学过的各种公式都用上了，也计算不出应该怎样摆放；还有，如果不要什么辅助品，也根本没有办法让小石块漂浮在水面上。"

大家自作聪明的一些小方法、小动作、小把戏，教授可都看在了眼里。他忍俊不禁地摇摇头，目光中满是爱怜。他看了看身边学生的那满是期待的目光，举起了手中的小石块，含首微笑道："同学们，要让这小石块漂浮在水面上是很容易的，根本不需要什么深奥的方程计算和函数的解析，也不需要什么小动作、小把戏，只这么简单一下，就能让这枚小石块漂浮在水面上，大家看我的。"

说罢，教授将身子微微地向后一昂，然后，身子往前一倾，顺着水面，将手中的小石块用力一削，这枚小石块就在水面上打起了水漂。它欢快地向前奔跑着、跳跃着、起伏着，水面上荡起一道优美的弧线：小石块真的漂浮在水面上了。

同学们在片刻的恍惚后，顿时仿佛明白了些什么，大家情不自禁地纷纷鼓起掌来。教授摆了摆手，对学生们说道："同学们，要想让这小石块漂浮在水面上，而不沉到水里去，只要让这小石块向前快速地不停地运动，它就可以不沉下去了。"

教授顿了顿，接着又说到："同学们，你们在大学里学到的知识，更多的是书本上的知识。你们就要走出大学校园，走向社会这个大课堂。一个人要想在社会上站稳脚步，不断取得更大的进步，就需要不断地学习、学习、再学习，进步、进步、再进步，只有这样才能不会被社会淘汰、才会跟上这个飞速发展的社会，也才会有更大的进步。"

教授意味深长的一席话，让同学们一个个陷入沉思中。大家举起手中的一枚枚小石块，定睛细看。此刻，这枚小石块在同学们眼里，显得既熟悉又陌生，既清晰又模糊，既轻巧又沉重。电光火石中，同学们从教授的一番话中，似乎一下子明白了些什么。是啊，要想让自己这枚小石块不沉到水里去，必须要不停地向前跳跃、奔跑、前进，才能浮在这水面上。

大家不约而同地欢呼起来,将手中的小石块用力削向水面。顷刻间,一枚枚小石块贴在水面上欢快地向前跳跃着、奔跑着、起伏着。水面上,划开一道道美丽的弧线,绽放出绚丽的花纹。这些美丽的花纹在水面上荡漾出层层涟漪,久久不散……

许多年过去了,那大学里最后的一课,那湖面上一枚枚欢快跳跃的小石块,却成为记忆中的永恒。迢迢尘世间,无论人生发生何种变故,我知道,应当如何去做一枚不沉的小石块的智慧。那欢快着、跳跃着、起伏着、前进着的小石块,是生命的一种坚强和勇敢,是生命的一种奔腾和绽放,是生命的一种永恒和穿越。

长　大

那年，他才刚刚八岁，还是一个懵懂无知的孩子。每天带着弟弟和妹妹在外面疯玩，脸上渗出细细的汗珠，还有斑斑点点的污渍。那真是个少年不识愁滋味的年龄。

有大人问他，你多大了？他抬起头，眨着长着长睫毛的眼睛，稚声稚气地回答，我还小呢，才八岁。大人抚摸着他的小脑袋瓜子，笑嘻嘻道，嗯，是还小，快快长大吧！他听了，嘿嘿一笑，一转身，就带着弟弟妹妹跑开了。

日子就这样一天一天流逝，像风儿刮过面颊，无声无息的。有一天，他放学回家，刚走到家门口，就发现家里和平常的气氛不大一样。屋子里有许多人，母亲正在抽泣，有几位阿姨正在劝着母亲。

母亲看到他，拉着他的手，哭着说，孩子，你爸爸今天盖房子，从房顶上掉下来，摔死了！

仿佛是一声惊雷炸响，他的小脑袋瓜子立刻嗡地一声炸开来。爸爸怎么会死的呢？早上上学时，爸爸还对我说，过几天就带我去看大海，还要到海滩上去逮蛤蜊、小蟹呢，我正盼望着呢！可是，爸爸怎么会突然摔死的呢？

在母亲抢天呼地的哭声中，他终于知道，爸爸不能带他看大海了，不能带他到海滩上逮蛤蜊、小蟹了。他第一次感到了心口堵得慌，喘不过气来。弟弟、妹妹依偎在他身边，他将他俩紧紧地搂在身边，紧紧地。他感到弟弟、妹妹满脸泪水中，身体在颤栗、在抽搐。

仿佛只是一夜的功夫，他变了，变得沉默了。他不再和弟弟、妹妹嘻嘻哈哈地打闹了。以前不做的事，他做了。在家里，像个小大人似的，忙忙碌碌的。妈妈常常爱怜地抚摸着他的头，说道，你长大了，像个小大人了。

这时，他知道了，自己长大了，是个小大人了。那一年，他十岁。

一晃，又是几年过去了。家里的日子过得很艰难，家里家外，全靠母亲一个人操劳。看着母亲过早累白了头，他心里一直堵得慌。一直在想，自己应该做点什么，为了妈妈、为了弟妹、为了这个家。

一天，他把弟妹喊到眼前，郑重地说道，你们一定要好好念书，上学的费用由我来保证。他毅然决然地将书包收藏了起来，外出打工去了。

那一刻，他的泪水倾盆而出，心中充满着悲伤和痛楚。他知道，自己的学习很好，老师说他将来考个重点大学不成问题。可是，为了减轻母亲的负担，为了这个家，他只能放弃自己。他作为一名兄长，自己已经长大了。他要担当一种责任。

七八年了，这期间，他只回过一次家。那是在接到母亲病危的电报后，才赶回家的。父亲的去世，对母亲打击很大，终于积劳成疾，病倒了。安葬好母亲，看到依偎在自己身边的弟弟、妹妹，用力抹了把眼泪，然后，搀起弟弟、妹妹的手。他觉得自己长大了。

他成了这个家的"家长"，安排好弟弟、妹妹的生活，督促好他们的学习，然后，拼命地打工挣钱。一年四季，他只穿那件厂里发的工作服。洗得都发白了，很晃人眼。

弟弟、妹妹终于先后都考上了大学。他说。你们放心地上吧，大学期间的费用我全包了。那口气，斩钉截铁，不容置疑。

一晃，又一晃。弟弟、妹妹大学先后都毕业了，先后都找到了工作。很快，弟弟、妹妹们身边又多了一个人，他们恋爱了。看到弟弟、妹妹都恋爱了，他眼睛里常常闪烁着激动的泪花。弟弟、妹妹们说，哥，你也应该给我们找个嫂子了。他含嗔地看了他们一眼，说道，我要把你们的婚事都办了，再考虑，也不迟。

弟弟、妹妹抬起头，看着眼前的哥哥，突然，他们发现，哥哥的头上已有许多白发，背也微微弯曲了，脸上布满岁月的沧桑。弟、妹的眼睛潮湿了，变得一片朦胧。

他终于把弟弟、妹妹的婚事风风光光地给办了。他一个人悄悄地来到父母的坟前，跪了下来，他将这一喜讯告诉了天堂里的父亲和母亲。一阵风吹来，坟茔上的荒草在无声地轻轻地摇曳。他仿佛看到天堂里的父亲和母亲正露出灿烂的微笑，对他说道，孩子，你真懂事，你已经长大了。

当弟弟、妹妹赶到医院时，他们才知道，哥哥的病，已经是晚期了。他们在哥哥的病床前，紧紧地拉着他的手，哽咽地说道，哥，您为什么不早说啊，您为什么这么苦了自己？

他强忍着疼痛，挤出一丝笑容，说道，你看你们，哭哭啼啼的，怎么还像个孩子？我已经长大了啊！

一个人的味道

外甥是一名刑警。在刑警队里，他立过三次二等功、两次三等功。擒拿格斗，刀枪棍棒，样样精通。射击更是弹无虚发，百发百中。他曾经一个人将四个歹徒打得趴在地上动弹不得。29岁的他，就已经是刑警支队的副队长。

可是，各方面条件都十分优秀的他，婚姻大事却一直没有解决，渐渐地成了一名"剩男"。外甥的婚姻，成为家人、朋友十分关心的大事，常常有热心的朋友，为他牵线搭桥，希望他能早日将婚姻大事定下来。

有一天，一位朋友给他介绍了个对象。女方是个小学教师，长得很文静很漂亮。她听了外甥的情况，非常满意，表示愿意见面。外甥听了女方情况的介绍，也非常满意。

那天和女方见面时，外甥特意将自己精心打扮了一番。他穿着一身名贵的西装，头发抹得锃亮，戴着一副金丝边眼镜，手指上还戴着个大方戒，夹着个公文包，一个十足的商人派头。

那女教师见到外甥这个样子，脸上顿时露出惊讶的神色。她紧紧地盯着外甥看了一会儿，然后，站起了身，淡淡地说了句，对不起，我还有点事，再见了。说完，便头也不回地走了。

外甥一下子愣在那儿，半天没有缓过神来。没想到，俩人还没有交流半句，人家就说再见了。外甥百思不得其解。

介绍人回话说，女方只说了这样一句话：你这人一点没有刑警的味道，没兴趣交往下去。

听介绍人的回话，外甥不禁陷入一种困惑和不解之中，他久久地回味着那句"一个刑警的味道"的话……

过了一段时间，有朋友又给外甥介绍了个女朋友，对方是一名医院的护士，长得美丽又温柔。

那天，外甥刚刚完成一项侦破任务，就风尘仆仆地赶到约会地点。女方看见外甥的额头上沁出的细细汗珠，脸上红扑扑的，警服上还有没来得及弹去的尘土，手背上还有被划破的血渍。

看到这一切，女方不禁深深地吸了一气，目光中顿时溢满了柔情，一缕羞涩袭上面颊。就这样，她和外甥热情地交淡起来。

事后，女方回话说，她十分愿意和外甥交谈下去，不为别的，只是因为外甥身上有一种刑警味。

人，也是有味道的。一个人，由于角色的不同，给人的味道也是不尽相同的。如果丢了自己最本真的东西，刻意地去追求一种浮夸、不属于自己的元素，反而给人一种陌生的感觉。露出真实的自我，会使人感到更加亲切、自然。那句"闻香识人"，大概就是这个道理。

一人一果一树高

一位网友将他女儿画的画从网上发给我看。我对绘画是个外行，但是我从那画的色彩、线条、图案上来看，感觉确实很美丽，于是，忍不住夸赞一番。

网友说，你知道吗，如果我告诉你，这是一位15岁的女孩，而且是一位脑瘫患者画的画，你还相信吗？

我说，那我是绝对不相信的，脑瘫患者怎么会画画呢？

网友用一种幽幽的语气说道，这就是我女儿画的，她是一位脑瘫患者。网友停顿了一会儿，接着说道，当得知女儿是一位脑瘫患者时，那一刻，我无法接受这个事实。但是，残酷的现实告诉我，我必须接受这个事实，别无选择。于是，我擦去夺眶而出的泪水，把女儿紧紧地抱在怀里。我感受到了女儿澎湃有力的心跳，这也是一个有生命的人啊！既然有生命，那就别无两样！

女儿一天一天地长大了，她的言语、肢体、表情，始终是僵硬、扭曲、摇摆的。但是，作为一名父亲，我知道，她的内心世界是丰富的：像悠悠的白云、像蓝蓝的大海、像高高的雪山。从她的眼神中我看出，她渴望美丽、渴望生活、渴望知识。我知道，她学任何东西，都要比正常人来得慢，她必须要有别人百倍、千倍、万倍的努力，才能学会别人轻易就能学会的东西。女儿很懂事，她知道自己与别人不一样。她学任何东西都很努力、很用功、很刻苦。这一点，让我感到一缕欣慰和甜蜜。

我发现，她对画画特别感兴趣。她常常在那里一画就是大半天。无声无息，整个世界好像只有她一个人。我送她到美术绘画班，从女儿欣喜的表情中，我感到她有一种想翱翔、想展翅、想蹒跚的渴望和梦想。老师对我说，她是全班最刻苦的一个。每次都是第一个来，最后一个走，这是我从教几十年来，第一次遇见的，让我深受感动，她将来一定有前途。

老师的话，给了我一种苦尽甘来的安慰和喜悦，也给了女儿一种信心和力量。从此，女儿学习更刻苦了，她的作品多次参赛并屡屡获奖。

在女儿15岁的时候，市里还专门为她举办了一次画展。画展效果很好，受到各方面的关注和好评，女儿被树立为典型，成为青少年学习的榜样。目前，女儿已被一名著名画家收为学生。老画家说，像她这么刻苦学习绘画的人，我要免费收她为学生，她想学到什么时候就学到什么时候，我的大门永远是向她敞开的。

这位网友深有感触地说到，我对女儿曾经失望、渺茫，甚至绝望过，我不知道她的未来在哪里。看着女儿蹒跚、抖动的样子，抑制不住的泪水常常悄悄地滑落。但是，现实告诉我，我女儿找到了她的立身之本，尽管她是一名脑瘫患者。我从中也感受到了一种人生快乐和幸福。

这位网友说，有一个画家曾赠给他女儿这样一幅字：一人一果一树高。这句话令人回味无穷，百感交集。我们每一个人来到这个世界上都是独一无二的，不可重复的，就像每一片树叶都是不一样的。每一个人、每一粒果、每一棵树，都有它的姿态和美丽，这才构成了我们这个万千世界，这片姹紫嫣红，这类芸芸众生。

网友的话，让我心中溢满了柔软，目光变得朦胧。是啊，他女儿虽然是一位身有残疾的人，但最终并不是他的累赘，依然给他带来一种幸福和快乐。

我给这位网友最后打了这样一行字：作为一个生命的个体，无论美丽、丑陋、扭曲，都可以婆娑、逶迤、招摇。无论转瞬即逝，还是天长地久，都是一种永恒。

笑着活下去

有网友在我的 QQ 信箱里发了一组照片,并提醒我要耐心地看看,也许,在我们坚硬的外表下,会触痛到内心中的一丝柔软。于是,我一张张地看下去。这一看,心不知怎的,却一点一点地沉下去,它压迫着我的呼吸,使我有一种想流泪的感觉。那是一种从心里涌动出来的生命的澎湃,痛并幸福着。

这是一张在公用电话旁,几个农民工正簇拥着一个同伴在打电话。这几个农民工穿着工作服,脸上、工作服上沾满了斑斑驳驳的油漆,手上拿着劳动工具。但他们都在笑,笑着非常开心,那是一种从心底荡漾出的一种温暖的笑容,没有丝毫的做作。那个在打电话的农民工,脸上是灿烂的笑容,眉毛向上扬着,露出洁白的牙齿。几个农民工的身后是城市的高楼大厦、宽敞马路、衣着挺阔的时尚男女。他们与这个城市有着那么巨大的反差,但从他们灿烂的笑容看上去,一点也没有这种感觉,他们的感觉是那么的美好和幸福。

照片旁边配上了一段文字:老婆,我在城里很好,吃得好、穿得好、睡得好,干活一点也不累,我和同伴正穿着西服逛大马路呢,你听,还有汽车的马达声呢!

这是一张街头擦皮鞋的照片。擦皮鞋的是一位年轻的母亲,她的背上用带子系的是一个才几个月大的婴儿。婴儿头上戴着一顶小花帽，此时，他（她）已睡着了。但就在这睡梦中，婴儿的脸上还露出甜美的笑容，这笑容是那么的干净、圣洁。婴儿的母亲正弯着腰低着头，为一个顾客擦皮鞋。她的脸和背上的孩子一样，露出甜美的笑容。这一刻，看上去，她仿佛连眉毛都在笑，笑得是那么的干净、彻底。坐在她面前椅子上的顾客是一位只有才七八岁大的小男孩，他悠闲地靠在椅子上，嘴里用吸管吸着一瓶酸奶。小男孩的旁边站着一位衣着时尚的年轻母亲，她手里挎着一大包吃的喝的和玩具，爱怜地抚摸着小男孩的头，脸上荡漾出妩媚的笑容。

　　照片旁边配上了一段文字：孩子，你知道妈妈有多高兴啊，擦完了这双皮鞋，我就有一块钱了，你就能多喝一口奶水了。

　　这是一张风雨飘零的照片。照片上，一个骑三轮车的汉子，穿着一件短汗衫，全身已被雨水湿透了。他正头顶着风雨，弓着腰，奋力地蹬着三轮车。三轮车夫的脸上全是雨水，但他的脸上却露出一种欢欣的笑容，这笑容透过风雨，绽放出一种别样的坚强和勇敢。三轮车后面坐着的是一对年轻男女。在防雨棚里，男孩正将一块糖送到女孩子的嘴边。女孩娇羞地微闭着眼，微启朱唇，露出幸福、甜美的笑容。男孩看着女孩，眸子里溢满着浓浓的深情。外面的风声雨声与他们无关。

　　照片旁边配上了一段文字：这点风雨算什么，用力蹬、用力蹬、再用力，为了是就要到手的几块钱，为的是那并不丰富的一顿午餐。

　　这是一张一对老人的照片。在街头花园的台阶上，一对风烛残年的老夫妻，正坐在台阶上休息，俩人是一身风尘，身旁是用蛇皮袋装的鼓鼓的行囊。老头子怀里抱着一把土得掉了渣的二胡，就像抱着一个宝贝。老人眼眶深深地陷进去，紧紧地闭着眼，原来是一个瞎老头。老人虽然眼睛瞎了，看不见外面的世界，但是，他能听到，他能用心听到这光怪陆离、五彩缤纷的世界。此刻，老人正微笑着，是一种从心底发出的灿烂笑容。老人张开嘴，吃老太太递过来的一块馒头。老太太头上扎着一块方头巾，脸上像核桃皮，坑坑洼洼的，但是，她看着身旁的老伴，脸上同样露出会心的笑容，她将手里的一块馒头，用手掰下一小块递到老伴嘴里。两位老人的笑容，像盛开的菊花，婆娑、逶迤。

照片旁边配上一段文字：悠悠的琴声，在城市的上空回荡，如泣如诉。生活虽然无比艰难，但我也要笑着活下去，人生的路上有你相伴，一块干巴巴的馒头嚼到嘴里，也倍感香甜。

……

一张张照片看下去，直到将这组照片看完，我也一直无法笑下去。只能说是用一种复杂和心痛的语言来描述。这些照片的人我似乎都见到过，他们就生活在我们身边，并不陌生和遥远。也许我们早已司空见惯，也许我们早已习以为常，他们就像是生活在墙缝里的一株株小草，探出尖尖的脑袋，伸出细胳膊细腿，在拼命地绿着、生长着，卑微得不被人们所关注。但是，他们依然对生活充满了感恩和爱，并从心底发出一种灿烂和明媚的笑容，让人心怀感动，并充满敬意。生活再苦、再难、再累，也要笑着活下去，这笑容里诠释出的是一种坚强、一种勇敢、一种信心。生活中，能发出这样一种笑容，还有什么艰难和险阻过不去呢？

我在感动之中，将这些照片整理好，收藏到我的博客中，为的是让更多光顾我的博客的人，能看到这些灿烂、明媚的笑容，给我们日渐麻木和冷漠的心灵，带来一种温暖，一份感动，一些慰藉。

最幸福的福利

儿子大学毕业后，在一家软件公司找到了一份工作。儿子性格内向，不善交际。从学校走向社会后，我十分担心他的适应能力。

没想到，儿子在这家公司一干就是三年。期间，有很多机会跳槽，甚至对方开出了很诱人的福利待遇，儿子也一笑了之，坚定地摇了摇头。

儿子说，我在这家公司工作，有一份最幸福的福利，这份福利无比珍贵，是任何金钱也买不到的。当他说起这份福利时，目光中溢满了一缕温情，脸上有一种挥之不去的幸福在荡漾。

我听了，疑惑地问道，你在这家公司里有什么样的福利，这么令你一往情深，割舍不了？

儿子说，是的，在我心里，这就是最幸福的福利，不是用金钱就能买到的。每天到公司上班，在公司门口，每一个员工都能得到我们美女老板轻轻地拥抱3秒钟。就这3秒钟，使我坚定了在这家公司继续干下去的决心，别人开出的工资再高，我也决不会轻易地跳槽。

我吃惊地问道，什么？你们美女老板每天拥抱你们每一个人

3秒钟？

儿子以一种不容置疑的口气回答道，对，和美女老板拥抱3秒钟。就是这看起来微不足道的3秒钟，使我们这个从开始不足20几个人的团队，发展到目前拥有100多人的公司，从科研、设计、销售、开发，成为一条龙服务生产体系，市场前景十分看好。

我不解地问道，就因为这短短3秒钟的拥抱，这就是你要继续干下去的理由？

儿子眼睛睁得大大的，望着我说，这还不够吗？别小看了这小小的3秒钟拥抱，却使我们感到了一种温暖和力量。在公司里，老板和员工之间、员工和员工之间的关系，都非常融洽、和谐，没有了那种尔虞我诈、职场如战场的紧张气氛，大家心往一处想，劲往一处使，给公司的发展，增添了无穷动力和后劲。

儿子说到这3秒钟的拥抱，竟滔滔不绝，说个没完没了，好像这是天底下最幸福的事。

儿子公司的美女老板，真的像儿子所说的那样，每天能拥抱一下每一个来上班的员工吗？我心里充满了疑惑，就想实地去考察一下，看看是不是像儿子所说的那样。

一天早上，我来到儿子工作的公司门口，远远地仔细观察起来。

果然，我看到了一个端庄、典雅的女士，正温文尔雅地站在公司门口。只见她对每一个走进公司大门的员工，无论是男是女，都张开双臂，轻轻地拥抱一下，并轻轻地拍打一下对方的后背。

真的像儿子所说的那样，只有3秒钟的拥抱。但就这3秒钟的拥抱，员工们的脸上，立刻绽放出幸福的微笑，腰杆明显地挺直了许多，似乎有了一种力量和勇气。

那一刻，我周遭仿佛也萦绕着一种暖暖的幸福感觉。这种幸福从心里荡漾开来，在缠绵着、涟漪着……

儿子说得对，他们公司的美女老板，每天拥抱他们3秒钟，真的是一种最幸福的福利。这种幸福，缩短了人与人之间的距离和隔阂，感受到了一种团队的力量和无畏，使你全身注满了一种信心和挥之不去的幸福感。

醒着的记忆

"文革"时,父亲因为"说错了话",被打成了"右派"。最后,被下放到边远的农场接受改造去了。从此,父亲来到了一个完全陌生的地方,开始了艰难的生活。

在乡下,父亲一个城里人,农活根本做不来,日子过得穷困潦倒,非常艰难。终于,父亲郁闷成疾,饿昏在田埂边。他奄奄一息,眼看就要饿死过去。

这时,村里一个下田干活的老农看见了他。老农伏下身子,用手摸了摸父亲的鼻翼,发现还有一丝气息。于是,老农冒着极大的风险,背起父亲,回到了自己的家。

老人熬了一碗稀饭,然后,慢慢地,一口一口地喂父亲喝了下去。一碗稀饭喝下去,渐渐地,父亲气色好多了,脸上有了红润,他睁开了眼睛。望着眼前这位老农,一种感激之情溢上心头,他紧紧地握住老农的手,禁不住热泪盈眶,无语凝噎……

父亲从此永远记下了那碗稀饭,记下了那碗比黄金都要珍贵的稀饭。

如今,父亲已是近90岁高龄的老人了,行动已经很不方便了,还得了健忘症,过去的许多事情都已淡忘、模糊了。但是,那碗稀饭的故事，父亲却一直铭记心中。他常常念叨起那碗稀饭的故事，一点一滴，叙述得清清楚楚。有时说着、说着，眼睛里还滚出了浑浊的泪花。

这些年，母亲和父亲一样，岁数也渐渐地大了，许多事也渐渐地淡忘，记不起来了。但是，在母亲的心里，却一直有一个记忆，一直不曾忘记。她常常对父亲唠叨着一个故事。

母亲说，那年，你下放到了农场，我一个人在家里，带着两个嗷嗷待哺的孩子，日子过得十分艰难。一次，我发高烧，烧得昏昏沉沉的，两个孩子饿得嗓子都哭哑了。

邻居大嫂推门进来，看到这一幕，赶紧跑回家泡了一杯糖开水。然后，一口一口地将这杯糖开水喂我喝了下去。

就是这杯糖开水，使我恢复了元气，也给了我生活的勇气。

在那个困难时刻，邻居大嫂送来的那杯糖开水，不仅救了我的命，也救了两个孩子的命啊。

两位老人在年迈岁月中，都有一个醒着的记忆。这个记忆，是那么清新、那么深刻地留在他们记忆的深处，刻骨铭心。那个记忆永远是醒着的，与生命同在。

老翁旁边的小女孩

央视著名记者柴静深情地回忆起了十年前采访吴冠中时的一幕感人情景。虽然已过去十年了,但谈起那次采访,柴静依然记忆犹新,恍如昨日。

吴冠中说,鲁迅先生曾写过一篇小说,叫《过客》。在这篇小说中,描写了一个叫过客的人,他不知道自己从哪里来,又要到哪里去,一直在路上奔走,很辛苦、很艰难。有一天,快到黄昏的时候,他碰到了一个老翁,就问这个老翁,前面是什么?老翁说是坟墓。他又问,坟墓之后呢?老翁说,不知道。

这时,老翁旁边有个小女孩说道,不,不,不是的,旁边还有许多野百合花、野蔷薇,我经常去玩。

仿佛石破天惊。老翁惊讶得目瞪口呆,嗫嚅地问道,我怎么没有发现过?

吴冠中说,生活中,有人往往用《过客》中老翁的目光去看待生活,无论身处什么样的生活境遇,总是一种悲天悯人的心态,目光所及,就像是一个个坟墓,心如死灰,浑浑噩噩,活得毫无生机、毫无色彩。在他们的生活中,缺少的正是小女孩的那种发现,发现生活中的美、发现生活中的艳、发现生活中的丽。

吴老说，他刚从巴黎回国时，他的绘画曾有一种很深的"梵高的印记"。绘画上有一种很深的灰暗、沉闷的色彩，与现实生活有着一种很大的差距。

看着这些画，他常常柔媚千转，心绪难平。他感到，他的绘画缺少一种活泼、轻松、明快的色彩。痛定思痛，他一改往日颓废、灰暗的色彩，用一种明快、艳丽的色彩去描绘生活、赞美生活。

他欣喜地发现，从此，他的绘画，跳出了以往的窠臼，画出的是人生的欢快和精彩、人生的妖娆和娉婷、人生的婆娑和绽放。

就这样，他一路走下来，从没有颓废和萎靡过。即使是在"文革"期间，他被迫下放劳动，仍然充满着革命的乐观主义精神，在十分简陋的环境下，用手中的画笔，画出一幅幅精美的作品。

特别令人不可思议的是，吴冠中在下放劳动时，在恶劣的生活环境下，得了严重的肝炎，就连医生也感到束手无策。吴冠中听说后，哈哈一笑道，噢，那我可要抓紧时间了，我还要抓紧时间去画几幅画呢。

吴冠中回到家中，立刻抓紧时间作画。画，画了一幅又一幅；笔，画了一根又一根；纸，画了一张又一张，他就这样沉浸在艺术享受之中、沉浸在对美好生活的向往中，将身体上的疾病早已忘到九霄云外了。

"文革"结束后，吴老忽然想起自己得的严重肝炎，不知道现在怎么样了。于是，他画完一幅画，抽空到医院去检查了一下。医生检查后，吃惊地说，你的肝炎已痊愈了，一点问题也没有了，真是不可思议啊。

回忆过往，那一幕一幕情景仿佛又在眼前浮现，不再感到遥远和陌生。吴冠中诙谐地说道，他的肝病不治而愈，这也许是他一直用老翁旁边的小女孩的目光去看待这个世界，用美好、乐观的意念战胜了疾病啊。

吴老的一席话，顿时，让人心里溢满了柔软。

柴静说道，吴老是智慧的，他教会我用老翁旁边小女孩的眼光去看待生活。用这种眼光去看待生活，再多的灰暗，也会变得一片明媚和锦绣。

那一刻，柴静的眸子里泅上一片晶莹，她仿佛沉浸在一种巨大的幸福之中，沉浸在无限的憧憬和希望之中。

水消失在水中

小宝和我从小一块儿长大,又一块儿上学。从小学到中学,俩人一直是在一个学校,甚至在一个班。有人说,我们两个,如果有人要找其中一个,找到一个人,准能找到另一个。可见,我俩来往是多么如影随形,须臾不曾分开。

我们从懵懂的青涩年华,到长得细细高高、有了喉结,唇边还长了毛茸茸的胡须,一直在一起。俩人的关系那个铁啊,真的是盖帽了。俩人在一起,悄悄话说个没完没了。当青春期对异性有朦胧的意识和想象,都成了俩人私密的话题。有的时候在一起学习晚了,就不回家了,俩人睡在一张床上,说着话。不知不觉,困意袭上心头,那一头,传来轻微的鼾声。闻之,笑了笑,侧过身,自己才睡去了。

不知从什么时候,俩人却没了联系,一切都是毫无征兆的。从此,小宝在我生命里消失了,就像平静的湖面不着一丝涟漪。许多年过去了,不经意地从脑海里跳出孩提岁月时的小宝,心里不禁涌出一缕惆怅和怀念。

平是我刚踏上工作后在同一科室的同事。俩人年纪相仿,情趣相投,不知不觉,我们成为了一对铁哥们。有困难了,互相帮个忙、伸个手，已成为一种习惯。恋爱了，会在第一时间告诉对方。有时约会，也会不避嫌地叫上对方一起去。

　　后来平的工作调动了，但还在同一个小城。小城不大，可渐渐地俩人联系少了，最后，竟完全失去了联系。翻开影集，看到俩人曾经的合影，一下子勾起对往事的回忆。兴奋之余，想给平打个电话。可是，却不知平的电话号码。心里一惊，这才想起，俩人已有多年没有联系了，记忆还是停留在曾经的年代里。平早已消失在自己的生活中了，就像没有过彼此的呵护和温暖。

　　和霞是很好的朋友。俩人曾牵手漫步在林荫小道上，曾相拥一起走进影院。那青黛色的山峦、那长江边卷起的浪花，都曾留下过我们记忆。不知为什么，俩人就这样分手了，没有了联系。翻开着那曾经青涩的日记，那霞的倩影，又在眼前浮现，还是那样曼妙和婀娜。不知她现在在哪里，生活得好吗？

　　在我们的一生中，每一个时期、每一个阶段，都曾经和一些人有过联系和瓜葛，甚至来往过密。可是，当生活发生了改变，彼此的交往也发生了改变，就像是一滴水落在水里，再要去寻找那滴水在哪里，已经是根本不可能的了。水消失在水中，没有留下一点涟漪和缠绵。人生，也是一种消失。消失，是一种生活，也是一种必然，没有一成不变的景致和永恒。

第三辑
看见自己绚丽的影子

中途别下车

一对新婚小青年正在公园草坪上拍照留念。看着他们那份甜蜜、缠绵和幸福的样子,坐在公园椅子上的一对老夫妻,脸上始终挂着慈祥的微笑。老伯将嘴对在老太的耳边,喃喃轻语着。俩人常常会心地一笑,他们仿佛也看到自己年轻时的情景。不知不觉,两位老人的手紧紧地握在了一起,脸上露出一种淡定、温暖的笑容。

两位小青年甜甜蜜蜜、缠缠绵绵地不知不觉走到这对老夫妻跟前。他们看见这对老人好像在望着他们笑,那笑容里,满是慈祥和温暖,看得他们心里溢满了一缕暖阳。两人情不自禁热情地和老人打着招呼。

老伯颔首微笑道,年轻人,祝你们幸福!说完,又侧身附在老太的耳边轻声耳语着什么。老太听到了,也不住地颔首微笑。

女孩看了,好生羡慕地说道,老伯,您对大娘说什么呢,总是这样窃窃私语的。

老伯微笑道,我这是在给她做讲解员呢,她的眼睛已经看不见任何东西了,我就是她的眼睛了。

仿佛有阳光落地的声音,"砰"的一声,周遭顷刻间溢满了一种别样的温暖和甜蜜。女孩眸子里溢满了柔情,她走到大娘的面前,帮大娘理了理衣襟,拣去大娘头上的一片树叶,柔柔地说道,大娘,您好幸福啊，有老伯这么细心地给您讲解，您就什么都能看得见了。

大娘听了，脸上绽放出舒心的笑容，像盛开的菊花，婆娑、迤逦。大娘笑道，姑娘说得对，有他在我身边，我看得更清楚、更亮丽了，我看到了花的艳丽，看到了鸟在飞翔，还看到了悠悠的白云，生活在我面前始终绽放出更加明媚和妩媚的笑脸。

大娘的一番动情的描绘，让两位年轻人听了目光里顿时泗上了一片晶莹。女孩用手轻轻戳了男孩一下，听到了吗？你看大娘多幸福，她虽然看不见了，但是老伯就是她的眼睛，我要是看不见，你能当我的眼睛吗？说呀，哑巴了吗？

女孩的目光里有着一丝含嗔。

男孩用手紧紧握住女孩白嫩柔软的手，脉脉深情地说道，不会的吧，何必说得那么遥远，我们才开始呢！

女孩转身又问老伯，大伯，您和大娘在一起生活了多少年？

大伯听了这句话，扭头望了望身边的老伴，目光变得更加柔和，爽朗地说道，60年了。

仿佛石破天惊，女孩和男孩不禁相视一望，伸了伸舌头，惊叹道，这么多年？一直没有分开过吗？

老伯用手绢擦了擦大娘的嘴角，说道，没有啊，既然上了这趟车，无论这是辆什么样的车，沿途看到的无论是什么样的景致，无论是条什么样的道路，崎岖或者蜿蜒，中途都不要随便下车。这是辆只有起点、没有终点的长途汽车，要坐上一生、一辈子。

老伯的一席话，让女孩、男孩感动莫名。他们相视凝望着，那一刻，仿佛要看透彼此的心灵。少顷，他俩情不自禁地走到两位老人面前，轻轻拥抱了下两位老人，说道，谢谢你们，你们的话是送给我们最好的新婚礼物，中途决不下车，要坐一辈子，像你们两位老人一样。

两个年轻人渐渐走远，他俩依偎着，十指紧紧相扣。阳光温暖地照在他俩身上，像披上一片金色的羽毛。

两位老人笑了，笑得很慈祥、很温暖。

一定要幸福

电影《那些年，我们一起追的女孩》最后有这样一个镜头：柯景腾和一大帮老同学，去参加他们共同的"女神"沈佳宜的婚礼。婚礼现场，大家都起哄说要亲吻新娘。新郎说，可以，但怎么亲新娘，就先得怎么亲我。

大家都退缩了，只有柯景腾冲上去，按住新郎狂吻起来……之后，他含笑走向新娘。没吻她，只说了一句话：一定要幸福！

一句简单的"一定要幸福！"的祝愿，瞬间，让新娘感动得热泪盈眶，也让现场来宾眼睛变得一片湿润，有的还掏出手绢，低头轻轻啜泣起来。

新郎走了过来，紧紧地拥抱着柯景腾，只轻轻地说了句："我的好兄弟，我一定会让她幸福的！"说完，不禁潸然泪下，无语凝咽。

"一定要幸福！"成为这部影片最精美的台词。人们记住的是柯景腾的祝福，虽然这是柯景腾对沈佳宜说的，但仿佛就是对我们每一个人说的。

影片的导演、编剧柯景腾（九把刀）谈及这部影片创作体会时说道，这部影片全部采用真实姓名，就是为了纪念当年他们那些青涩男孩一起追过的一个叫沈佳宜的女孩子。他一个完全不懂电影的人，为了当年追过的一个女孩子去拍了一部电影，就是为了告诉沈佳宜一句话：一定要幸福！

柯景腾说，爱人结婚了，新郎不是我，虽然这种结果有些悲伤和残忍，但把最美好的祝愿送给她，希望她生活得幸福，也是埋藏在我们心里最好的表达和倾诉。

"一定要幸福！"这句话，也是人世间我们亲人最真挚的祝愿。可以峰回路转、可以迢迢渺渺、可以山高水长，但永远不能失去幸福，幸福才是人世间最宝贵的财富。

18岁那年，天空洒满阳光。我背起一个简单的行李，就要走出家门，一个人出去闯荡了，心中弥漫着一丝兴奋和焦虑。

母亲有些慌乱地从屋里出来，又塞给我两副手套，说道："干活时，一定要戴着手套，不然会把手磨破了。"

我看到，母亲的眼睛有些红肿，心里不禁一阵酸涩。母亲为我整了整衣襟，一字一句地说道："孩子，在外一定要幸福啊，如果感到不幸福就回家，不管怎么说，家，虽然穷一些，但总会使你有一种幸福感啊！"

那一刻，我愣愣地望着母亲，仿佛有些不认识她似的。瞬间，眼睛里噙满了泪水……

我一直在想，母亲没有什么文化，可是，在我离开她时，她竟然说出这么一句高雅的词汇，这让我对母亲有了一种新的认识。后来我明白了，天下的母亲，都有这样一种高雅的情怀和诗意。

带着母亲"一定要幸福"的叮咛，我开始独自外出打工。虽然经历了很多事情，也遭遇到了许多挫折和痛苦，但我似乎总能在生活中找到一种幸福感，这种幸福感虽然很卑微、很渺小，甚至在常人眼里有些可笑，不足挂齿，但在我心里却像一片海，给了我一种巨大的力量和勇气，常常看到自己拥有的那些点点滴滴的小幸福，从而使自己变得坚强、豁达起来。

母亲打电话,开头第一句话,常常就是,"在外感到幸福吗?如果感到不幸福,那就回来吧!"这句朴实、温暖的话语,一直像清甜的甘露,在我心里荡起层层涟漪和缠绵,仿佛母亲就在我身边,我感受到了母亲那浓浓的怜爱和温暖。

几年后,我带着一个女孩子回家。母亲见到那女孩子,脸上盛满了喜悦的笑靥。她拉起女孩子的手,只是一个劲地笑,好像不会说话似的。母亲忽然说道:"闺女,和我家娃在一起,你一定要幸福啊!"

女孩子听了,脸上飞起两片红霞,羞涩地说道:"阿姨,他是很好的一个人呢,和他在一起,我感到很幸福。"

母亲听了,仿佛一颗心重重地放了下来,连声说道:"那就好、那就好!"

在母亲心里,幸福比什么都重要,只要拥有了幸福,路,才会走得舒坦,走得平稳,走得铿锵。

许多年过去了,我一直带着母亲那句"一定要幸福!"的祝福和企盼,行走在人生道路上。我知道,在母亲的心里,没有什么能比儿子生活得幸福更重要了。随着岁月的增长,我知道,幸福是建立在自己是否努力、奋斗之上。在努力、奋斗中,我享受到了生活赋予我的那些丝丝缕缕的幸福,感受到了人间的妖娆和婆娑。

那些个"我"

在百度上输入自己的名字，一搜索立刻发现，出现了许多与我同名的人。于是，突发奇想，想看看那些个"我，"多是一些什么样的人，他们与我有相同或相似的人生或经历吗？

那一个"我"，是北京舞蹈学院的一名学生。她那婀娜多姿的倩影，梦幻般的舞姿，给人带来美的享受和暇想。她才19岁，从小就喜欢上了跳舞，小小的年纪，一个人北漂，到了北京寻求新的发展和跨越。吃了很多的苦、尝尽了许多酸，凭着自己的坚强和努力，终于站稳了脚跟。如今，她当教练、拍戏、唱歌，生活渐渐地安定下来。她说，她最大的心愿是在北京买一套房，把爸爸、妈妈接到自己的身边来，她要为他们尽一份孝。爸爸、妈妈为了养育她，太不容易了。

原来，另一个"我"，是一个90后的妩媚少女，有着一个美丽的梦想和坚强。

那一个"我"，是生活在广州市一名腿部有残疾的青年。他自己开了一家无线电电器修理门市部。他把自己的个人信息发到网上，希望网友们有机会光顾他的修理部。从照片上我看到，这是一个阳光青年，才二十多岁的样子，他的脸上溢满了自信，他的旁边还有一个姑娘的美丽倩影。看到那一个"我"，我心里顿时溢满了柔软。

那一个"我",用坚强、努力和勤奋,走出了一个崭新的自我。

那一个"我",是一个才上幼儿园的4岁小男孩。没想到,这个小不点才这么点大,就知道展现自我,甚至会炒作自己。他说,他会唱歌、会讲故事、会踢足球,还会魔术。他说,长大了,他或许会成为一名歌唱家,或许会成为一名演讲家,或许会成为一名足球运动员,或许会成为像刘谦那样的魔术师。

那一个"我",尽管懵懂、尽管稚嫩,但却有一个美丽的梦想。

那一个"我",是浙江大学的一名讲师。他在大学里开办心理学课程,用通俗易懂的语言,深入浅出的讲解,深受学生们的欢迎。他常常利用心理学知识,为学生们释疑、解惑。常常给人一种拨云睹日,豁然开朗的美好,他是学生们的知心朋友。汶川、玉树发生强烈地震后,他又奔赴灾区,给灾民做好心理辅导,帮助灾民们度过心理危机。

那一个"我",用他的知识、善良,给人以心理疗救,为人们提供心灵慰藉。

那一个"我",是贵州一家报社的一名记者。他的文字散发着清新、质朴。许多来自"三农"一线的新闻报道,常常见诸报纸。通过他的报道可以看出,他工作非常敬业。那些贫困山区农民亟需帮助解决的问题,在他的深入采访中,被报道出来,并引起有关方面的重视,得到很好地解决。他说,我没有什么本事,我只能用手中的笔,为农民多写报道,才不辱我一个记者的使命。

那一个"我",是一名记者,他在用手中的笔,书写人生、书写精彩、书写美丽。

那一个个"我",生活在全国不同的地方,有城市、有乡村,有青葱少年,有翩翩少女,也有天真烂漫的儿童。看到那一个个"我",仿佛有一条看不见的红丝线,将我们紧紧地联系在一起。于是,在生命中,多了一份关注,多了一份牵挂,多了一份守望。

隔岸风景

一

书房窗户对面是一片新开辟的人工湖。

每日从窗口望去，那垂柳、山石、游弋的水禽，就会在眼前婆娑、摇曳，绽放出妖娆的风景。那人工湖上的小岛上，还有几幢青砖黛瓦的房屋，柳叶轻拂中，似乎有人影绰绰。

我常常对着那片景色发愣，心想，那里的景色真美，我要是能生活在那里就好了，把书房放在那里，置身于那种景致中，那该是一种多么强烈的幸福感啊。

于是，那边美丽的景色，成为我心中十分向往的伊甸园。

这天，我从家里走出来，不经意间晃晃悠悠、晃晃悠悠地竟走到了那片人工湖的小岛上。在这片人工湖的小岛上四处转了一圈，不禁大失所望。这里的风景根本不妖娆、婆娑。那垂柳、山石、水禽，都是假的。远看诗意浓郁，走近一看，不禁兴味索然。

这里还没有我书房窗台外那长了几十年的梧桐树美呢！那粗壮的梧桐树，身躯上斑驳陆离，虽然丑陋点，但它的枝叶却尽情地舒展开来，为我的书房的窗户遮挡住烈日阳光，给我带来一丝清凉。

还有我窗台前不时走过的一些小狗小猫，它们不时跳、腾、跃，带来的是一丝灵动。

现在想来，原来我一直置身在最美丽的景致中，却辜负了那种美好，心中不免有种慌乱和不安。

二

邻里有一对中年夫妻，男的是个局长，女的是个处长，儿子在美国。这是一个令人十分羡慕的家庭。

在楼梯口见了面，主动地向他们打招呼，他们总是不苟言笑，很矜持的样子，好像有满腹的心事。于是心想，大概当领导的都是这个样子。

不知为什么，冥冥之中，对他家的生活产生了一种莫名的羡慕和敬仰。这种感觉，不可遏制地从心底漫延开来，像水雾一样飘散开来。那从他家厨房里飘逸出来的烹饪香味，似乎也是和自家的不一样；有时他家门口有一只垃圾袋，露出的一些骨头、蟹壳之类，似乎也闪耀着鲜艳的色泽；瞥见他家阳台上晾晒的衣服，似乎也感到那衣服上滴落的水滴，也像珍珠一样，闪闪发亮。

那次，楼下化粪池堵塞了，全楼的人都下来清理化粪池了。因为在一起劳动，使大家有了亲密接触的机会。大家边挖着化粪池，边说着家长里短，气氛很融洽。

这时，那对局长夫妻从家里走了出来，看到大家在这里清理化粪池，就像没有看见似的，目不斜视地径直走了过去。不知为什么，那一刻，大家一下子都停止了说笑，变得拘谨、木讷起来，脸上还露出谦卑的笑容，大家的目光久久地停留在他们夫妇的背影上，不曾移动……

忽然，有一天，听说那对局长夫妇因经济问题进去了，一时半会很难再出来了。再从他家门口经过，不再有羡慕和敬仰的感觉。那黑洞洞的窗户上，似乎透露出一种萧条、落败。

下班回家，从自家厨房窗口走过，那飘散出来的烟火味，显得是那么馨香，令人陶醉。原来，我一直都是幸福的。那种平静、俗世里的幸福，才是人生最宝贵的呀！

三

好友丽大学一毕业就嫁人了。丽在学校里被称为校花，身后追求她的人有一个排，对那些青涩、懵懂的大男孩，丽从不正眼相看，像个骄傲的公主。

对于丽嫁的那个人，大家都羡慕不已。丽嫁的可不是普通人啊，她嫁的可是一个大富翁，虽然岁数和她爸差不多，但这又有什么关系呢？正像她所说的，嫁个有钱人，一步到位，别墅、小车全有了，少奋斗几十年啊。

丽的婚礼，大家都去了。看到出，丽很幸福。她挽着她的郎君，像个小女人，眸子里流淌着的是浓浓的化不开的幸福和甜蜜。

就这样，丽成为大家最羡慕的人。大家见了面，常常不知不觉地说到丽，再看看我们自己，一个个在为生计奔波着。都毕业几年了，可还没有属于自己的一片瓦、一块砖，有的还成了房奴、车奴，像座大山压得自己喘不过气来。

一晃，几年过去了。一天，好久没有音讯的丽突然登门造访。乍一见面，让我吃惊不小，怎么？丽这么憔悴，眼睛里布满血丝，脸上似乎还挂着泪痕。

刚说了几句，丽就梨花带雨般地数落起她的老公。她说她当初真是瞎了眼，找了这么一个坏男人，他手里有几个臭钱，从不把她放在眼里，他在外面一直有人，还有小三、小四，你说，我这是人过的日子吗?

丽越说越激动,身体还在不断地颤抖、抽搐着。看得出,丽一定很痛苦、很悲伤,受尽了委屈。没想到,丽的生活,竟是如此千疮百孔,苦不堪言。

生活中,我们常常自觉或不自觉地羡慕他人的生活,以为别人的生活才是最幸福的生活。不曾想,却是一处隔岸风景。一旦走近,不禁莞尔,原来是这样的啊!

无畏的自愈力

一

家里养了一条宠物狗。前几天,在小区里,大概被什么车给撞了,只见它一瘸一拐地跑回了家。我仔细一看,发现它腿上的皮被撕裂了,流了许多血。它两眼泪汪汪的,蜷缩在墙角,用舌头不停地舔舐着自己的伤口处。

看到它痛苦的样子,我想马上带它到宠物医院看一下。可是,我正要出差,一看表,时间已来不及了。最后只能忍痛将它丢在家里,匆匆去赶飞机了。

几天后,我出差回来,心里面一直惦记我的宠物狗。回到家,我正要查看那只宠物狗腿上的伤情,没想到,看到我回来了,它撒着欢儿,就向我跑来,一点事也没有的样子。我很吃惊,心想,你不是受伤了吗?怎么一点也看不出来?

我将它抱在怀里,仔细地查看着它腿上的伤情,发现它腿上的伤已痊愈了,伤口处,还长出了淡淡的绒毛。我好疑惑,它的伤口是怎么好的呢?

我不放心地将它抱到宠物医院。兽医听说了我的来意,看了看宠物狗腿上的伤情，然后笑着对我说道，它的伤口已全好了，一点事也没有了。

我疑惑地问道，它是怎么好的呀？我并没有带它来看啊。

兽医笑着说道，你没有带它来看，它也会自己好的。动物有一种很强的自愈力，这种自愈力无比强大，它自己舔舐伤口后，这伤口会自动长好、愈合的。

自愈力？我第一次知道了动物身上具有一种自愈力。当它受伤后，在无人救助的情况下，它会自己救助自己，使自己恢复健康。这真是一种神奇的力量。

二

朋友小王前几年遇到一场车祸，这场车祸使他失去了两只手。得知这个不幸的消息，我感到十分震惊。小王才30几岁，他是一名服装师，还是一名文学爱好者。他的生活就是靠双手来吃饭的，现在，他不幸失去了双手，今后他还怎么生活呀。

我怀着沉重的心情去看小王。一路上，我心里在不停地酝酿着安慰小王的话，我想象着小王那悲痛欲绝的种种情景。

令人意想不到的是，小王看到我，坚强地说道，其实，现在想来，我可真幸运，只失去了两只手，比起那些在车祸中失去生命的人要幸运得多了。没什么大不了的，只要活着，一切都会有的。他反而安慰我不要替他难过，他会坚强地活下去的。

小王的坚强和勇敢，给了我一种莫大的欣慰和感动，我俯下身子，用手轻轻地抚摸了他一下脸颊，从心里默默地祝福着小王。

我不知道，我应该给予小王一种什么样的帮助。此后，我和小王的联系渐渐少了。我知道，每见一次，在我心里，都会有一种深深的刺痛。我怕这种刺痛被小王发觉，那里面会有一种怜悯、惋惜的情愫被释放出来,日子就这样平静地一天一天地划过,偶尔想起了小王,我会喃喃自语道,小王现在不知道过得怎样了?

前些日子,在一家杂志社举办的作者创作笔会上,我竟意外地发现了小王也在被邀请的行列中。看着他两只空荡荡的衣袖无力地耷拉着,我的心仿佛被什么力量重重地撞击了一下。我心中充满了疑惑,心想,你没有了双手,可怎么写作呢?写作是要用手的啊。

看到我疑惑的样子,小王笑着说,我已经用脚学会了手的功能,生活完全自理。为了生计,我学会了用脚握鼠标,用脚趾敲打键盘。说完,他用脚拿出包里的笔记本电脑。一只脚握住鼠标,一只脚敲打着键盘,立刻,屏幕上出现了这样一行字:有一种力量叫自愈力,那是一种无畏的坚强和勇敢。

那一刻,我心中溢满了柔软。我知道,当一个人内心里涌动着一种无畏的自愈力,那么,无论人生发生什么的灾难和不幸,都会使他变得更加强大。

我俯下身子,用手紧紧地握住了他的一只脚。我感到,这只脚传递出一种别样的温暖和力量。对这双脚,我只能充满着深深的敬意和敬畏。对这双脚,任何一种怠慢和漠视,都是一种亵渎。

三

据美国《新闻周刊》报道,美国科学家经过研究发现,在人们想象中,破坏地球很容易,但实际上做起来却很难。与人为因素造成的影响力相比,大规模的火山爆发和流星撞击等各种类型的灾难,对地球的破坏力更大。但地球仍然存在,地球是一个勇敢者。地球比人的想象要坚强,它具有一种自愈力,远远超过人类的破坏力。

地球的自愈力,使地球在浩瀚的宇宙中,经受住了无数次人祸、天灾的侵袭,在宇宙所有的星球中,它是最勇敢、最坚强、最美丽的星球。正是它有了一种无畏的自愈力，才使地球上的各种生命代代相传，繁衍生息。

这样一个镜头一直在留在记忆深处，难以磨灭。小区里，一位年轻的母亲带着才几岁的女儿在玩耍。女儿突然指着不远处正在挖地的民工，对母亲甜甜地说道，妈咪，那边伯伯在挖地，挖出了许多泥土，那地球多疼啊！

母亲弯下腰，在女儿脸颊上轻轻地吻了一下，温柔地说道，不，孩子，我告诉你呀，这地球不怕疼，它有很强的自愈力，就是说，它能依靠自己的力量，化解疼痛，自愈伤口，为我们人类带来平安和幸福。

女儿睁着一双聪慧的大眼睛，懵懂地点了点，然后张开双臂，边跑边欢喜地喊道，哦，我知道了，地球不怕疼，它很厉害的。

那小女孩欢快的呼喊声，一直在我耳旁回荡。有一种挥之不去的幸福和力量，在缠绵着、涟漪着……

一生一冲天

一

在一次创作笔会上,许多人正高谈阔论,侃侃而谈。一位男作者看到他旁边坐着一年轻女子,始终含首微笑,聆听着别人的交流。于是,他忍不住用一种轻慢的语气问道,小姐,你也是写小说的?

女子侧过头,微笑道,是的,我也是来参加笔会的。

男作者说道,我已经出版了339部小说了,请问小姐共出版了几部小说?

女子笑了笑,淡淡地说道,我只出版了一部小说。

那男作者听了,更显轻狂,说道,噢,能告诉我你写了一部什么小说吗?

我写的小说叫《飘》,年轻女子轻轻地回答。

听了这句话,男作者立刻惊讶得目瞪口呆,不知所措,停顿了好长一会儿,这位男作者站起身,走到那女子面前,深深地鞠了一个躬,说道,失敬,失敬,您才是真正的大作家啊!

这位女子就是美国著名的女作家玛格丽特·米切尔。玛格丽特·米切尔用了10多年的时间创作了小说《飘》。这部小说一面世就打破了美国出版界的多项纪录，被译成27种文字，在全世界销售量达2000多万册。由《飘》改编的电影《乱世佳人》，被誉为"好莱坞第一巨片"。

二

自由女神像位于美国纽约市曼哈顿以西的一个小岛——自由岛上。她手持火炬矗立在纽约港入口处。1884年，法国政府将这一枚标志自由的纪念像，作为庆祝美国独立100周年的礼物赠送给美国。自由女神像连基座高约93米，有30万只柳钉装配固定在支架上。据悉，它每年大约要受到600次雷击。

美国摄影师杰·费恩，为了拍摄到闪电击中自由女神像的照片，从18岁开始，就一直关注着天气预报，当听到有暴风雨时，他就早早地蹲守在曼哈顿的巴特利公园里架好照相机守候着。

一年又一年，在雷电交加的时刻，他对着自由女神像拍摄了一张又一张。可是，这些拍摄出来的照片他都不是很满意。就这样，他一直拍摄到了58岁。

2010年9月22日晚上8点45分，他终于拍摄到了一道闪电击中自由女神像的照片。这张自由女神像被雷电击中的照片，被美国国家博物馆作为国宝级收藏，称为摄影作品中的经典。

费恩40年的等待，终于拍摄到了一张雷电击中自由女神像的精彩照片。他在接受记者采访时说道，那天晚上一共闪了81道闪电，最后才有一道闪电击中了自由女神像。他说，能拍摄到这张照片只能说我走运，这种机会也许一生只有一次。

三

中国杂交水稻育种专家袁隆平，一生致力于杂交水稻的研究。从上个世纪 60 年代初开始，袁隆平每天头顶烈日，脚踩烂泥，低头弯腰，在水稻田里专心致志地研究他的杂交水稻。

经过几十个春夏秋冬，他经历了一次又一次的失败，熬过了一次又一次的挫折，经受了一次又一次的打击，终于将杂交水稻孕育成功。他向世界郑重宣布：中国完全能解决自己的吃饭问题，中国还能帮助世界人民解决吃饭问题。

为了表彰袁隆平的杰出贡献，从 20 世纪 80 年代开始，国际组织颁给他的奖项多得像米粒一样。对这些奖项，他始终看得很淡。中国有九亿农民，他一个人，相当于干了两亿农民的活。有人估算，他的杂交水稻共创造效益 5600 亿，假如其中分个零头给他，那么，他的财富也远远超过世界首富比尔·盖茨。可现实情况是，1998 年，袁隆平的月工资才 1600 元。

获得了美国科学院外籍院士称号的袁隆平，至今还不是中科院院士。但袁隆平始终保持着一颗乐观、开朗的心态，以旺盛的积极热情，投入到自己所喜爱的杂交水稻的研究中去。

袁隆平说，我搞的是应用科学，中国科学院搞的是基础研究，两者是不相同的。一生中，人不能被荣誉和金钱所牵累，踏踏实实做好自己喜欢做的事，才是人生中最大的乐趣！

可能正因为如此，湖南卫视节目组在调查中发现，最受 90 后孩子青睐的人是袁隆平，远远超过林俊杰、周杰伦等明星艺人。

不要虐待那头驴

小王在公司里开货车,每天东跑西颠的,工作十分辛苦。他的好朋友小张给老板开小车,既体面又风光。每每想到小张,他的心里总是溢满了酸楚和惆怅。他想,我要是给老板开小车,一定会比小张开得好,我还要把那小车擦得锃光发亮、一尘不染,让老板坐在上面,既舒适又幸福。可是,竟让我开这辆大货车,整天辛苦不说,还一点不风光、气派,真窝囊。

小王心里有了不满和牢骚,脸上就有了情绪。再开车,看着大货车,哪儿都看不顺眼,恨不得找个大铁锤将车砸碎。

就这样,他对货车从不爱惜、保养,车子才开了不到一年,就已千疮百孔的。由于缺乏责任心,给客户拉的货,还经常发生破损、丢失现象,客户意见很大,小王经常受到顾客的投诉。一年下来,他还违章十几次,被交警罚款几千块。

小王开货车,仿佛憋了一肚子气。

外甥是一名小学老师,他来看望我,牢骚满腹地说道,干了十几年了,可还是教小学二年级,真没意思。和他一起参加工作的人,有的人已走上了领导岗位,还有的人已经教中学、大学了。和他们比起来,自己越干越没劲。小学生又不听话,很难教,看到那些调皮、捣蛋的学生，我恨不得用课本砸他们几下，从没给他们好脸色瞧，那些小学生看到我，就像老鼠见到猫，能躲多远就多远。

外甥的口气里，满是牢骚和不满。

儿子大学毕业后，不到两年的时间，就已跳了四五次槽。每项工作干不了多长时间，不是嫌待遇低，就是认为没前途，没有一项工作能坚持干下来的。看到别人在工作上所取得的成绩，儿子总是不屑地说道，如果那个工作要我干，肯定干得比他好。

儿子整天盘算着什么工作工资高、活儿轻，还能升职快。心里有了满满的心事和牢骚，失去了干工作应有的快乐。

阿里巴巴总裁马云曾说过这样一句话，假如你一开始就想做比尔·盖茨，一上来就想超过黑格尔，却忽略手头上的工作，最终可能会一事无成。可以骑驴找马，但不要虐待那头驴。只有把那头驴喂好、养好，它才能驮着你，找到你理想中的马。

不要虐待那头驴，也是人生的一种智慧和聪明。

看见自己绚丽的影子

美国著名艺术家吉普森用彩虹和影子这两个元素,进行了一种全新的绘画尝试。吉普森惊奇地发现,利用这种绘画手法,取得了一种令人意想不到的艺术效果。它使原来阴暗、单调的影子,绽放出迷人、妖娆的光晕和色泽。从这些影子上,他仿佛看到了一种生命的美丽和燃烧。

吉普森在街头为一名建筑工人绘画。这名建筑工人正站在高高的脚手架上粉刷墙体,他的身上沾满涂料和泥浆。吉普森用彩虹绘制出这名建筑工人的影子。画作完成后,他发现,这名建筑工人的影子洒满金色的阳光,像披上了金色的羽毛,熠熠生辉。

这名建筑工人看到吉普森为自己画的影子,感动得热泪盈眶。他说,我曾经为自己的人生自卑、叹息过,对自己所从事的工作充满了怨言和消极情绪。看到这幅画后,我为自己曾经的那种想法感到自责和汗颜。原来自己身后也有一个绚丽的影子,这绚丽的影子,一直在伴随着自己,这真的是一种神奇和温暖。

吉普森在街头为一名清洁工人绘画。这名清洁工正拿着一把扫帚在清扫路面。吉普森用彩虹绘出这位清洁工人的影子。画作完成后,他发现,这位清洁工的身后映衬着一个绚丽的影子。这道影子,曼妙、婆娑，就像一只展翅飞翔的大鹏，翱翔在蓝天，闪耀着璀璨的光芒。

这位清洁工人看到吉普森为他画的影子，目光久久地停留在这幅画上。那一刻，他眼睛里噙满了泪水。他哽咽地说道，原来我也有一个绚丽的影子，我为自己的人生感到自豪和骄傲。

吉普森在街头为一名交通警察绘画。这名正在指挥交通的警察，不停地上下左右挥舞着手臂。吉普森用彩虹绘出这名警察的影子。画作完成后，他发现，这名警察身后颀长的影子，就像是一朵盛开的郁金香，袅袅婷婷，婀娜多姿。

这名警察看到吉普森为他画的影子，惊讶得目瞪口呆。他轻轻地亲吻着画上的自己的影子，喃喃地说道，真是太神奇啦！自己原来也有这样一个绚丽的影子，我曾经为自己顾影自怜，感到悲哀。

吉普森为一名课堂上的老师绘画。这名正在给小学生上课的老师，是一个美丽的姑娘，姑娘的眉黛浅处却有一种隐隐的忧愁。吉普森用彩虹绘画出这名小学教师的影子，她身后的影子像盛开的向日葵，昂首挺胸，散发出金黄色的光芒。

这名女教师看到吉普森为她画的影子，眼睛里顿时泅上了一片晶莹。她有些羞涩地说道，原来自己也有一个美丽的影子，这美丽的影子，给了她一种信心和力量，她不会再对生活抱怨什么，这金黄色的影子会一直激励自己努力地生活下去。

……

吉普森在他出版《彩虹和影子》的画作发行仪式上，对参观者说了一句话，给人们留下了深刻的印象。他说道，其实，我们每一个人身后都有一个绚丽的影子。永远不要看轻自己、怠慢自己，在你的身后，一直有一个绚丽的影子，它发出金色的光芒，照耀着自己的人生。时时看到自己身后那个绚丽的影子，不仅是人生的一种智慧和聪明，更是一种人生的勇气和力量。

心的蹉跎

他一个月工资两千多块钱，但他心里一直不快乐。他想，我要是一个月能拿三千多块钱就好了，就像自己的同学小王。小王一个月能拿三千多块钱，和他比起来，自己矮了大半截。

过了几年，他终于拿到三千多块了。可是，他一点也不快乐。他想，姐夫一个月能拿四千多块钱，我要是一个月也能拿四千多块钱就好了。和姐夫比起来，自己矮了大半截。

过了几年，他终于能拿到四千多块钱了。可是，他还是一点也不快乐。他想，和邻居老李比起来，自己这点钱根本算不了什么，老李一个月能拿五千多块呢。和老李比起来，自己矮了大半截。

虽然他的钱越拿越多，可是一点也不快乐。他的心，变得蹉跎起来，疲惫不堪。

他是一个文学爱好者，平时喜欢写点文学作品。终于，他的一小块文字见报了，他欣喜了一阵子，很快就云消雾散了。他想，网上那个叫孤鸿一瞥的网友，一个月能发表三四篇，我要是一个月也能发表三四篇就好了。和他比起来，自己矮了大半截。

终于，他一个月也能发表三四篇了。可是，他一点也不快乐。他想，网上那个叫午夜幽灵的网友，一个月能发表八九篇文章，我要是一个月能发表八九篇就好了。和他比起来，自己矮了大半截。

终于，他一个月能发表八九篇了。可是，他心里一点也不快乐。他想，网上那个叫我只一面去的网友，常在杂志上发表文章。他想，我要是也能在杂志上发文章就好了。和他比起来，自己矮了大半截。

虽然他也能在杂志上发表文章了，可是一点也不快乐。他的心，变得蹉跎起来，焦虑不安。

她是一个美丽的女孩子。二十四五岁了，还没有男朋友，亲朋好友都很着急，张罗着给她介绍对象。有人给她介绍了一个小伙子，她对小伙子很满意。然后，她问人家父母是干什么的？小伙子说，我父母是种田的。她听了，心一下子凉了，转身就走了。她想，好友小丽找了个对象，人家父母是城里的，如果她找了个父母是种田的，那不矮了小丽大半截吗？

又有人给她介绍了个小伙子，她对小伙子很满意。然后，她问人家房子是多大的，小伙子说，房子是80多平方的。她听了，心一下子就凉了，转身就走了。她想，闺蜜莎莎找了个男朋友，人家房子是130多平方的，如果她找了个只有80多平方的小伙子，那不是矮了莎莎大半截吗？

又有人给她介绍了个小伙子，她对小伙子很满意。随后，她问小伙子有车吗？小伙子说，我有一辆电瓶车。她听了，心一下就凉了，转身就走了。她家表妹找了个男朋友，那个男朋友有辆小轿车。她想，我要是找了个只有电瓶车的人，那不矮了表妹大半截了吗？

就这样，她挑三拣四的，渐渐地变成了"剩女"，她的心，变得蹉跎起来，疲惫不堪。

生活中，我们有时是庸人自扰，自己的心变得蹉跎起来。这种蹉跎，像一把无形的刀子，时时刻刻在剜割着我们的内心，使我们变得焦虑不安，布满了伤痕。这种蹉跎，全是因为我们内心的一种虚妄的攀比。这种虚妄的攀比，把自己折磨得疲惫不堪，仿佛背了一个重重的壳，再也走不动了。

敢于不成功

阿松大学毕业后,很顺利地进入了一家外资银行工作,成了人人羡慕的白领。

阿松精明、能干,很得老板的赏识,一年不到,他就被老板提拔到主管位置,还要派他到花旗银行总部进修,回来后,升职空间更大。

老板拍了拍他的肩膀,意味深长地说道,年轻人,好好干,你前途无量啊!

阿松成了我们大家十分羡慕的人。就在大家十分看好阿松下一步将会有更大发展时,一个令人十分震惊的消息传来:阿松辞职了!

我十分不解地问道,你是一个离成功最近的人,为什么要辞职?

阿松听了,目光中仿佛泅上了一片晶莹,他深情地说道,我有一个梦想,那个梦想是在那么强烈地召唤着我,它让我魂牵梦绕。我是从贫困山区走出来的人,我知道那里最缺什么,我就想到穷困山区去当一名代课教师,一辈子。我放弃了这里优越的工作,但是,我实现人生梦想,我感到自己是最幸福的人。

我还是不解地问道,你这样离成功不是更远了吗?成功,那可是我们人生最大的梦想啊!

阿松听了,淡淡地一笑,说道,是的,成功,是人人追求和渴望的一个梦想。但是,敢于不成功,做自己最想做的事,也是人生的一种幸福和拥有。

那一刻,我的心溢满了柔软。我看到,阿松的目光中,闪烁着无比幸福的光芒。这种幸福的光芒,也深深地感染了我,我沉浸在他的这种幸福之中……

阿松走了,走到那云雾缭绕的大山里去。他放弃了成功,去实现他人生不成功的梦想。望着他义无反顾的背影,我的眼睛顿时变得一片朦胧……

认识一位朋友,他有一个当大老板的老爸。在大学里,他老爸经常开着豪华奔驰车来看他。同学们都很羡慕他,说他将来到老爸公司里谋个职位,那是很轻松的一件事。

每当大家羡慕他的人生时,他总是不置可否地笑笑,只是一味地摆弄着他心爱的相机。不经意地,抢拍出几张照片,看着他拍摄的照片,让他好不得意和快乐。

让人大跌眼镜的是,大学毕业后,他没有像同学们猜测的那样进入他老爸的大公司,成为一名让人羡慕的成功人士,而是拿起他心爱的相机,云游四方,拍摄山山水水、风土人情去了。很快,那一张张风光旖旎、反映人生百态的照片,发表在许多报刊、杂志上。他开通的博客,每天都有大量粉丝的点击。人们从他拍摄的那些照片中,感受到了他行走的步伐,感受到了他火热的激情,感受到了他的信心和力量。

我问他,为什么放弃那诱人的成功,去走另一条更加充满艰险和磨难的路子,那条路,似乎永远看不到成功的尽头?

他听了,目光中闪烁着一种令人心动的柔情。只听到他喃喃地说道,那条路,虽然离成功越来越远,可是离梦想却越来越近,它给了我心灵的平和与宁静，而这正是我最向往和追求的一种人生境界。

那一刻，我感受到了他心灵轻舞飞扬的飘逸和迤逦，周遭氤氲在一片温暖和感动中……

在这个人人渴望成功实现人生最高价值的时代中，敢于不成功，做自己喜欢做的一些事，更需要一种勇气和决心。它让我们感受到了一种心灵轻舞飞扬的美丽和绽放。从某种意义上讲，敢于不成功，也是人生的一种成功。

落满山鹰的灰

夕阳西下，天色渐渐暗淡下来。在田里忙碌了一天的母亲收拾好农具，在蜿蜒的田埂上匆匆地往家里走。

我站在屋前，着急地向远处张望着。当看到母亲的身影后，立刻张开双臂，兴奋地喊着："妈妈——"然后向母亲飞奔而去。

母亲看到我，也加快了步伐，等我跑到她跟前，她蹲下身子，把我抱在怀里，然后在我额头亲了一下，说道："好孩子，在家等急了吧！"说罢，从篮子里拿出一块饼，递给我，说道："饿了吧，快吃吧！"

我接过饼，大口地吃着，觉得这饼好香、好甜。我不知道，这是母亲在田里劳作时，中午舍不得吃省下的。

母亲看着我吃得那么香甜，脸上露出爱怜的笑容。她解下头巾，拍打着身上，那一缕淡淡的尘埃在暮霭中飞舞。

我睁着懵懂的眼睛，问道："妈，您身上怎么落了那么多灰，我身上怎么没有？"

母亲听了，笑道："那是我在田里干活，身上落满了山鹰的灰，你在家里，当然落不到山鹰的灰了！"

"山鹰的灰？"我疑惑地问道。

看见自己绚丽的影子

"是的,孩子,人们在外面行走,不知不觉,身上就会落满山鹰的灰!这些灰,有的能看见,有的看不见!"

母亲俯下身子,抚摸着我的头,和蔼地说道。

我抬头仰望着天空,暗淡的天空,仿佛笼罩在一片灰蒙蒙中。我想,那就是山鹰飞过落下的灰吗?

那张仰望天空稚嫩的脸,成为我孩提时美丽的记忆。我想,那飞过天空的山鹰,一定非常矫健,像一只大鹏,扑闪着一双硕大的翅膀,从我的头顶飞过。顷刻间,我的身上落满了山鹰的灰。

不知何时,我不再仰望天空,我甚至把孩提时那个仰望天空的姿态给淡忘了。上学了,我很努力,学习很刻苦。那位戴着一副眼镜的乡村小学老先生常常夸我道:"孩子,好好努力,将来一定会有出息的。"

我终于走出了小山村,到了大城市上学。毕业后,我在城市里扎下了根。我一直在向前奔跑,终于有了房、有了车,但这些还不够,我还想要得到更多,须臾也不敢停留。渐渐地,我变得焦虑不安,心浮气躁。

为了排遣心中的苦闷,我回到了乡下散散心。

母亲岁数大了,再也不能下地干活了。她坐在门口屋檐下缝补着衣裳,看到我回来了,脸上满是惊喜。她忙不迭地站了起来,说道:"孩子,你怎么回来了?"

我皱着眉,哼了一声,算是回答了。母亲静静地看了我一会儿,说道:"孩子,你看你身上落满了山鹰的灰,让我帮你弹弹。"说罢,母亲解下头上的方巾,在我身上拍打起来。

"落满山鹰的灰?"我听了微微一怔,那孩提时的记忆像打开的闸门,一下子涌了出来。什么时候,我的身上也落满了山鹰的灰?我怎么没有发现过?

母亲搬来一个凳子,让我坐在她的身边,然后静静地盯着我看了好一会儿，仿佛要一眼望穿我的内心世界。我被母亲看得有些心虚和慌乱，对母亲说道："妈，您这是怎么啦？"

过了好一会儿，母亲才一字一句地说道："孩子，这么多年，你一个人在外打拼，你从一个农家孩子，成为一个城里人，并在事业上有所成就，怎么好像失去了应有的快乐，反而变得郁郁寡欢了？"

母亲一连串的发问，像一枚重锤敲打着我的心，我感到一片茫然。是啊，很多年啦，我不知道什么叫快乐、什么叫幸福了，我将快乐和幸福都丢掉了。

母亲说："我在乡下过得很幸福、很快乐，一箪食，一瓢饮，足也，身上清清爽爽，没有落满山鹰的灰，如果心里没有了满足，得到得再多，身上也会落满了山鹰的灰！"

母亲又说道："要想自己身上不再落灰，让自己的脚步变得轻盈、敏捷起来，那么，要知足，学会感恩、学会爱，才会使自己变得幸福、快乐起来。"

听了母亲的话，顷刻间，我有一种醍醐灌顶的顿悟，我的心灵仿佛变得轻盈起来。我抬起头来，仰望天空，天空碧蓝，如绸缎一般，光洁、润滑。

我的目光湿润了。没想到，我那没有多少文化的母亲，说出的话句句包含着深刻的道理，它让我抖落满身山鹰的灰，人变得神清气爽起来。

我的脸上，终于露出久违的笑容……

落满山鹰的灰，是我家乡的一句土语，意思是说人行走在江湖上，会被许多外在的东西所诱惑，把握不住自己，就会使自己负重前行，越活越累。只有丢掉那些外在的东西，不以物喜，不以己悲，才能活出一个真实的自我。只有这样，那山鹰翅膀上抖落的灰才不会落在自己身上。

醉人的笑脸你有没有

美国著名摄影大师史蒂夫·科尔在街头抓拍了一组照片，他将这些在街头抓拍的照片举办了一个摄影展，展览的名称是：《醉人的笑脸你有没有》。

没想到，摄影展举办以来，吸引了大批观众前来观看，盛况空前。许多观众在这些摄影作品前流连忘返，有的人眼睛里，露出羡慕的神色；有的人脸上，露出沉思状；还有的人眼睛里，噙满了泪水……

这是一张大楼竣工典礼的照片。有人在大楼前燃放烟花，烟花在天空中绽放出艳丽的色彩，姹紫嫣红。路过的人群中，有的人捂着耳朵，有的人皱着眉，有的人嘴里嘟囔着。此时，只有路边一个六十多岁的流浪汉仰望着天空，脸上露出灿烂的微笑。流浪汉的脸上有许多污垢，头发零乱，衣服破旧，但他仰望天空，望着绽放的烟花，脸上的笑容，却是那样清澈、明媚。那一刻，他的笑脸，纤尘不染，好像连眉毛都在笑呢！

这是一张路边一个耍杂技的照片。耍杂技的是个三十多岁的年青人，他正在用双手抛六只彩球。有的人目不斜视地从这耍杂技的面前匆匆而过；有的人脸上露出不屑一顾的神色；也有的人脸色阴沉地从旁边走了过去。此时，只有一个七八岁的小男孩正目不转睛地看着那个耍杂技的人，他笑得嘴都合不拢了。那满脸稚气的笑容，像清漪漪的溪水，纤尘不染。阳光温柔地洒在他的身上，散发着耀人的光芒，像披上了一层金色的羽毛，熠熠生辉。

这是在城市一处地铁通道。一个拉小提琴的艺人，正在神情专注地拉着小提琴。悠扬的琴声，在地铁通道口回响。可是，从他旁边经过的行人，全都行色匆匆，人们对这位拉小提琴的人仿佛熟视无睹。此时，只有一个六十多岁的老太太，她放下手中的蛇皮袋，脸上露出温暖的笑容，在静静地聆听眼前这位小提琴演奏者演奏。老太太花白的头发干枯、发白，满是皱纹的脸上，烙上了深深的岁月风霜。但是，老太太的笑脸，是那样温馨、甜蜜，荡漾出明媚的色彩。

这是在一家商家门口。商家在门口搭了一个大台子，台子上铺着红地毯，台上一位演员正在演唱。可是，台前空荡荡的，几乎没有一个观众，只有一个手拿扫帚、身着环卫工制服的观众正仰着脸，忘情地望着台上演员的演唱。她裂开嘴，脸上露出灿烂的笑容，她的两颗门牙掉了，笑得格外清澈、明媚。

......

这一张张无声的笑容，仿佛像一面镜子，照耀着人们的内心。人们不禁扪心自问，醉人的笑脸我有没有？

美国著名的《华盛顿邮报》在评论中指出：在这充满浮躁的社会中，我们常常失去一个人最宝贵的东西——笑脸。史蒂夫·科尔的《醉人的笑脸你有没有》的摄影作品，让我们看到了笑脸的珍贵和无价。拥有一张醉人的笑脸，就是拥有一种最宝贵的财富。笑脸，也是一种强大和无畏。

让他多睡一会儿

妻子开了一家小超市，虽然不大，但里面的商品很丰富，加上妻子善于经营，热情好客，很受附近居民的欢迎。

每天上午8点，妻子就会准时将超市的门打开，开始了一天的营业。小小超市，盛满了妻子对生活的希冀和憧憬，盛满了妻子的爱和温暖。

这天上午，我和妻子来到超市，妻子正要打开超市的门。忽然，妻子发现一个流浪汉蜷缩在超市门口睡着了，流浪汉从鼻翼下发出的均匀鼾声隐隐地传来。超市的门面有一个屋檐，两边还有两道墙，正好可以遮风挡雨。这个流浪汉大概看到这个"风水宝地"，便在这儿睡了一个安稳觉。尽管已是艳阳高照，可他还在睡梦中。

我上前，正要叫醒那个流浪汉，让他让一下。妻子见状，连忙用手拽住我的衣袖，将我拉到一边，对我轻轻地耳语道："让他多睡一会儿！"

我疑惑道："你说什么？让他多睡一会儿？那你不开门啦？"

妻子一脸严肃地说道："他虽然只是个流浪汉，但是他和我们同样是一个有生命的人，此时，那里就是他的天堂，让他多睡一会儿，也是对生命的尊重！"

平时性格温和的妻子，此时，一字一句，铿锵有力，像一把小锤，敲打着我的心。我一时语塞，不知如何是好。

妻子挽着我的手臂，笑吟吟道："开门营业，也不在乎这点时间，我们正好去逛逛街，难得有这份清闲，等他睡醒了，我们再开门营业也不迟。"妻子像个小女人，紧紧地依偎着我，吟吟的笑容，像一朵盛开的花。

我无奈地苦笑了一下，和妻子慢慢地行走在街道上。早晨的空气中散发着一种湿漉漉的气息。我忽然察觉到自己好像已很久没有这样闲庭信步了，这种大清早逛街，还真的别有一番情趣呢。

一路上，妻子一直絮絮叨叨。说起我俩刚相识，在马路上散步时的情景。说起那种久远的岁月，让人心中一下子溢满了甜蜜和温馨。妻子不知不觉又说起婚后柴米油盐酱醋茶的生活，说起了生活的艰难和幸福，说起了对未来生活的憧憬和向往……

不知不觉，我们在街市上走了很远、很远，绕着道又回到了超市。我们看到了那个流浪汉已睡醒了，他睁着暗淡无光的眼，看着我们。看到妻子拿起一串钥匙要开门，他似乎明白了什么，赶忙站起了身，脸上露出一种惊恐的表情。妻子对他笑道："没关系，我们刚来！"

妻子打开门，从里面搬出一只小方凳，对流浪汉说："你在这小凳子上坐一会儿吧。"

流浪汉有一种受宠若惊的感觉，脸上满是激动和忐忑。妻子又说道："没关系，坐吧！"流浪汉这才似乎听明白了，他感激地接过凳子，在凳子上放了一张硬纸片，才颤巍巍地侧着身子，坐在凳子的一角。那一刻，他似乎坐得很踏实、很温暖，并一直在呵呵地笑着。

流浪汉那呵呵的笑声，似乎是从他心底流露出来的一种感激，感激被他人尊重的一种幸福和甜蜜。

那一幕，让站在一旁的我，满是温暖和感动。那呵呵的笑声，在我心底久久地缠绵着、涟漪着……

管好你的表情

大学毕业后，我辗转于各个城市之间，历尽波折和艰辛，最后，终于在一家房地产开发公司谋到一份职业。有了工作，一扫淤积在心中的阴霾，每天上下班，我都笑容满面，仿佛沐浴在春风里。人家都说我是一个乐观、开朗而又充满自信的人。

一天，老板把我喊到董事长办公室找我谈话。这是我进入公司后，第一次被老板招见。那一刻，心里面是既激动又不安。激动的是能被老板亲自招见，这是一种荣誉，甚至有一种受宠若惊的感觉，从其他员工羡慕的神色中就可以看出；不安的是老板招见我不知是什么事？是自己工作没做好，抑或其他方面的原因，我的心里不免有些忐忑不安。

老板见到我，和颜悦色地肯定了我一段时间以来的工作能力和业绩。老板的一席话，让我一颗不安的心一扫而过，心里溢满了温暖和激动。

突然，老板话锋一转，对我淡淡地说了句，以后要管好你的表情，不要让自己失败在表情上。

我听了，感到很疑惑，管好我的表情？这个问题真新鲜，我的表情难道有什么问题吗？

老板看到我疑惑的神色，一改刚才那种和颜悦色的表情，严肃地对我说道，对，管好你的表情！这一点很重要，管好自己的表情，是职场上一道永远的考题，它关系到你职场上的成败，关系到你人生取胜的武器，关系到你人生未来的走向……

老板一口气说了这么多"关系到……"的语气，让我一下子感到这个问题的严重性和紧迫性。我想，我的表情难道出了什么差错吗？

看着老板，我的脑海里忽然闪现出这样一幕情景：那时我才七八岁的光景，还是个少年不识愁滋味的年龄。踏着月色，我和父亲一前一后地往家里走去，身后拖着我们长长的身影，时而长，时而短。我在父亲的身边，欢快地用脚踩着父亲的身影，不停地发出咯咯笑声，连声说道，我踩痛爸爸了！

父亲回过头，看到我心花怒放的样子，温和地说道，孩子，这影子是没有生命的，你看我的表情就知道了，我一点感觉也没有。

听了父亲的话，我抬起头，看到父亲一脸平静，看来父亲真的一点也不疼。

父亲又仿佛想起了什么似的，又对我和蔼地说道，孩子，将来你长大了，就会知道，一个人的表情是多么重要，表情，就是一个人内心世界最真实的反应。

听了父亲的话，我向父亲做了一个怪脸，还是嘻嘻哈哈地在父亲前后撒着欢儿。那是我第一次听到了关于人的表情的观点，觉得那是一种很神秘、很深奥的东西，离我很遥远、很陌生。

今天，老板对我说起要管好自己的表情，我顿时意识到，自己已不再是那个七八岁光景的小孩子了，我到了要对自己脸上表情负责的年龄了。

一次，老板带我去看望一个生病住院的员工。从医院出来，老板对我淡淡地说了句，你以后要管好你的表情。看望病人，脸上的表情应该是沉重和温暖的，而不应该是僵硬或者是笑容满面的。

老板这么一说，一下子让我有种警醒的感觉，细细想来，我刚才的表情真的开始是一脸僵硬，后来又笑容满面了。我仿佛不是来看望病人，而是来会客的。再想想老板刚才的表情，他进了病房，首先弯下腰，伸出手，一脸关切地轻轻地询问着员工的病情，其间，还用手轻轻地整理了下他的被褥。有医生进来查房，老板还走到医生跟前，神情庄重地向医生询问起了员工的病情，并再三叮嘱，一定要好好治疗。那一幕，让卧在病床上的员工，感动得眼睛里溢满晶莹的泪花。

一次，老板带我去和一个客户洽谈业务。老板因临时有事，要我先和那个客户交流一下，他一会儿就到。

我和那客户交谈没一会儿，就感到很不融洽，便漫不经心地和他搭着话。过了一会儿，老板不知什么时候进来了。很快，老板就和客户热情地交流起来，脸上满是喜悦。

告别客户后，老板像想起了什么似的，对我说道，我刚才进来的时候，看到你跟客户交谈的气氛不太融洽，因为你的表情已告诉了我。

我不禁从心里敬佩老板的洞察力。心想，我这漫不经心的表情，自己没有察觉到，却早已被人一览无余了。我不禁暗暗自责起来，看来，表情真的是职场上一个深奥的考题啊。

两年后，我被董事会任命为开发部门的主管。老板再次招见我，他对我说道，我只想提醒你一句话，无论何时何地，都要管好你的表情，这是你取得不断进步的法宝。否则，就有可能制约了你向更高的顶峰攀登，甚至毁了你的人生。

我感动地望着老板，目光顿时变得一片朦胧。感谢我遇到了这么一个好老板，一直在提醒我要管好自己的表情，它使我在职场上少走了许多弯路，人生的路变得顺畅起来。

我不禁想起之前看到过这样一篇报道：伦敦奥运会男子自行车

公路赛现场，54岁的英国男子马克·伍斯福德在观看时，被警方以"面无表情"为由，将其逮捕。

警方在逮捕马克·伍斯福德时指出：马克·伍斯福德不像是在享受比赛的乐趣，他那种面无表情的观看神态，实际上是一种恐怖。当别人都在兴高采烈、欢天喜地的呐喊、鼓掌，他却在那里面无表情，冷若冰霜地观看，这对别人的心理是一种巨大伤害和摧残。

英国《泰晤士报》在评论中指出，管好你的表情，是一种人生的生存智慧和态度。表情，就是一种最真实的情感流露，任何人都能读懂表情上的语言，它让我们看到了人性的美好和灿烂，也让人们看到了隐藏在表情里面的险恶与卑鄙。

岁月十八弯

一

他是村子里的一个小木匠。30多岁了，还没有成家。不为别的，只是因为他家里太穷。

生活实在太苦了。小木匠背起一个简单的包裹，对老娘说，我要出去闯一闯，看看能不能挣些活钱。

这一走，从此就没有了小木匠一点消息。

村里偶尔有人提起小木匠，人们就会隐隐地叹息道，是啊，不知道小木匠现在混得怎么样了，媳妇讨到没有？

十几年过去了，小木匠终于回来了。一起回来的，还有他美貌的妻子和可爱的儿子。乡亲们都惊讶万分。

村里人告诉他，他老娘已经去世好几年了，老人临逝前，还一直呼唤着他的乳名。

闻之，小木匠大恸。他擦去眼角的泪痕，对乡邻说，我这次回来，要给村子修路、铺桥，还要在村里办养殖厂、服装厂，要让乡亲们都能过上富裕的日子。

乡亲们这才知道，小木匠已成了一名千万富翁。小木匠富了，没有忘记乡亲们，他要让乡亲们都过上富裕的生活。

二

他曾经是这所学校的一名学生。校长常常拿他作为榜样教育学生们说，他曾经在我们这所学校上过学，他现在在省城当大官了，他是我们学校的光荣和骄傲。

有一天，他回到母校，学校举行了盛大的欢迎仪式，他还给学生们作了一场生动的报告。他的报告，受到全体师生的热烈欢迎，大家都深受鼓舞。

在参观学校荣誉室时，他看到了自己的照片。照片被放大后，放在最显眼的位置。其中，还有几张他学生时代的照片，这还是他第一次看到。那时的自己，很青涩、很稚嫩的样子。

校长指着那些照片，脸上露出十分激动的神色，说道，那时，自己就看出来他与众不同的地方：聪明、好学、上进，将来一定是干大事业的人，事实果然验证了他的眼光。

他的脸上露出幸福和自豪的神色。

不久，传来一个令全校师生十分震惊的消息：那个在省城当了大官的他，犯了严重的经济错误，被依法逮捕了。

他成了学校的一个反面典型。校长一面叫人赶紧将荣誉室里他的照片拿下来，一面愤愤地说道，这小子从小我就看出他不是个什么好东西：学习差、逃课、调皮捣蛋，样样少不了他。我为自己教育出这样一个学生，感到十分痛心。

三

那一年，他才三十多岁，就下岗了。他哀求厂长能让自己留在厂里上班，哪怕干最苦最累的活也没有关系，因为他妻子没有工作，孩子还小，家里还有老人需要赡养。

厂长一脸冷漠地拒绝了。

他流着泪，一步三回头地离开了熟悉的厂房。一个人孤零零地走了，身后拖着一条长长的身影。

从此，他在人们的视线里消失了，再也没有人想起过他。他就像飘落下来的一片树叶，悄无声息的。

一晃，又一晃。十几年过去了。厂子实在难以为继，终于破产了。

来收购这家工厂的是一名私营业主。在和这名私营业主谈判时，厂长惊讶地发现，这个大老板竟是原来厂里下岗的他。

厂长的脸上露出尴尬和愧疚的神色。他说，他这次来收购厂子，主要是想要重振工厂昔日雄风。其中有一条必须说明的是，厂里所有员工必须全部保留，一个不能下岗，包括你厂长本人。

厂长惊讶地抬起头，只见他的目光中闪烁着一种坚毅和无畏的神色，那目光里仿佛还有一丝晶亮。

时光就是这么神奇，它可以带走很多东西，但一个人的本性却是什么也带不走的。

第四辑
为一只蚂蚁引路

生活不仅仅是比赛

马修·埃蒙斯是美国著名的射击运动员。从小,他就表现出很高的射击天赋。他在世界许多重大射击比赛中,获得过骄人成绩。他被美国人称为"射击天才""上帝的宠儿"。

但是,就是这个被誉为"射击天才""上帝的宠儿",在一场比赛中,却成了"上帝的弃儿"。

在2004年雅典奥运会上,他一路高歌猛进,遥遥领先于其他对手。最后一枪只要不脱靶,埃蒙斯就可以稳获奥运会10米三姿射击金牌了。那枚金光闪闪的金牌,仿佛就在他眼前闪现,唾手可得。观众也屏气凝神,只等待埃蒙斯打完最后一枪,他们就可以欢呼雀跃了。

可是,鬼使神差。最后一枪,他不仅脱靶,而且还把子弹打在了别人的靶子上。这种把子弹打在别人靶子上的几率,比中百万大奖都难。更重要的是金牌就这样与他失之交臂了。

现场的气氛,有种令人窒息的沉闷,人们目瞪口呆地望着眼前这不可思议的一幕。短暂的惊讶后,埃蒙斯耸耸肩,然后面带笑容地走到中国运动员贾占波跟前,与他热烈拥抱,祝贺他获得冠军。

埃蒙斯那灿烂的笑容,征服了现场观众,也征服了电视机前亿万观众的心。那笑容，是那么的清澈、那么的干净，没有蒙上一点世俗的阴影，纤尘不染。

贾占波每每回忆起2004奥运会比赛中的情景，印象最深刻的竟是埃蒙斯脸上那灿烂的笑容。他说，那笑容，是一种最真挚的感情流露，那笑容，成为我生命中的永恒，给了我巨大的信心和力量。

四年后，埃蒙斯又出现在北京2008年奥运赛场上。在决赛中，埃蒙斯一路遥遥领先其他选手，最后一枪，只要不低于4.4环，他就可稳获冠军。

就在观众静待埃蒙斯最后一枪打完，向他欢呼雀跃时，不可思议的一幕再次重演：埃蒙斯竟再次脱靶了。这种脱靶的低级错误，出现在一个著名运动员身上，让人太不可理喻了。

埃蒙斯脸上露出短暂的惊讶神色后，很快地又平复如初，他的脸上又露上灿烂的微笑。他走到获得冠军的中国运动员邱键身边，与他热情握手、拥抱，表示最真挚的祝贺。

面对埃蒙斯的笑容，邱健感动得热泪盈眶。他轻轻拍打着埃蒙斯的后背，喃喃地说道，您的笑容，是送给我的最好礼物。

埃蒙斯的笑容，也彻底征服了捷克著名射击女选手卡特琳娜的芳心。比赛结束后，她走到埃蒙斯身边，大胆地向他表示自己的爱慕之情。

面对卡特琳娜炽热的情感，埃蒙斯深深地陶醉了，陶醉在爱的海洋里……卡特琳娜说，是埃蒙斯的笑容，彻底打动了她。在巨大失败面前，还能流露出这么灿烂的笑容，这就是一种强大和无畏。

有记者问埃蒙斯，两届奥运会，您都与冠军失之交臂，这是人生中多大的遗憾啊！

埃蒙斯听了，微笑着说道："这没有什么遗憾的，竞技比赛正是充满着许多不确定的因素，才使得比赛更加充满着悬念，更加扣人心弦。比赛结束了，我的任务也完成了，下一步我还要去恋爱、度假、旅游、团聚。生活是多姿多彩的，而不应该仅仅只是比赛，这才是生活的主题。"

生活不仅仅只是比赛。面对生活，无论成功或者失败，永远露出最真挚的笑容，才是真正的"上帝的宠儿"。笑对生活，才是人生中最宝贵的财富。

拾穗的脚步

迈着匆匆的脚步回到乡下,已是响午时分。午后的阳光,火辣辣的,没有一丝阴凉。正是稻子收割的季节,空气中,散发着刚收割下来的稻谷的清香味,袅袅娜娜,沁人心脾。

路过一块田地,我忽然看见母亲还在收割好的稻田里拾稻穗。那一刻,我忽然僵住了,站在田埂上,直愣愣地看着稻田里正在拾稻穗的母亲。母亲的身上洒满了金色的阳光,泛着金色的光芒,斑斑驳驳的,很晃眼。母亲70多岁了,可是她却在家待不住,她牵挂的是收割好的稻田里那些洒落的稻穗。那些黄澄澄的谷粒,在她心里,就像金子般地散发着炫目的光泽,熠熠生辉。

只见母亲一手挎着一只篮子,目光在地下四周仔细寻找着。母亲岁数大了,眼睛也早就花了,可是,我不明白,为什么母亲到了田里,看到那些洒落在田地里的稻穗,却一目了然,看得分外明亮。而我却看不见那些洒落在稻田里的稻穗,看到的只是一簇簇稻茬。

我想起自己小时候,每当到了稻子收割的季节,母亲就会叫我到收割好的稻田里拾稻穗。我兴奋得撒着欢,在稻谷飘香的稻田里四处奔跑。说是到田里拾稻穗,可是,疯了一天,却没捡回几根稻穗,多的是身上被刮破了的道道血痕和泥泞。

母亲拎着满满一篮子拾来的稻穗，看到这一幕，脸上总是露出一丝嗔怪和爱怜，说道："你看看，稻穗没拾几根，身上倒刮破了这么多血痕，快让我帮你擦擦药水。"

我睁着一双懵懂的眼睛，对母亲说道："我怎么看不见稻田里有掉落的稻穗，您是怎么看见的？"

母亲含嗔道："你拾穗的脚步太慌乱了，只知道在稻田里疯跑，哪能拾到掉落的稻穗？"

母亲的话，让我好生困惑：我拾穗的脚步太慌乱了？

此时，看着母亲顶着这么烈的太阳出来拾稻穗，我心里不禁有些埋怨。稻田里散落的这几根稻穗拾它干什么，现在生活比过去要好多了，家里的米缸里又不缺这几粒谷子，待在家里休息多好。

母亲不经意地抬起头，发现我站在田埂上，脸上露出欣喜的神色，她大声地招呼道："孩子，你什么时候回来的啊？"

我答道："刚回来，正在看您拾稻穗呢！"

母亲笑道："那你下来，和我一块拾！"

听了母亲的话，我不由得抬头看了看天空，心里直犯嘀咕，在这么烈的太阳下拾稻穗，真是活受罪。可是，看着母亲那殷殷期待的目光，我踟蹰了一会儿，才悻悻然走到田地里。

母亲笑着说道："孩子，我们再将剩下的一半稻田走完，就回家。"

母亲边说，边弯下腰，拾起一根洒落在稻田里的稻穗。我眼睛毫无目标地看着，似乎看不到一根稻穗。

母亲看着我眉头紧锁、心浮气躁的样子，说道："孩子，不要急，拾穗的脚步不能慌乱，要将心沉淀下来，才能发现洒落在田地里的那些稻穗，步伐总是急急躁躁，恨不得一下走到头，这哪能看到那些稻穗？"

拾穗的脚步？母亲又一次说起这句话，让我心里微微一愣，恍如昨日。我不禁注意到母亲的脚步：只见母亲的脚步，始终不急不躁，有种踏实和稳健。尽管艳阳高照，让人口干舌燥，可母亲依然不受干扰，她的心全部沉浸在这拾穗中。如果用"心无旁骛"这句来形容，那是再恰当不过了。

我跟在母亲的身后，学着母亲拾穗的脚步。走着、走着，我忽然感到，太阳，已不再那么火辣；口舌，也不再那么干燥；心情，也不再那么郁闷，似乎还有一丝清凉浸入心田，眼前变得明媚、清澈起来。

生活中，我的脚步早已变得匆忙、慌乱起来。一直在向前奔跑，须臾不敢停留，以为美景总是在前方。当再次体会到母亲拾穗的脚步，我忽然有了一种豁然开朗的美好。

我缺少的不是勇往直前的勇气，缺少的是这种拾穗的脚步。从容、淡定、心态平和，才是我人生最宝贵的财富。

我能认识你吗

转眼，儿子已 20 多岁了。渐渐地，我对儿子有了一种全新的感觉和认识。

生活中，儿子能主动和陌生人说话，说白点，就是和陌生人搭讪。对于儿子这种主动与陌生人说话的行为，开始我看了很不适应。随着时间的推移，我也渐渐地习以为常了。看到儿子能主动与陌生人沟通，我感到一番温暖和感动。用儿子的话来说，能主动地与陌生人相识，也是现代社会必不可少的一种交际功能，它缩短了人与人之间的距离，增添了人与人之间的相互信任和理解。

儿子大学毕业了，我准备和他一起去看望一位远方的亲戚。火车站买票的人很多，儿子让我在一旁休息，他去排队买票。

只见儿子站在一个中年人的后面。从背影看，这位中年人身体比较健壮，他的一只手还搀着一个小男孩。忽然，我看到儿子用手抚摸了一下那小男孩的头。小男孩仰起脸，有些疑惑地看着儿子。儿子对小男孩做了一个滑稽的鬼脸，小男孩见了，脸上露出一丝腼腆的笑容。

中年人下意识地回过头，见此情景，也情不自禁地笑了。只听见儿子冲那中年人含首微笑道："您好，我能认识您吗？"中年人听了，眼睛一亮，脸上露出欣喜的神色，笑道："当然可以啦！"就这样，俩人热情地攀谈起来，就像是一对好朋友，一扫排队时的沉闷、枯燥和乏味，周遭氤氲着一缕挥之不去的甜蜜和温馨。

那一幕，我看在眼里，心里不禁溢满了一缕柔软。儿子能主动地与陌生人交流，这不仅需要一种勇气，更需要的是一种热情、主动，能迈出这一步，是一种自信和超越。

单位保安小王对我说了这样一件事。他说："您儿子真了不起，我和您儿子现在成了很好的朋友了。"

我疑惑地问道："您认识我儿子？"

小王笑着说道："是这么一回事。那天，我正当班，一个小青年走了过来，他说，您好！我是×××的儿子，我想找我老爸，有点事。"

"我说，那请您登记一下。"您儿子登记完了，忽然转过身，对我说道："我能认识您吗？"

那一刻，我有种受宠若惊的感觉，这是我第一次有陌生人对我说想认识我，我心里溢满了感动。就这样，我和您儿子成了很好的朋友，我从您儿子那里学到了许多为人处世的道理，我的人生舞台变得更加宽大。小王眼睛里闪烁着兴奋的光芒。

听了小王的话，儿子在我心里变得更加亲切、可爱了。

和儿子到一家商场买东西。买完东西，儿子忽然冲着女营业员说道："您好！我能认识您吗？"

女营业员听了，扑闪着一双长长睫毛的眼睛，紧紧地盯着他看了一会儿，然后，嫣然一笑道："当然可以啦！"

随后，只见两人掏出手机，互相留下了电话号码。

……

我能认识你吗？它让人看到了尊严、平等和信任。有时，我们不需要更多的铺垫、演说和介绍，只需一句"我能认识你吗？"就让人找到了心与心相通的桥梁和纽带，看到了绽放在彼此脸上甜蜜的笑容。

指间流沙

沙滩上,一个胖乎乎的小男孩在用小手堆砌着一座城堡。海水拍打着岸边,卷起朵朵洁白的浪花。阳光、沙滩、海浪、白帆,还有那沙滩上堆砌城堡的小男孩,这一幕,构成了一幅温馨、甜美的画面。

小男孩用小手用力抓着沙,堆砌着他的城堡。城堡塌了下来,再继续,一点也不气馁。在他幼小的心灵里,有一个愿望:他要把他的城堡打造成牢不可破的宫殿。

可是,尽管小男孩每一次都用力抓起沙,想抓得满满的,但那沙却从指间,像一串线似的,丝丝缕缕地溢掉了。等到他将手中握的沙放到小沙丘上,就只剩下一点点了。

小男孩急得眼睛里滚出了泪水,他对身旁的妈妈说道:"妈妈,我手里的沙怎么抓不住啊,全从指间流掉了。"

妈妈蹲下身子,抚摸着小男孩的头,目光中溢满了温柔,她和蔼地说道:"孩子,每次你总想抓很多的沙,沙就会从指间里流掉了,你换一种方法试试,每次手中握得少点,这沙就不会溢出来了。"

于是,小男孩将手中的沙握少点,他一看,果然指间的沙流得少多了。他惊喜地说道:"妈妈说得对,每次握少点,沙就不会流出来了。"

年轻的母亲温柔地抚摸着小男孩的头,脸上露出赞许的神色。母亲又对小男孩说道:"流沙是远古时,人们计算时间的一种方法。那时没有钟表,古人却从指间潺潺流出的沙,计算出了时间的长短。你长大了,就会知道流沙的道理。"

小男孩用力抓起一捧沙,举起来,对着阳光,看指间流出的沙,像一根细线,潺潺流出……

孩提时,在海边的沙滩上,母亲对我说的指间流沙那一幕,成为我脑海里最温暖的记忆。那一根细线潺潺流出的沙子……

在流沙的岁月里,我渐渐地长大了……上学了,看到同学们,有的会拉琴、有的会画画、有的会唱歌、有的会游泳……我见了,羡慕极啦!回到家,也央求母亲让我报名学习这些技能和特长。

母亲听了,皱起了眉头,说道:"你怎么一下子能学这么多?只需学一两项就可以了,学多了,你不会有那么多精力的。"

可是,我不听,又哭又闹的。经不住我胡搅蛮缠,母亲轻轻地叹了一口气,只好为我报了几个兴趣爱好培训班。

开始,我的积极性可高了,有时一晚上要赶赴两三个培训地点,忙得不可开交。可这种热情只持续了几个晚上,那个热度全没了。又过了一段时间,我只参加画画培训班,其他的全停了下来。

母亲意味深长地说道:"怎么?你刚开始那种积极性哪去了?"

我脸红了,嗫嗫嚅嚅地回答不上了。母亲说道:"这和指间流沙是一个道理,你总想一把抓很多的沙子,结果手中的沙都从指间流掉了。根据自己的兴趣和爱好,只有学一两项,你才会学得精、学得好。"

指间流沙?好熟悉的话啊!顿时,海滩上,那个胖乎乎的小男孩用手抓沙堆砌城堡的一幕,又在眼前浮现。那从指间缝里流掉的沙子，像一串线似的，缠缠绵绵……

大学毕业后，我很快地找到了一份工作，意气风发地回到家，对母亲慷慨激昂地说道："我马上还要学做生意、学炒股、开网店，还要考托福……要干的事太多啦！现在是我大显身手的好时候，妈，您就等着享福吧。"

我本以为母亲听了我的话，会大为赞赏和鼓励的。没想到，母亲听了，眉头紧锁，一点也没有为儿子高兴，只是淡淡地说了句："又是指间流沙！"

母亲这句话，仿佛像雷声，在我耳旁轰响。我愣了好长时间，就这样怔怔地看着母亲，瞬间，仿佛有种醍醐灌顶的感觉。

母亲用"指间流沙"这个事例，一直在给予我正确的引导和教育。一个人，无论干什么事，都要量力而行。掌心只有方寸大，紧紧地握住只是属于自己的一方沙，才能握得紧、握得牢。

我不好意思地抓了抓脑袋，脸上露出了羞愧的神色，低声说道："妈，我懂了，我的掌心只有方寸这么大，不可能一下子抓住那么多，努力干好本职工作，做出一番成绩来，才是最重要的。"

母亲的脸上露出欣慰的笑容。她为我整了整衣襟，喃喃说道："孩子，生活中，那些看不见的沙，时时在考验着你。抓住手中的沙，不让多余的沙流出来，才是一种智慧和聪明。"

标准答案

一道小学一年级的语文阅读题,素材是孔融让梨的故事。题目是"如果你是孔融,你会怎么办?"

一个学生答道:"我不会让梨。"

结果,被老师打了一个大大的叉。孩子的父亲感到很困惑,觉得孩子这个问题没有回答错,怎么打了个叉?于是,他找到了老师。老师听了家长的疑问,笑着将标准答案给他看。

他看到,标准答案是:让梨。

一道小学二年级试卷上有这样一道题目:雪融化以后是什么?

有个小学生答道:雪融化后是春天。

结果,被老师打了个大大的叉。因为标准答案是:水。

有个小学生在"三个臭皮匠"后面填空:臭味都一样!老师打了个大大的叉;有个小学生在"天生我材必有用"后面填空:老鼠儿子会打洞!老师又是一个大大的叉;有个小学生在"竹篮打水"后面填空:一篮水!老师又是一个大大的叉。

……

因为在这些题后面都有一个标准答案,只要与这个标准答案不符,一律会打错,别无选择。我们就是这样一代一代"被标准"地考过来的，我们都知道每道试题后面都有一个标准答案，我们回答都应该是一个腔调，一个模样，千人一面，别无选择。

有个小学老师对我说了这样一件事，她说，有一次，有个小学生在一道填空题上写道：绿色的月光，照在小树林里。我觉得这个小学生很有想象力和观察力，就给这道题打了个大大的钩。

这个小学生的家长在检查作业时，发现了我批改的这道题，认为我这是在误人子弟，月光怎么会是绿色的？家长找到校长反映，校长问我这道题的标准答案是什么？我说是银白色的月光，照在小树林里。

校长说，你怎么不按标准答案改呢？你这不是在误人子弟吗？

为此，校长叫我在全校教师大会上作了深刻检查，并扣发了三个月的奖金。

这位小学老师脸上露出无奈的神色，沮丧地说道，我们的教育总是有一个标准答案，在这个标准答案中，我们孩子的思想被禁锢在一个框子里，无法跳出。我们的老师也只能在这样一个框子里去教孩子，因为我们无法跳出固有的教学大纲。

这位老师不无感慨地说道，在以色列，几乎所有的老师和家长都会对孩子们说过这样一句话，孩子，生活中，有一种没有形态、没有颜色、没有气味的宝贝，那就是智慧。智慧永远没有一个标准答案，在你充满美丽的想象中，你会感到你的思想如天空般的宽广、无垠。如果你说太阳的颜色，除了红色，还有黑色、绿色、白色……那么，我要说，我可爱的孩子，你一定会成为下一个诺贝尔奖得主。

以色列人虽然只占全球人口的0.23%，但是却有121位以色列人获得过诺贝尔奖，比例高达18.5%，获奖人数高居世界各国之首。这就是一个"没有标准答案"国度所产生的神奇效果。

只夸盐，醋会失落的

外甥对我说了这样一件事。他说，他们科室组织了一项技术攻关，经过大半年的紧张工作，这个项目取得了突破成果，领导对他们这个科室进行了奖励。可是，在奖励名单中，唯独少了他们这个科室的打字员小夏。

外甥说，在这个项目攻关中，虽然打字员的作用，与其他搞技术的人承担的责任和风险不一样，但也是必不可少的。每天她需要打印许多材料，加班加点，工作也很辛苦。如果奖励没有她一份，这对她也是一种不公平，是对她劳动成果的一种轻慢和蔑视。

外甥说，他从自己的那份奖励中，悄悄地拿出一部分给了小夏，并对她说这是领导给她的奖励。

小夏接过那份奖金，感激地望着外甥，眸子里闪烁着晶莹的泪花。从此，小夏的工作积极性更高了，每天脸上荡漾着甜蜜的笑容。

外甥深有感触地说道，一件小事如果做不好，对一个人的心灵打击是残酷的，甚至是毁灭性的。

朋友小王对我说了这么一件事。他说，一次，他们单位聚餐。席间，局长来到他们这张桌前，向每一个人碰着杯，说着感谢的话。可是，没想到，局长唯独没有和他碰杯，从他这边跳了过去，和另外一个人碰了杯。

小王说,那一刻,他举着酒杯,一下子僵住了,他不知如何是好。

这件事已过去很长时间了,可是,他一直放在心上,难以释怀。每每想起,那一幕,就会像刀子一样,刺痛了他的心。

他说,一桌子的人,局长为什么没有跟他碰杯?局长对他肯定有看法、有意见,可是,他又不知道自己哪里做错了。这让他有了重重的心事。

没想到,一次不经意的碰杯,在小王心中,留下了这么大的阴影。

闺蜜小张对我说了这么一件事。她说,她们科室主任结婚。全机关都发了请柬,唯独没给她发请柬,她也不知道是怎么一回事?面对这一尴尬局面,她不知如何是好。

大家参加了主任的婚礼后,第二天一上班,他们就津津乐道地谈起主任婚礼的热闹场面。看到大家有说有笑的样子,小张如芒刺在背,浑身觉得不自在。

小张泪眼婆娑地说道,主任一定对她有意见,要不然,发请柬,只有她一个人没发。她感觉,这件事是对她的一次打击。

央视著名记者白岩松在《用理想和现实谈谈青春》一文中说道:"曾经有人问我,对我影响最大的一本书是什么?我说是《新华字典》。一顿饭吃完,你只夸了盐,醋是会失落的。其实,对我影响大的书太多了,我没法去一一评说。"

别只夸盐,忘了醋。从这一个小小细节上,也折射出一个人的心胸和视野。它给人带来的不仅仅是绵绵不绝的快乐和甜蜜,也是整个春天。

陪你一块儿吃

威廉姆斯从超市出来,手里提着两袋鼓囊囊的各种食品,脸上溢满了欢快和喜悦的神情。威廉姆斯是美国德克萨斯州一名亿万富豪,他家里虽然有佣人,但是,平时他还是喜欢自己逛逛超市,看到有什么好吃的,自己亲自买点品尝,这对他来说,是一种生活的享受。

威廉姆斯的小车还停在超市的地下车库里,他沿着人行道向车库走去。没走多远,他看到超市的橱窗下,有一个80多岁拾荒的老太太。老太太花白的头发枯燥、蓬乱,一双眼睛浑浊、暗淡。她正坐在台阶上,吃她刚从垃圾桶里捡拾来的超市过期的食品。她的一双手,像老树根,粗糙、松弛。老人身边还有一只蛇皮袋,里面装着捡拾来的废品。

威廉姆斯看见了,停下了脚步,他静静地看了一下,然后走到老人身边。他弯下腰,对老人说道:"老人家,我在您旁边坐一下,好吗?"

老人听见了,抬起头,对威廉姆斯笑道:"当然可以啦!先生,您请坐!"说罢,老人往旁边挪了挪身子。

老人看到威廉姆斯坐在她身边,边吃着手里的一块饼干,边向他笑了笑。

威廉姆斯从袋子里拿出刚买的一些食品摆在老人面前，对老人说道，老人家，您也尝尝我这个！说罢，他拿起一块食品尝了起来。

老太太看了看威廉姆斯，笑道："谢谢！那我就不客气了，我就尝尝啦！"

老太太从威廉姆斯食品袋中拿出一块食物，边吃边说道："嗯，味道不错，先生，您也尝尝我的这些东西，好吗？"

老太太将自己面前的食物往威廉姆斯跟前放了放。然后，两眼望着威廉姆斯，目光中流淌着暖暖的光芒。

威廉姆斯低头看了看老人塑料盒里的食品：五颜六色，品种杂乱。威廉姆斯抬头又看了看老人，她正笑吟吟地望着自己，那目光里，满是期待、盼望和希冀。

看到这目光，威廉姆斯心里顿时溢满了柔软，他笑道："谢谢老人家！那我就不客气了！"说罢，他拿起老太太塑料盒里一块食物，边吃边不住地赞赏道："嗯，味道真的不错！"

老太太听了，脸上的皱纹全舒展开了，像盛开的菊花，婆娑、透迤。

就这样，俩人你吃我一块饼干，我吃你一块面包，还边吃边聊天，其乐融融。其间，威廉姆斯不知说了什么，老太太听了，咧着掉了牙的嘴，笑得格外开心。

亿万大富豪与街头捡拾垃圾老太太坐在商场台阶上一块儿吃东西的一幕，恰巧被一名路过的记者发现了。眼前这一幕，让他惊讶得合不拢嘴。他掏出相机，将这温暖一幕拍了下来，然后走到老人跟前，对老人说道："老人家，您知道这位陪你吃食品的人是谁吗？"

老太太看了看威廉姆斯，笑道："我不认识呢！不过，这位先生很好，他不仅请我吃他刚买的食品，还和我聊天呢！"

记者告诉老人，这人就是德克萨斯州亿万大富豪威廉姆斯先生。

老太太听了，望着威廉姆斯，笑道："是吗？谢谢先生给我尝了这么好吃的食品，并和我聊天，我真的很幸福、很快乐！"

威廉姆斯脸上露出幸福的光芒，说道："您太客气啦，如果要说感谢，我应该感谢您才是啊。是您请我吃了您这么多好吃的食品，还和我说着开心的话。"

老太太听了威廉姆斯的话，脸上露出更加舒坦的笑容……

事后，这位记者将威廉姆斯在商场门口与拾荒老太坐在一起吃东西的照片发到了网上。没想到，这些照片在网上一公布，立刻引起了网友的极大关注，人们纷纷跟帖，表达自己的观点，人们对威廉姆斯的行为表示了由衷的赞赏和感动。

美国《华盛顿邮报》在评论中指出：行善是一种最纯粹的情感表达。威廉姆斯与拾荒老太坐在台阶上一起吃东西、聊天的行为，就是一种最高的行善，它会使受助方感到一种人格的平等。陪你一块儿吃，是一种平等的情感交流。行善不是一种高高在上的颐指气使，它是一种互相给予和温暖，甚至是一种惺惺相惜的抚慰和恩惠。

有灵且美

窗台一角阴暗处不知什么时候长出了一只野蘑菇。这只野蘑菇样子怪怪的,全身黑黝黝。心想,这里怎么长了这么一棵丑蘑菇,真恶心。嘴里边叽叽咕咕,边伸出手要去摘掉。

母亲看见了,连忙制止道,不要摘,就让它在那自然生长吧。你看,这野蘑菇长得多美啊!婀娜的身姿,袅袅婷婷,一阵微风吹来,轻轻摇曳,好像在向你点头、微笑哩。它将根茎深深地扎于窗台的缝隙中,尽情展示生命的顽强和坚韧,它是有灵魂的,这就是一种美,有灵且美。对有生命的东西,轻易怠慢和蔑视,就是对生命的亵渎和践踏。

听母亲这么一说,我再仔细看着这蘑菇,忽然发现,这只野蘑菇不再是那么丑陋,有一种亭亭玉立的美丽。这种美,独一无二,让人充满了敬畏和神圣。

傍晚,和妻子在小区里散步,看见前面走来一个步履蹒跚的老太太。老太太的头发灰白、乱蓬蓬的,脸上布满了岁月的沧桑。她手里拿着个蛇皮带,看到一只垃圾桶,步子明显加快了些。她伏在垃圾桶边缘,将身子深深地探在里面翻捡着。过了好一会儿,老太太才将身子直了起来,这时,只见老人手里拿着个矿泉水瓶,脸上不知是因为激动还是刚才翻捡的劳累,脸上红红的。老太太将矿泉水瓶放进蛇皮袋里,又蹀躞着向另一个垃圾箱走去。

妻子停下脚步,眼睛直直地看着老太,目光里竟溢满了一丝晶莹。

我疑惑道,你怎么啦?

妻子意味深长地说道,你看那老太太多美啊,那么大岁数了,还在这么辛勤地捡拾废品,一只矿泉水瓶,在她眼里仿佛绽放出花一样的美丽。她就像是我乡下的老母亲,那么大岁数了,每天还在田里辛勤地劳作。她的身上积淀着一种劳动的美。生活虽然还有许多艰辛和困难,但是,有了这种美,就有了一种坚强和勇敢。

说着说着,妻子的嗓音变得哽咽起来……

儿子放学回到家,一进门,他就兴奋地对我说道,我们班今天来了个新同学,他是个民工子弟,他的一条腿还有点残疾,正好老师把他安排到和我坐在一起。没想到,他学习真好,一堂课,他举手发言3次。因为他腿有残疾,老师就让他坐着发言,可他硬是支撑着桌子,艰难地站起来发言。回答完老师的问题后,才又斜着身子,艰难地坐下。

看着他发言,我感觉到他的姿势非常美,这种美,充满着自信和坚强。他那一手漂亮地钢笔字,更让我钦佩不已。他有些羞涩地告诉我,他还不会使用电脑。但我觉得,他那一手漂亮的行书,比电脑上打出的字要漂亮百倍。我为结识了这么一个新同学感到无比高兴,他就是我学习的榜样。

儿子一口气说了这么多,因激动和兴奋,脸上一片红润。在儿子的眼里,他看到这位民工子弟身上洋溢着一种奋发向上的美。这种美,给了儿子一种激励和鼓舞。

有灵且美。任何有灵魂的东西,都有它美丽的一面。虽然他们很卑微、很孱弱,但他们依然顽强地展示出生命的坚强与美丽。树木有树木的伟岸,花儿有花儿的芬芳,草儿有草的嫩绿。只要对生活充满感恩和爱,就会看出一个美丽的灵魂,看到一个美丽的世界。

凿去多余的石头

1504年，雕塑《大卫》在佛罗伦萨市政厅展出后，立刻轰动了整个意大利，人们争先恐后前来欣赏这件伟大的作品。大家在这尊雕塑前流连忘返，对艺术家独特的构思和创作才能赞不绝口。

有记者问米开朗基罗："您是如何创作出《大卫》这件杰作的？"

米开朗基罗一脸平静和淡定地回答道："很简单，我去了趟采石场，看到一块巨大的大理石，在它身上，我看到了大卫。于是，我凿去多余的石头，只留下有用的。凿掉多余的石头后，《大卫》就诞生了。"

记者听了米开朗基罗的一番话，惊讶得目瞪口呆。没想到，那件被称为绝世珍品的《大卫》，在米开朗基罗眼里，竟是简单地凿去多余的石头就诞生了，这不能不说是件奇迹。

大卫是《圣经》中的少年英雄。在这件5.5米高的雕塑作品中，《大卫》充满自信地站立着，英姿飒爽，他左手拿石块，右手下垂，头向左侧斜视，炯炯有神的双眼凝视着前方，仿佛正随时投入一场新的战斗。这尊雕塑被称为欧洲文艺复兴时期的最高境界，受到世人的广泛关注和好评。

虽然米开朗基罗说起大卫的诞生，让人听起来感觉很容易、很轻松，但是，实际上米开朗基罗抓住了问题的精髓，即凿掉多余的石头，也就是摆脱限制、阻碍，或者对失败的恐惧。人生中，那些多余的石料，常常会像幽灵一样，把我们禁锢起来了，它束缚了我们的手脚、我们的思想，它阻碍了我们迈向成功的脚步。凿去阻碍我们发挥潜能的限制，我们就可以看到一缕成功的阳光，甚至看到洒满阳光的大地。

《大卫》的诞生，看似偶然，其实是一种必然。米开朗基罗的聪明和智慧就在于不断解放思想，大胆创新，在鬼斧神工、巧夺天工的雕琢下，凿出了流芳千古的绝世作品。

记者在意大利《晚邮报》上撰文指出：米开朗基罗创作的《大卫》，给了我们一个非常有益的启示：人生的成切很复杂，人生的成功其实也很简单，成功就是你内心中最纯粹而美好的感受。只有解放思想，凿去你心中多余的石头，才可以品尝到成功的滋味。

你的当下在哪里

老王曾是一家单位的中层干部，前几年，在单位竞聘中，他落选了，成了一名普通员工。

没想到，人生的一次改变，在他心里竟形成了强烈的落差。从此，他一蹶不振，人像霜打了似的，再也提不起精神了，满脸的灰暗和沮丧。只有说到他当科长的那段时光时，他的精神才为之一振，脸上流露出幸福的红晕。

说起那段历史、那段人生，老王的目光中总闪烁着无比幸福的光芒。他那紧锁的眉毛舒展开了，醉人的笑靥在眉宇间荡漾；他的胸脯也挺直了。慷慨激昂中，他用手在空中用力地抓了一下，好像要抓住什么东西，然后握紧了拳头。老王陷入深深的回忆中，对他来说，那段时光，是那么的明媚和灿烂，让他回味无穷，浮想联翩……

邻居阿美有一个8岁的女儿。小女孩聪明、伶俐，很是招人喜爱。阿美本来在一家公司工作，为了照顾好女儿，阿美辞职了。每天送女儿学弹琴、学舞蹈、学画画，还要陪女儿参加各种学习班，风风火火的。看到她整天忙忙碌碌，脸上露出焦虑的神色，我感到有点不解。

我问她，你还这么年轻，怎么就辞职了？

阿美听了，目光变得迷离起来。她抬头望向遥远的天际，眸子里闪现出一片憧憬的神色。只听到她喃喃地说道，女儿就是我的未来，只要女儿将来有出息，我现在的一切付出都值了。

我听了，心里猛地一颤，胸口在隐隐地疼痛。阿美把自己的命运全押在她宝贝女儿身上了，女儿就是她的未来。那个看不见的未来，一定在她心里描摹了一遍又一遍，它是那么妖娆和美丽，绽放出迷人的色彩。

我惴惴不安地问她，如果将来你女儿只是一个普通人怎么办？

阿美把眼睛一瞪，阴沉着脸说道，不可能，我女儿将来一定会有出息的，因为我付出的心血太多了。

那一刻，空气仿佛凝固了，有种令人窒息的沉闷……

曾看过这样一个故事：古希腊有一个双面神，威严地矗立在雅典广场上。双面神的两张脸，一张脸面向未来，一张脸面向历史，所有的人到了这里，都虔诚地膜拜他、敬仰他。

一天，一个乡下人从这里经过，他不知道这神像为什么有两张脸，就上前问他，你为什么有两张脸？大家为什么拜你？

神傲慢地回答道，你这个都不懂？什么是生命中重要的时光？一种最重要的时光就是历史。我看着历史，所以我永远反思，永远都吸取教训；另一种重要的时光是未来。我永远都在憧憬，永远都在构筑着对未来的计划。所以，我的一张脸面向历史；另一张脸面向未来，这还不重要吗？

乡下人还是不懂，就追问神像，你把所有的时光，都给了历史和未来，你的当下在哪里？

从来没有人这么问这尊神像，这尊神像终于经不起这样拷问，摇晃了几下，终于倒塌了。

故事在结尾有这样一句话：过往是永远回不去的；未来也只是

一种臆想的美好。活在当下，珍惜自己所拥有的，才是一种永恒。

德国著名作家埃克哈特·托利在他的小说《当下的力量》里，饱含深情地写道："实际上，我们只能活在当下，活在此时此刻，所有的一切都是在当下发生的，而过去和未来只是一个无意义的时间概念。通过向当下的臣服，我们才能找到真正的力量，找到获得平和与宁静的入口。"

晚上回家吃饭吗

被誉为"玻璃大王"的福耀玻璃股份公司董事长曹德旺,可谓名副其实的"玻璃大王"。据称,世界上每三辆小轿车上用的玻璃,就有两辆是福耀公司生产的。曹德旺在美国福布斯排行榜排名世界前20位。日前,曹德旺将其名下的40亿股份全部捐给了慈善事业,一举成为中国捐款最多的人。由于这一大手笔,他一下子被推到风口浪尖上,成为公众所瞩目的焦点。

他在接受中央电视台著名主持人柴静采访时,有这样一个细节深深地打动了我。柴静在采访曹德旺后,又转身去采访了刚刚从美国回来的担任福耀公司总裁的曹德旺的大儿子。这时,有这样一个细节出现了:曹德旺轻轻推开儿子办公室虚掩的门,倚在门口,对正在接受采访的儿子轻声细语地说道,晚上回家吃饭吗?

那一刻,曹德旺在等待着儿子的回答,满脸的是一种期待、盼望和忐忑。沉吟片刻,儿子轻轻地哼了一声,算是回答了。曹德旺听到后,脸上立刻绽开了一缕温馨的笑容,呈现出一种慈祥和满足。他将儿子办公室的门轻轻拉上后,一路上,满脸都是一种抑制不住的笑容。他要赶回家去,为儿子做晚饭吃。

一个叱咤风云的超级亿万大富豪,对他来说,人生最大的幸福和快乐，并不是什么财富的积累，那只是枯燥乏味的毫无感情色彩的一种数字变化而已。人生中最大的幸福和快乐，原来竟是和家人团聚在一起，热热闹闹地吃一顿晚饭。即使是一名世界超级大富豪，他的幸福和快乐，也离不开这种俗世里的烟火气。

看到这一幕，我心里顿时溢满了一丝柔软。原来，我也一直是幸福和快乐着，那个叫幸福的天使，伸手可得，不再感到遥远和陌生。在这一点上，我和曹德旺离得如此之近，一点也没有距离和隔阂。俗世里的生活，每一个人都离不了，有的人之所以觉得陌生和有距离，只是因为你没有走近他的生活，一旦走近，不禁莞尔：原来我们都是一样的啊！

我的父母只是普普通通的一对退休老人，他们靠着微薄的退休工资维持生活，根本没有什么财富的积累。我有时回家看望老人，老人对我手里挎着、拎着的小礼品，从不感兴趣。而偶尔，我答应陪老人吃一顿晚饭，老人们的脸上立刻绽开了温暖的笑容，呈现出的是一种挥之不去的幸福和快乐。转身，进了厨房，他们在里面咚咚呛呛地一阵忙碌，很快就做好了几道清香四溢的小菜来。

吃饭时，父母不停地往我碗里搛着菜，还不停地说，多吃点、多吃点。而他们自己却很少动碗筷，只是一味地看着我吃，目光中，泊满了盈盈的慈祥和温馨。那一刻，在老人们的眼里，这就是生命中最甜美和幸福的时刻，他们沉浸在这种沁人心脾的温馨和幸福的氛围中。什么都无所求，只求这片刻的拥有。

那时，我常常读不懂父母，为什么将儿女留在身边吃顿晚饭，有这么大的幸福和满足感。常常一顿饭，总是低着头，三下两下地就吃完了。很少会抬起头，迎着父母投过来的那暖暖的目光，去和父母交流几句。仅仅把吃顿晚饭当作是一种不得已而为之的事，甚至将吃顿晚饭当作是对父母的一种恩赐。

对于敏感、细心的柴静来说，显然也看到了这一幕。事后，她再次采访曹德旺时，她追问道，孩子都这么大了，为什么还惦记着要喊儿子回家吃晚饭呢？

柴静的目光中有一种摄人心魄的尖锐在紧紧地盯着曹德旺。她在等待着曹德旺回答，给她一定清晰的答案。

曹德旺没有马上回答柴静的问话，而是将目光转向了窗外那片遥远的山峦。远处是一种什么样的景致呢？山重水复，迢迢渺渺。那一刻，整个世界仿佛都沐浴在一片圣洁和宁静中。不知什么时候，曹德旺双眼里已泗上一片晶莹。他望着遥远的天际，缓缓地说道，人老了，一切都无所求了，曾经的激烈、轻狂、飞扬，不过是沧海一声笑，不过是清弦一曲，积淀下来的，盼望的不过是一份安逸、一份厮守、一份拥有。

对于历练时事、采访过无数风云人物的柴静来说，可谓见多识广，已很少有什么事情能触动她内心里的一丝柔软，特别是对一名记者来说，更不能带着个人感情去采访某一个人。可是，当曹德旺说完这番话，柴静的眸子里竟也是一片晶莹。她将目光投向窗外，像是自言自语喃喃地说道，采访完这档节目后，我要马上回家去，去陪父母好好吃一顿晚饭，我已很长时间没有静下心来，陪父母亲吃一顿晚饭了。

对于天下父母来说，他们要求的永远是那么少、那么可怜。有时，让儿女陪自己吃顿晚饭，对于父母来说，就是最大的幸福和快乐。可有时，我们却并不能读懂父母的这份薄凉、微小的心愿。如果读懂了这一点，那就赶紧回家陪父母吃顿饭吧。你的父母正倚在门边，望眼欲穿地盼着你回家去和他们甜甜美美地吃顿晚饭呢：那是尘世间一幅最温暖人心的生活画面！

黛丝太太的笑容

黛丝太太是美国德克萨斯州奥斯汀市一家五星级酒店的洗碗工。黛丝太太很穷，她的丈夫约翰森卧病在床，两个孩子正在上大学。黛丝太太十分珍惜自己的这份工作，虽然工作十分辛苦，但毕竟是一家人的希望。

每天，黛丝拖着疲乏的身体回到家，忙着为丈夫擦洗身子，做饭，然后喂丈夫吃下。

看到夫人忙碌的身影，约翰森的脸上总是露出十分歉意的神色，他喃喃地说道："真对不起，让你受苦啦！"

黛丝含嗔道："瞧你说的，我们是夫妻，就要互相关爱、互相帮助。"

一席话，说得约翰森泪光婆娑，脸上充满感激的神情。

黛丝在酒店洗碗时发现，一些碗碟里常常有客人没有吃掉的剩菜。尽管黛丝太太在这酒店上班已有8年了，可是，这些菜她从来没有品尝过。有一次，她在洗碗时，以迅雷不及掩耳的速度，将一块即将要倒进泔水桶里的鱼片放进了嘴里，然后闭着嘴，用舌头在嘴里努力嚼动着。那一刻，尽管心脏在嘭嘭地狂跳着，但是，那鱼片的美味，实在让她回味无穷。真没想到，世界上还有这么美味的食物。她想，这么美味的食物就这样倒掉了，多可惜啊！

这天，黛丝太太又在清理一大堆碗碟，她发现一只碟子里还剩下几个鱼丸子，她想，如果就这样倒掉多可惜啊，她想到生病躺在床上的丈夫约翰森。约翰森已经很长时间没有吃过鱼了，如果将这几个鱼丸子带回家给丈夫吃，也可以给他补补身体呢！

想到这里，她像做贼似的，瞧瞧四下无人，就将那几个鱼丸子倒进一只塑料袋，然后塞进了口袋里。

不想，这一幕恰好被推门进来的酒店老板科尔看见了。科尔看到黛丝一脸惊恐，脸上还冒出了汗，一只手很不自然地捂着口袋，紧张兮兮地直直地盯着他。科尔疑惑地问道："你这么紧张干什么？"

科尔先生这一问，黛丝吓得更是面如土色，她慢吞吞地将口袋里的塑料袋拿出来。科尔先生一看，是几只压扁了的鱼丸子。于是，他笑道："几只客人吃剩下的鱼丸子，你要它干什么？"

黛丝一听，再也控制不住内心的情感，她抽泣着说出了自己的困境。

当科尔听了黛丝一番倾诉后，大为惊讶。停顿了好一会儿，科尔向黛丝深深地鞠了一躬，说道："黛丝太太，实在对不起！您作为我酒店里的一名老员工，我对您家里的困难，却一点不知情，这是我的失职。有时间，我一定登门看望约翰森先生。"

科尔先生的一席话，让黛丝太太非常感动，她不知如何是好，心里感到很不安。

第二天，黛丝将丈夫安顿好，正要出门上班，突然，她看到老板科尔推门进来了，他手里还拎着一只保鲜盒。

科尔来到约翰森床前，坐了下来，一脸内疚地说："约翰森先生，您身体不好，我才知道，这是我的失职。黛丝太太给酒店做出了很大的贡献，她是我们酒店的宝贵人才。这是我亲手做的一道鱼丸子，给您补补身体！"

约翰森努力地欠起身子，他紧紧地握住科尔的手，感动得热泪盈眶……

科尔回到酒店，宣布了一项重要决定："今后凡是客人没有用完的菜肴，不要轻易倒掉，如果有员工觉得还可以有食用价值，可以自己打包带回家。毕竟，我们有的员工还很不富裕。"

说到这里，科尔看了一眼台下的黛丝太太，眼圈一下子红了。

科尔的这项决定，令员工们欢欣鼓舞，拍手称好！员工们的工作积极性更高了。

这件事被一名前来就餐的记者发现了，他写了一篇文章发表在德克萨斯州《基督教科学箴言报》上。记者在文章中写道："将有用的食物倒掉，不仅是一种浪费，更是人类的一种自我毁灭！珍惜食物，其实就是珍惜我们人类自己。酒店老板科尔的做法，无疑值得借鉴和推广。"

后来，德克萨斯州还专门颁布了一项法律：任何酒店、餐馆，都不得随意倒掉客人吃剩下的食物。将那些还可以食用的食物倒掉，就是一种犯罪。那些有用的食物，对于生活还很贫困的人来说，就是一种继续生活下去的勇气和希望。

黛丝太太笑了，她笑得很甜、很温馨。走出大酒店，她手里常常拎着一个布袋，里面装的是客人吃剩的美味菜肴，更让她兴奋不已的是，她丈夫约翰森的病情已大为好转，已能下地活动了。幸福、甜蜜的日子，正一天一天地向她走来……

第四辑
为一只蚂蚁引路

为一只蚂蚁引路

亿万富豪丹尼尔在散步时，发现一个小男孩蹲在路边，手里拿着一根草茎在地上摆动着。丹尼尔好奇地俯下身子，抚摸着小男孩的头，问道，小朋友，你在干什么呢？

小男孩头也不抬地回答道，我在为一只蚂蚁引路。

丹尼尔听了，忍俊不禁地笑道，一只蚂蚁需要你引什么路？

小男孩认真地回答道，这只蚂蚁和同伴走散了，正惊慌失措地四处寻找它的同伴，我要把它引到它们的队伍中去，这样它才有生存下去的机会。

丹尼尔这才仔细地看，发现原来小男孩在用草茎将一只走散的蚂蚁慢慢地引到那些蚂蚁群中去。在小男孩的努力下，那只走散了的蚂蚁终于被引到了蚂蚁群中。见到了同伴，那只走散了的蚂蚁立刻欢快地和大家碰着触角，显得十分亲热和兴奋。

丹尼尔不禁对小男孩这种善良的做法很是欣赏，他说道，谢谢你，为那只走散了的蚂蚁找到了同伴，也找到了生存下去的机会。

小男孩这才抬起头来望着丹尼尔，他眨着一双聪慧的眼睛，露出甜美的笑容。看着这纤尘不染的笑容，丹尼尔心里荡起层层涟漪……

离开小男孩，丹尼尔一路上不住地自言自语道，为一只蚂蚁引路，真的很有趣、很有创意。

丹尼尔是美国德克萨斯州一家大型连锁超市的大老板。他乐善好施，常常慷慨解囊，扶危济困，被人称为"大善人"。偶尔在路边看到一个小男孩为一只小蚂蚁引路，给了丹尼尔的心灵带来很大的震动。他想给那些迷失方向的蚂蚁引上一条路，使那些走失的蚂蚁不再迷惘、惊慌，真的是一种聪明的做法。行善，从某种意义上讲，也是这个道理。

一天，丹尼尔刚走到公司门口，忽然被一个中年妇女挡住了去路。中年妇女带着一个七八岁的小女孩，一把鼻涕一把眼泪地向丹尼尔泣诉道，丹尼尔先生，您可怜可怜我们母女吧。我男人得了重病去世了，我也失业了，我们母女俩的生活陷入了困境。说罢，女人从包里拿出相关证明，央求丹尼尔能救济一下她们母女。

丹尼尔听了，心里溢满了同情。如果这事发生在从前，他会马上掏钱或叫财务部门拿出一些钱给这对母女救急。但今天他没有这样做，而是亲切地询问那个女人以前是做什么工作的？

女人泪流满面地回答道，我以前是做财务工作的。

丹尼尔听了，眼睛一亮，他对女人说道，我马上安排人事部门对你进行考核，如果没有什么问题，你就在这家超市财务部门工作，并预支你3个月的工资。

女人听了，脸上露出欣喜的光芒，对丹尼尔连连称谢。

一年后，在这家超市担任财务主管的苏珊女士，她的业务能力和创新意识，很受老板丹尼尔的赏识和器重。在圣诞节超市举办的晚会上，苏珊女士对前来参加晚会的丹尼尔说道，谢谢您，丹尼尔先生，是您为我引上了一条自食其力的道路，同时，也给了我一种人格的尊严。

丹尼尔笑道，尊敬的苏珊女士，不用谢我，是您的才华和努力，在生活中得到了回报。

苏珊女士羞耻地笑了，笑得很甜、很明媚。

一天，丹尼尔收到一封名叫雅各布的小青年给他写的一封信。信中说，他今年刚考入麻省理工大学，由于父母早逝，生活十分困难，上大学的费用到现在还没有着落，希望丹尼尔先生能资助他一下。

丹尼尔看了这封信，给他回了一封信，信中说道，你进入大学后，可以到我公司开在麻省理工大学校外的那家连锁超市分店打工，我将提前预支你一年的打工工钱。我会把你相关情况向那家超市说明的，届时你去办理相关手续就行了。

几年后，已是一家软件开发公司老板的雅各布在公司成立仪式上说道，当初，我是一个穷困潦倒的穷学生，我向丹尼尔先生求助，丹尼尔先生独辟蹊径，给我引上一条自食其力的路子。如果当初他只给我一些钱，只能解决一时之急，甚至让我养成懒惰、不劳而获的毛病。可以说，如果当初没有丹尼尔的高瞻远瞩，也就没有我今天创业的成功。他的行善，充满着一种智慧和远谋，使被救助的人，得到了一种人格的尊严和力量。

在出席德克萨斯州举办的大型慈善活动中，丹尼尔对来宾们说了这么一句话，他说，为一只蚂蚁引路，就是一种最大的行善。行善的根本宗旨，是要给被行善的人，找到一条光明、灿烂的路子，还要给人以人格尊严。这是一种道德底线，更是一种人格力量的升华。

丹尼尔的一番话，在人们心里荡起了层层涟漪，人们心里溢满了温暖和感动。德克萨斯州发行量最大的报纸《休斯顿纪事报》在评论中指出：为一只蚂蚁引路，是行善的一种最高境界。行善的出发点在于引路。引路，是一种智慧，更是一种心地坦荡的大爱。

失败的秘诀

上大二时，好友许文邀请我和他一起创业。他说，他看好了一个项目，在学校大门口租一间门面房，专售文具用品，一定会有好的发展前景。

我忐忑不安地说道，如果创业，让老师和同学们知道了，说我们不务正义，怎么办？

许文说，那有什么关系？我们创业又不影响学业，租个门面房，请个人，我们只需从网上进点货就行了。

我还是忐忑不安地说道，别人知道了，一定会说闲话的。

许文见状，只好邀请了另外一个同学和他一起创业。没想到，这个文具用品店开起来后，生意颇好，到了大四时，许文已开了三家分店，不仅没有什么人说闲话，大家还十分羡慕他，他成为大家学习的楷模。

这时，我真有点后悔当初没有和他一起创业，如果当初和他一起创业，我现在不仅赚了个盆满钵满，也成了大家学习的榜样。唉！心里直呼懊悔。

工作后，有一个亲戚邀我到他公司工作，他说，他现在正缺人手。

我忐忑不安地说道,我到你公司工作,让其他亲戚知道了,他们一定会说闲话的。

亲戚说,这有什么闲话?我请你去是干活的,又不是请你去吃闲饭的。

我还是顾虑重重。亲戚见状,只好另请别人了。

没想到,亲戚邀请的那个人,不仅没有人说什么闲言碎语,大家反而十分羡慕他。几年后,那家公司经营得红红火火,规模不断扩大。当初亲戚邀请的那个人,已成为一家分公司的经理,事业上一片红火。

这时,我真后悔当初没有听从亲戚的邀请,如果当初我跟他一起干,现在也一定风光无限。唉!心里直呼懊悔。

同事小王和我是好朋友。他邀请我利用晚上业余时间去听外语讲座,他说,掌握好了一门外语,将来也许会有用得着的地方。

我忐忑不安地说道,我们晚上去听外语讲座,被领导和同事们知道了,会不会说我们是好高骛远、不务正业?

小王说,这怎么能是好高骛远、不务正业?多学点东西是好事啊!

我还是有所顾忌。小王见状,只好一个人去学习了。

一次,一个外商到公司里洽谈生意,公司里原有的翻译正好不在。小王知道了,赶了过来。他一口流利的外语,让外商大为赞赏,公司与外商洽谈进行得十分顺利。事后,公司老总大为惊喜,将小王提拔为公司情报资料处处长。

这时,我真后悔当初没有听从小王的邀请,如果当初我听了小王的邀请,我现在的状况也许不会是这个样子了。唉!心里直呼懊悔。

……

生活中,我们总是担心别人说闲话,处处谨小慎微,顾虑重重,结果一事无成。

　　美国著名导演比尔·寇斯比在他的新片发布式上，有记者请他谈谈成功的秘诀，比尔·寇斯比说道，我不知道成功的秘诀，不过我可以确定失败的"秘诀"，就是想要取悦所有的人。人生中，有的人之所以失败，不是他不能，而是他想取悦所有的人，结果一事无成。

一株麦穗的尖锐和辽阔

在接到高考录取通知书后,我兴奋地向正在田里收割麦子的父亲报喜去了。

田里的麦子一片金黄,像铺上了一层金色的地毯。一阵风吹来,麦穗仿佛笑弯了腰,也在为我点头祝贺呢。

我挥舞着殷红的录取通知书,激动地向父亲高声呼喊着。父亲直起了腰,脸上露出笑眯眯的神情。他将汗渍渍的双手在身上擦了擦,接过录取通知书,古铜色的脸庞也愈发红润了。他忽然冲我肩膀上打了一拳,说道:"好小子,行啊,有出息啦!"

我猝不及防,往后倒退了几步,脸一下子红了。父亲见状,哈哈大笑起来,说道:"嗯,身子骨还弱了些,还经不起摔打。"

说罢,父亲捡起一株麦穗,轻轻地抚摸着这根麦穗,眼睛里泊满了深情,只听到他缓缓地说道:"孩子,你考上了大学,我就送给你这根麦穗做礼物,希望你的人生舞台能像麦穗一样尖锐和辽阔。"

我听了,不禁哑然失笑道:"爸,这株麦穗有什么尖锐和辽阔的,它只是这么细细、软软的,还耷拉着脑袋,一点也不尖锐和辽阔啊。"

父亲听了,脸色变得严峻起来,他说道:"不,别小看了一株麦穗，它有着别样的尖锐和辽阔的。它托起那么一片天空，立在广袤的田野里。无论狂风和暴雨，它都坚守着自己的阵地，从不好高骛远。它的目光是尖锐的，它的舞台是辽阔的，尖锐地傲然屹立，辽阔成一片天空。"

父亲对麦穗的一番描述，让我感到十分惊讶。没想到，没有什么文化的父亲，在他的眼里，一株麦穗，会有这么大的力量和生存空间，绽放出它的妖娆和美丽。

我接过父亲递过来的这株麦穗，放在掌心，轻轻摩挲着，好像生平第一次认识了麦穗。瞬间，我对这株麦穗充满了敬畏和感动。

我带着父亲送给我的这株麦穗走进了大学，开始了一种全新的生活。当兴奋与新鲜感渐渐消失了，我的心渐渐地有了一种深深的失落感。与同学相比，我没有背景、没有金钱、没有关系……我几乎什么也没有，甚至没有什么特别的地方，走在同学中间，很快被淹没了，没有一点色彩和灵动。

我在写给父亲的信中，有了隐隐的怨言和情绪。

父亲看了信，心里有了重重的心思，他仿佛看到了儿子的焦虑和茫然。他终于放心不下，风尘仆仆地赶到城里来看我。父亲见了我，没有过多的言语，只是从包里拿出一株麦穗，深情地说道："孩子，你还记得我给你说过一株麦穗的故事吗？"

我疑惑地看着父亲，有些困惑和不解。

父亲说道："一株麦穗，无依无靠，它在田野里，却总是那么的喜悦、那么的自信，它的舞台是那么的尖锐和辽阔，它用它的坚韧和努力，结出沉甸甸的麦穗。孩子，不要有什么怨言和情绪，就学一株麦穗吧，你会得到一种别样的收获和喜悦。"

父亲的一番话，让我有种深深的震撼。我接过父亲手中那株麦穗，心里仿佛一下子有了一种明媚和清澈，我感到我的舞台，变得格外宽大和妖娆。

大学毕业后，我很快找到了一份工作。又是几年过去了，当父亲得知我就要结婚了，兴奋得连夜赶到城里来。父亲从包里拿出一个镜框，说是送给我的礼物。

我接过一看，只见镜框里镶嵌着一株沉甸甸的麦穗。父亲在镜框里写了这么一行歪歪扭扭的字：一株麦穗的尖锐和辽阔。

瞬间，我仿佛读懂了什么，心里溢满了柔软。我走上前，伸出双手，生平第一次轻轻地拥抱着父亲，喃喃地说道："谢谢爸爸，送给了我这份寓意深长的礼品，您送给我的是一种精神和力量，我会将这种精神和力量传承下去：一株麦穗的尖锐和辽阔，它永远是我人生的基石。"

听了我一番话，父亲的脸上露出欣慰的笑容，他突然伸出拳头，在我肩膀上重重地击了一拳。我站在那里，一点反应也没有，父亲却往后踉跄了几步。

好熟悉的一幕啊！脑海里忽然浮现出这样一幕情景：田野里，父亲伸出拳头，对着一个青涩小青年的肩膀上重重地击打了一拳，小青年踉跄地往后退了几步。

而今，当父亲在我肩膀上击了一拳，我站在那里纹丝不动，他却踉跄后退了几步。

那一刻，我的眼眶顿时变得一片朦胧……

高贵的慈善

母亲在街头摆了个小摊卖茶叶蛋：一个小火炉，钢精锅里煮着热气腾腾的茶叶蛋，袅袅香味在街头弥散开来。路过的人们，常常被这扑鼻的香味吸引，情不自禁地走过来，买上一两个茶叶蛋，呵着热气，吃着香喷喷的茶叶蛋，感到特别的温暖和舒坦。一块钱一个茶叶蛋，物美价廉，很受消费者青睐。

母亲70多岁了，本该在家好好享受清福了，可母亲却闲不住，硬要到街头去卖茶叶蛋。她说，一个茶叶蛋赚不了几分钱，但看到人们喜滋滋地品尝她煮的茶叶蛋，心里别提有多高兴了。

看到母亲喜欢干这件事，我们做儿女的也只好由着她了。就这样，在街头卖茶叶蛋，成为母亲生活中最快乐的一件事。

每天收摊回来，母亲总是将一小袋硬币倒在桌子上，认真地清理着。不经意地，我发现母亲总是从一摊硬币中清理出几块硬币放在旁边。我问母亲，这几块硬币为什么不和其他硬币放在一起。

母亲笑了笑，说道，这是几块类似1元硬币的游戏机币，不是钱。

我拿起一块仔细一看，还真是游戏机币呢。

我说道，那您以后注意了，不要总收到这种游戏机币。母亲笑道，我早知道是什么人给的这种游戏机币，不过我从没有说过他。

我一愣，问道，您知道是谁给的，为什么不说呢？

母亲说道，这是一个捡破烂老头给的。那老人佝偻着腰，花白的头发，手里拿着一个蛇皮袋，里面装着废纸、废塑料什么的。他每天从我摊位前经过，闻着香喷喷的茶叶蛋，流着鼻涕，眼睛里露出饥饿的神色。他仿佛犹豫了很长时间，然后从口袋里颤巍巍地掏出一枚硬币递了过来。我接过硬币手一摸，就知道这是一枚游戏机币。我看到，老人的目光极力躲闪着，不敢和我眼睛对视。我知道，老人饿了，一枚硬币，对他来说，需要佝偻着身子走多远的路，拾多少破烂，才能卖到一块钱啊。我眼睛湿润了。什么也别说了，我递给老人两个茶叶蛋，说道，一块钱两个茶叶蛋。老人双手接过茶叶蛋，眼睛里流出两行浑浊的泪水，连声说道，谢谢！谢谢！

就这样，老人每天经过她的小摊前，踟蹰一会儿，就会从口袋里颤巍巍地掏出这样一枚游戏机币来。我假装不识，接过这游戏机币，热情地递上两个茶叶蛋。两个茶叶蛋值不了几个钱，但对于这拾荒老人来说，却是填饱肚子的及时雨啊。

母亲说，如果我说送他两个茶叶蛋不要钱，他肯定不干，收下老人递过来的一块类似硬币的游戏机币，给他两个茶叶蛋，对老人来说，就是一种尊严。

我不禁被母亲慈善之心深深地感动着。对于母亲来说，施舍也是要讲究尊严的。

一天，一对进城打工的夫妻找到了母亲。俩人一见母亲，就紧紧地握住母亲的手，热泪盈眶地感激老母亲对他们孩子的资助，使他们的孩子能把学继续上下去。

老母亲笑道，你看你们说的，我没有资助啊，我只不过是给孩子付工钱啊。

夫妻俩疑惑不解地问这是怎么回事。

母亲说，有一天，我看到一个十一二岁的孩子在街上溜达，心想，这孩子怎么不去上学啊？一打听，原来这孩子没钱上学，失学了。于是就想，这怎么行？不去上学，这一生不就毁了吗？更重要的是，这样在街头混下去，很可能会误入歧途。于是，我就对孩子说，我岁数大了，你帮我把这小车推回家，我给你工钱，你靠自己劳动挣来了学费，就可以上学了。那孩子高兴地答应了。从此，每天收工回家，那孩子就帮我把车推回来，我就付给他一定的工钱，你孩子是靠自己本事挣的钱上学的啊！

　　那一刻，那对民工夫妻似乎全明白了，他们拥抱着母亲，喃喃地说道，您老人家真的是有一颗菩萨心肠啊。

　　送走了那对民工夫妻，我有点不高兴地说道，妈，你什么时候请了一个帮工的了？

　　母亲笑道，我这是换了个方法去资助那孩子。如果直接给钱，那孩子很可能有种不劳而获的思想，让他帮我推车，使他有了尊严，那是靠他劳动得来的钱，会更加努力和勤奋的。

　　我惊讶地睁大眼睛望着母亲，眼睛里顿时噙满了泪水，哽咽地说道，妈，您真高尚！

　　母亲有些嗔怪道，傻孩子，我有什么高尚，我只不过尽了一份自己微薄的力量，帮助了他人，根本谈不上什么高尚。

第五辑
我需要你的帮助

跳出棋盘的棋子

在大学我学的是汉语言文学专业。大学毕业后，我和同学王海很快被一所中学聘用。可是，我不甘心就这样在三尺讲台上度过一生，我说，我要去做生意，去挣很多的钱。

王海不无忧虑地说道，我们学的是汉语言文学专业，当老师正好能发挥出我们的特长，别的地方，也许并不适合我们。

我听了，轻蔑地揶揄道，你这样怕这怕那的，肯定不会有什么出息的。

王海无奈地摇了摇头，转身离开了。

听说这几年许多人办房屋中介赚了个盆满钵满，如果我办个房屋中介，也一定能赚很多钱。于是，我赶紧多挪西借，也办了一个房屋中介，也想去狠赚一把。

一番紧锣密鼓的准备后，我的房屋中介开张了。看着新开张的房屋中介，我踌躇满志，心潮起伏，仿佛看到大把大把的钞票向我飞来。

可是，让我始料不及的是，这时，恰逢国家房价调控，房屋成交量大幅度地下滑，同时，我对房屋中介具体经营策略了解不够，还是个门外汉，许多具体知识还不懂，还在边干边学。

苦苦支撑了一年多时间，我的房屋中介终于倒闭了。我不仅没有赚到一分钱，还亏了十多万，这让我懊恼不已。

王海这时已是中学毕业班的班主任了。他听说我的困境后，找到我，劝慰道，兄弟，快别这样瞎折腾了，乘着所学的专业还没有丢，还是赶快和我一样去教书吧。

我听了，不屑一顾地"哼"了一声，转身走开了。对于王海的劝告，我置若罔闻，我想，我不能半途而废，让人家看笑话，我还要去闯一闯。

我又借了些钱，找了几个人，成立了一家装潢公司。听说，现在搞装潢很吃香，许多人都发了。我看，用不了多长时间，我也会赚了个盆满钵满。

果然，有用户找上门来，要我帮忙设计装潢房屋。看到找上门来的生意，我不禁暗自欢喜，心想，果然这钱好赚，刚开张，就有人找上门来了。可很快问题来了，由于我学的不是这个专业，对设计图纸根本不懂，说出来的话，都是外行。很快，客户就看出我是个"水货"，拂袖而去。我找来的几个帮手，看到我这个老板是个门外汉，找上门来的生意都泡汤了，公司根本没有什么发展前途，也就先后另攀高枝了。

又是苦苦支撑了几个月，最后连房租也没有钱交了。我被房东赶了出来，公司再次倒闭了。

在小酒馆里，我把自己灌了个半醉，眼睛像血一样通红。

王海不知从哪里得知消息，在小酒馆里找到了喝得酩酊大醉的我。他拉着我的手，心情复杂地说道，兄弟，还是听我一句劝，跳出棋盘的棋子就不再是车马炮了，还是回到自己所学的专业上来吧。有一个校外辅导班要招聘一个老师，我看比较适合你，还是过去试试吧！

我听了，把手一挥，睁着通红的眼睛说道，我不要你管，你这是在看我笑话，心里面一定是在幸灾乐祸。

我的绝情、刻薄，让王海眼圈一下子红了，他拍了拍我的肩膀，哽咽地说了句，兄弟，保重！说罢，扭头转身走了。

我把王海的劝说当作是他对我的嘲笑，我决意去做一颗跳出棋盘的棋子，我想，凭着我的热情和勇气，一定能闯出一枚棋子的新天地。

在接下来的日子里，我又先后开过网吧、超市、小卖部等等，可是，由于我在这些领域都是外行，对所从事的生意缺乏熟悉和钻研，仅凭一时的热情和冲动，结果，每次都以失败收场。几年折腾下来，我不仅没有赚个盆满钵满，反而落得个一身债，连谈了几年的女朋友也离我而去。

我又丧魂落魄地来到那家小酒馆。醉眼朦胧中，一只手不知什么时候轻轻地搭在我的肩膀上。我回头一看，竟然是几年不见的王海。那一瞬间，我的泪水再也忍不住了，一下子夺眶而出。

王海紧握着我的手，他轻轻地说道，兄弟，跳出棋盘的棋子找不到自己的位置，再回到自己的棋盘上来吧，那里一定有你一方灿烂的天空。

我听了，泪花婆婆地点了点头……

在王海的介绍下，我参加了一所山区小学语文老师的应聘。经过考核，我终于被聘用了。王海赶来为我送行，他帮我把行李背在肩上，将我送走很远。

终于到了分手的时候了。王海再次紧紧拥抱了我，殷殷叮嘱道，兄弟，在自己的棋盘上好好干吧，哪怕是枚小卒子，也能跳过湍急的河流，去冲锋、去拼搏。

我紧紧地拥抱着王海，禁不住潸然泪下。泪花闪烁中，我仿佛看见，我这枚棋子，在自己的棋盘上，在欢快地歌唱，跳出优美的舞姿……

我需要你的帮助

　　公司总经理徐凯这几天心里很烦，他的儿子小强虽然才上小学三年级，可是有几道语文作业题，填反义词和近义词，他总是弄不清楚。儿子问他，他说了几个词，儿子填写后，被老师打了几个大大的叉。儿子也斜着眼，对父亲说道，你还是什么总经理呢，小学三年级的语文题都不会，还逞什么能？你的小车司机张叔叔比你强多了。我问过他几道题，他答得全对，我看你们俩真该调个位置了。

　　儿子一脸轻蔑和不屑的神色，让徐凯脸上火辣辣的。他想，再这样下去，自己高大、威严的形象，在儿子的眼里，可全毁啦！每每想到这些，徐凯心里真是五味杂陈。没想到，自己的小车司机小张还有这一套，不仅小车开得好，而且还会小学语文三年级的近义词和反义词，这一点可真比我强多了。

　　一天，在车里，徐凯看着小张，一扫以往那种不苟言笑的面孔，仿佛下了很大决心似的，满脸真诚地说道，张师傅，我想请您帮个忙！

　　小张听了，一下子满脸通红，没想到，大老板还有事需要我帮忙！他羞涩地说道，您还有事需要我帮忙的？

　　是的，我想请您有空的时候，帮我辅导一下小学语文的一些常识，我想辅导我儿子功课。

小王听了，这才明白过来，原来上次徐总的儿子问了他几道题，他就顺便讲给了徐总儿子听，那些学过的知识到现在还没有忘。没想到，徐总知道了，要请自己辅导他。小张心里是既高兴又忐忑，高兴的是徐总也需要他帮忙，忐忑的是自己不知能不能辅导好。

从此后，徐总就会在办公室，或者车里、饭店就餐前，一有空闲，就会掏出语文课本请小张讲几道题。一段时间后，徐总对小张感激地说道，谢谢你的帮助，现在我儿子常夸我辅导得好，这都是你帮助的结果啊！

徐总握着小张的手，满脸真诚和感激。

小张心里感到很好笑，很简单的事，徐总却感到这样高兴和兴奋。

王教授是名德高望重的老教授，他学问很高，著作等身，经常出席一些重要的学术会议，在业界，具有很高的威望。

王教授的邻居男主人小夏是名管道工，他手里常常拿着大扳手，一身污垢地回到家。

王教授透过窗台，常常看到小夏回家的情景。有时，小夏站在楼下，对楼上高声喊道，老婆，我回来了，我买了一份烤鸭！

一会儿，就听到小夏老婆应答道，买烤鸭，有什么喜事啊？小夏答道，今天技术比武，我得了第一，奖励了一百块！

那一幕情景和对话，王教授听了，心里不知怎的，涌起一缕挥之不去的温暖和感动。

一天，王教授敲开小夏家的门，满脸通红地对小夏说，夏师傅，我想请您帮个忙！小夏听了，拉着王教授的手，热情地说道，王教授，您有什么需要我帮忙的？

王教授说道，我家的抽水马桶堵了好几天了，水排不下去，真急死我了，您能修理一下吗？

小夏听了，笑道，行，我马上帮您修理一下。说罢，小夏拿起工具到王教授家。不一会儿，抽水马桶就修理好了。

王教授紧紧地握着小夏的手，感动地说道，夏师傅，我真的不知该怎样感谢您，您可帮了我大忙了。

小夏不好意思地说道，举手之劳的事，感谢什么呀！

王教授说，对我来说，那可比登天还难啊！

观看美国大片《变形金刚》，上面有这样一个情节，一直记忆犹新，难以忘怀：威力巨大的机器人擎天柱，为了消灭另一个妄图毁灭地球的机器人霸天虎，它对地球人山姆说，我需要你的帮助！

山姆惊讶地说道，你是威力巨大的擎天柱，我这么弱小的一个地球人能帮你什么忙？

擎天柱说道，不，你总有比我强大的地方，这是我永远望其项背的，只有在你的帮助下，我才能打败机器人霸天虎。

是的，在生活中，无论我们做哪一行，处于什么样的高官显爵，总有需要他人帮助的地方……

庄稼长得好，大粪有功劳

一

父亲是一个种庄稼的行家里手。方圆几十里，就数他田里的庄稼长势最旺盛。看着黄澄澄的庄稼，父亲的脸上常常露出自豪的神色。

我虽然是个农家的孩子，可是，我却一点也不会摆弄庄稼。父亲每天在田里忙碌，我却整天捧着个书本，叽里呱啦的，田里的事，我一点也不会。有时，父亲招呼我和他一起到田里帮帮忙，我却皱着眉头，不耐烦地回答道，没时间！父亲见状，无奈地叹了一口气，扛着一把农具，一个人到田里去了。

庄稼，离我这么近，可是心却离它那么远。田里的农事，真的一点也不懂。

父亲常常苦笑道，娃儿心远着呢，这片庄稼地收留不了他了。

父亲说对了。那一年，我以优异的成绩考取了南方一所重点大学。我离开了家乡，离开了那片庄稼地。那片黄澄澄的庄稼地离我越来越远，遥远得有些陌生和生硬。有时，我想到那片庄稼地，不禁莞尔一笑，心想，父亲是怎么摆弄的，将那片庄稼摆弄得长势那么好！

这样一想，不禁又有一种暗暗窃喜。心想，吃了父亲种出的粮食，我不仅有了一副强壮的体魄，而且有了一个聪明的大脑。

心里面，不知不觉，有一种自豪和庆幸。

工作后，我忽然感到有一种无形的压力。每当我想做一件事，或者做出一点成绩，总会有一些人在背后说着风凉话，甚至对我进行恶毒的攻击和诽谤。这让我感到很无奈、很受伤，不知如何是好。

为了排解内心的苦闷，我回到了久别的乡村，想散散心。

父亲岁数大了，可整天还在田里忙碌着。古铜色的脸庞，泛着黝黑的光泽，身体依然是那么结实、硬朗。

父亲看见我，关切地询问起我的生活、工作情况。当听到我生活并不开心后，他没有说一句安慰的话。他将目光投向那黄澄澄的庄稼地，眼睛里溢满了柔情，他缓缓地说了句，庄稼长得好，大粪有功劳啊。

我听了，心里不觉猛地一震。是啊，大粪虽然臭不可闻，但却是黄澄澄的庄稼必不可少的肥料，如果没有大粪的臭，也就不会有稻谷的香。

冥冥之中，我似乎对父亲这句话有了一种醍醐灌顶的顿悟。

二

回到工作岗位，我一扫淤积在心中的阴霾，精神抖擞地投入到工作中去了。尽管我也常常听到一些刺耳的话，但也能以一颗平常心对待，从不过多地在这些问题上纠结。

渐渐地，我的工作能力，得到了领导和同事们的认可和肯定。经过民主推荐和考核，我走上了中层领导工作岗位。新的岗位、新的机遇，我以更加饱满的工作热情投入到工作中去了。

可是，那些冷嘲热讽，甚至是恶毒的攻击和诽谤，似乎就没有停止过。有朋友悄悄地提醒道，有人在背后对你恶毒地攻击和诽谤，你要小心了，必要时，要对他们进行有力反击。

我听了，并不多加理会，只是更加埋头苦干，任劳任怨。

后来，因为工作出色，我被调往另一家分公司担任负责人。这家分公司在各个分公司业绩考核中排在最后。这时，又有人暗自窃喜道，这下要看他笑话了，用不了多长时间，他就会灰头土脸地滚下台来。

我听了，内心里澎湃起火一样的激情和活力。

上任后，我大刀阔斧地进行了一系列改革和创新，公司很快有了新的起色。

一年后，这家分公司经营得红红火火，各项业绩考核，在各分公司中名列前茅。在工作述职中，我说了这样一句话，我曾经迷惘、困惑过，甚至错乱了人生的脚步，我那乡下老父亲对我说过这样一句话：庄稼长得好，大粪有功劳。渐渐地，我对这句话有了一定的认识和理解。人啊，永远应该感谢生活中那些对你有过意见和偏见，甚至对自己人生有过伤害的人。不畏浮云遮望眼。踏踏实实地做好自己的工作、干出成绩、干出特色来，这才是最重要的。

三

转眼，儿子大学也毕业了。儿子工作后，一年之内，竟连续换了三家单位，目前，又在与第四家单位接触。

儿子回到家，愤愤地说道，现在的人真是太坏了，到处都有人在背后捣鬼。我要找一个干净的，没人在背后说坏话的地方。

看着儿子一张青春逼人的脸，我的心里溢满了柔软。这张脸，这语气，我太熟悉啦！恍惚间，我似乎看到曾经的自己。

我坐在儿子身边，将手搭在他的肩膀上，我感到了儿子那结实的身躯和淤积在身上的一股力量。我对儿子说道，我也曾经有过你这种愤懑和气恼，你爷爷对我说过这样一句话：庄稼长得好，大粪有功劳。这句话，我一直记在心里，对于生活中发生的那些刺耳，甚至是侮辱的话，不再理会，一笑至之。因为，我知道，生活中有许多事等着我努力去做，过多地在那些事上纠结，只会束缚了自己的手脚，让自己更加茫然和困顿。

儿子听了我的话，抬起头来，静静地看着我，眼睛里闪现出一丝亮光。忽然，他伸出一只手，也搭在了我的肩膀上。我的心里一震，感到了儿子手上的力量和火热。只听儿子说道，老爸，爷爷说得很有道理，庄稼长得好，大粪有功劳，生活中，同样如此。

说罢，儿子呼啦一下站起身来，拎起了公文包。我疑惑地问道，干什么去？

儿子脸上露出灿烂的笑容，说道，我还是要回去上班，我知道该怎么干了。

看着儿子那宽大、结实的背影，我的目光顿时变得一片朦胧。

一年后，已升为公司部门主管的儿子回到了家。灯光下，和儿子谈起了他的工作和在生活中遇到的困难和问题，言语中，他不再愤愤不平、怨声载道，而是多了一份理智和沉稳，更多地流露出一种解决困难和问题的方式方法。儿子的脸上呈现出一种平和、淡定的神色。

那一刻，周遭沐浴在一种温暖的氤氲之中。情不自禁地，我的手和儿子的手紧紧地握在了一起，似乎有一种坚强和力量，从儿子的手中传递开来。

儿子握住我的手，坚定地说道，爷爷说得对，庄稼长得好，大粪有功劳。这句话，给了我一种信心和力量，一种无畏和勇气。永远不要对生活抱怨什么，要记住：庄稼长得好，大粪有功劳。这是一条颠扑不破的真理！

我的手和儿子的手握得更紧了。顷刻间，我的心像开了花，散发出醉人的芬芳，荡漾起层层的涟漪和缠绵。

戈达德的梦想

戈达德出生在美国西部的一个小山村里,这里群山环绕,与外界几乎隔绝。戈达德的家很穷,他几乎没有出过远门。他常常眺望着远处的山峦。远处,迢迢渺渺,山高水长。那里有着一种什么样的景致呢?这种念头和遐想,在他心里一遍遍地描摹着,心中充满了无限的渴望和憧憬。

10岁那年,有一天,一辆路过的车陷在烂泥里,无法动弹。他喊来村里的小伙伴,帮助这位司机把车推出了泥泞。

这位司机非常感动,对他讲了山外面的世界,美国纽约、华盛顿、旧金山很繁华,那里高楼林立、道路四通八达,马路上的小汽车像毛毛虫,一个接一个,前面看不到头,后面瞧不见尾,人们过着幸福、甜蜜的生活。人们坐上飞机、轮船,还能漂洋过海,到世界上许多国家游玩。戈达德听了,幸福地陶醉了。

分别时,这个司机还送给戈达德一本《世界地图》,告诉他,全世界都在上面写着呢。

戈达德高兴极了,他把这本《世界地图》紧紧地搂在怀里。从此,他怀揣着这本《世界地图》,每天跑到村里一个叫约翰的老人家,听老人讲《世界地图》上的故事。约翰是村里唯一识点字的老人。老人看到戈达德这样认真，就耐心地讲给他听。不过，约翰也没有到过那些地方，他讲给戈达德听，脸上也露出幸福和憧憬的神色。

村里像他一般大的孩子每天都在放羊、放牛，而他却整天抱着本《世界地图》往约翰老人家里跑，大人们都很不解。有一天，大人们问他整天看那本书有什么用。

他说，我梦想以后能走出这大山，到纽约、华盛顿、旧金山去，还要到世界上许多地方。

人们听了，不禁哑然失笑，揶揄道，你这是痴心妄想，你不放羊放牛，将来连老婆都找不到，还想走出这小山村？我们这里的人世世代代都没有走出过这小山村，不是照样过日子？你这孩子头脑一定有问题。

从此，村子里的大人教育自家小孩，常常会这样说道，你不听话，整天好高骛远，就只能像戈达德一样，将来一定会一事无成的。只有喂好牛和羊，将来娶了老婆生了娃，这才是人生最大的梦想。

戈达德听了人们拿他说笑，目光中闪烁着一种坚定的神色，他挺直了腰板，昂起了头，大步向远处的山峦走去。留下的是一个薄凉的背影。

春夏秋冬，花开花落，许多年过去了。戈达德在村子里的人眼睛里早已消失了。他不再被人记起，只是偶尔会有人说道，戈达德这些年不知怎样了？不知他到过旧金山没有？真是个可怜的孩子。说罢，不禁发出阵阵唏嘘声。

那些放羊放牛的孩子，长大了，也都娶上了老婆。不久，他们又有了自己的孩子。他们笑了，笑自己的羊和牛又有人来放了，他们的梦想实现了。

让人意想不到的是，戈达德走出这小山村后，后来成了一位著名的探险家。他到过世界许多地方，征服了一座座险峰、一条条激流、一个个荒岛……他把他曾经生活过的小山村告诉了美国、告诉了世界。许多人慕名寻找到这个小山村，寻觅他曾经生活过的影子。

村子里的人终于知道了他，知道了他这多年的发展和变化，知道他成了世界名人，人们深感震惊，并钦佩不已，人们奔走相告，说他是村子里的骄傲！

人们常常教育自己的孩子，你们要像戈达德一样，从小就要有一个远大的梦想，长大了，才会走出这小山村，才会成为有出息的人！

村民们在村口为他立了一尊雕像，在雕像下方刻有他少年时看的那本《世界地图》。当有外人进到这个村子里的时候，村子里无论男女老少，都会向客人热情地介绍戈达德，人们的脸上露出兴奋和激动的神色。

从此，村里有许多人走出了这个小山村。他们中有的成了教师，有的成了企业家，有的成了作家，还有的成为了钻井工人、销售员、演员。

有记者问村里的长老，你们村子里怎么走出了这么多的人才？

长老把记者带到村口那尊雕塑前，说道，戈达德告诉我们，一个人一定要有一种梦想，没有梦想的人生是空洞和乏味的。梦想，就是一种力量和强大，它能带你飞过高山、冲过激流，看到更大、更远、更美丽的世界。

卡什拉 18 号的守望

卡什拉大街位于美国宾夕法尼亚州费城。这条大街上住着许多户人家,邻里之间都很善良、友好,大家过着幸福、平静的生活。

卡什拉 18 号的主人汉斯,是一名电脑工程师。他有一个儿子,今年 7 岁了,名叫小约翰。小约翰上小学 2 年级,学校离家大概有 20 多分钟的路程。

每天早上,小约翰上学时,汉斯就会像变魔术似的,站在家门口,将自己打扮成一只唐老鸭,或者是米老鼠、超人、蜘蛛侠……他用这种独特的方式,送别儿子去上学。

儿子看到爸爸这种打扮,常常抿嘴一笑,转身向学校走去。看到儿子嘴角露出的那一丝笑容,装扮成唐老鸭的父亲更加兴奋得手舞足蹈起来。

下午放学时,汉斯又打扮成憨态可掬的米老鼠站在家门口,迎接着儿子回家。小约翰看到爸爸这样打扮,嘴角又露出一丝笑容,这笑容稍纵即逝。但是,看到这一丝笑容,汉斯已经很满足了。儿子脸上绽放出的那缕笑容,对于汉斯来说,就是天下最美丽的花朵,芳香袭人,令人陶醉。

小约翰是一名自闭症儿童,这种自闭症是天生的,主要表现为不愿与人交流，对任何东西都不感兴趣，喜欢沉浸在一个人的世界里。在小约翰3岁时，汉斯得知他得了这种自闭症，一下子惊呆了。他带着小约翰跑遍了美国许多医院，结果都徒劳而返。他感到很痛苦、很不幸。

医生无奈地告诉汉斯，任何药物都无法治愈小约翰的病，要治好小约翰的病，只能用爱，才能使他渐渐走出孤独封闭的世界。在他10岁之前，是治愈小约翰的最佳时期。

听了医生的话，汉斯的眼前一亮，他仿佛看到那跳动希望的火苗。很快，他挺起了胸膛，目光中闪烁着一种坚强和无畏。他擦去眼角的泪痕，将儿子紧紧地搂在怀里，喃喃地说道，孩子，让我们一起努力，去拥抱这个美丽的世界。

从此，汉斯成为小约翰最好的伙伴，他陪约翰玩耍、旅游、说话、看书、讲故事、看电视……尽管他很辛苦、很疲惫，但小约翰对外界的反应还是那么迟缓，甚至无动于衷。但是汉斯一点也不气馁，在他眼里，小约翰就是上帝给他送来的最好的礼物，他必须要倍加珍惜和关爱。

小约翰上学了，他别出心裁，每天站在家门口，扮成各种卡通动物形象，迎送小约翰上学、放学。无论刮风下雨、电闪雷鸣，汉斯都会准时站在家门口。他那憨态可掬、惟妙惟肖的滑稽动作，令小约翰从开始熟视无睹，到定眼细看，再到会心一笑，这一点一滴的细微变化，在汉斯眼里就是巨大的成功，他的心里比吃了蜜还甜。

渐渐地，卡什拉18号门口的卡通动物形象，成为卡什拉大街的一景。终于，人们得知这个父亲的一番良苦用心后，都被他的这种深深的父爱感动了。

有一天清晨，汉斯在门口扮成一只活泼可爱的唐老鸭时，他突然发现自己旁边多了一只米老鼠，也在那里手舞足蹈着。那一刻，汉斯什么都明白了，他走到米老鼠跟前，热情地与他拥抱着，两行热泪夺眶而出。

一念灭，一念起

他来到人流涌动的人才交易市场，怀揣着精心设计的几十份简历，想找份工作。看得出，他的心情很激动，脸上闪烁着急迫和兴奋的光芒。

人太多了，大厅里，人声嘈杂，空气污浊，他感到心口十分堵得慌。他极力地伸长脖颈，眼睛瞪得大大的，看着那一个个招聘启事，生怕遗漏了一点。渐渐地，他的眉毛紧锁起来，目光变得黯淡下来，眼睛里流露出一种茫然和无助的神色。他感到自己这个三流大学的毕业生，要想在这里找份满意的工作很难。

他挤进人群，将简历胡乱散发了几份出去，脸上露出一丝苦笑。

忽然，他的脑海里闪出一个念头：不找了！

这个念头一闪现，他立刻毫不犹豫地挤出人群，走了出来。他深深地呼吸了一下外面的新鲜空气，心里感到一阵舒坦。他望了望湛蓝的天空，天空中，几朵白云在悠悠漂浮着。不知为什么，他的心里有种清澈的感觉。

那个像升腾起烈火一样找工作的念头，就这样熄灭了。他又想，不找工作，那干什么去？他摸了摸口袋里仅剩下的几张钞票，心里不禁一片茫然，眼睛里闪烁着一丝晶亮。

他漫无目的地在路边走着。他的思绪很乱,像蒙太奇一样。

不经意地,路边有一个卖水果的老大娘引起了他的注意。老人七十多岁的样子,佝偻着背,花白的头发,脸上布满了皱纹。老人面前摆放的两篮子苹果,青香扑鼻,散发着诱人的色彩。看到有人从眼前走过,老人的脸上立刻露出温暖的笑容,她热情地吆喝着,声音洪亮、清脆。老人脸上的笑容,像盛开的菊花。

看着老大娘卖水果的样子,忽然,一个念头在他脑海里升起:我也卖水果!

这个念头一闪起,他仿佛吃了蜜似的,心里溢满了甜蜜。他想,老大娘这么大岁数了,还在自食其力,让人敬佩和感动,我就学老大娘——卖水果。

说干就干,他来到水果批发市场,批来2箱苹果,然后来到菜市场。他把苹果摆放开来,看着眼前一个一个从他面前走过的人,他的脸上溢满了笑容。他想起了那卖水果的老大娘,他感到自己脸上的笑容有点像那老大娘。

很快,一个带着孩子的女人在他的苹果摊前停了下来,她问了价格,然后蹲了下来,挑挑拣拣,买了几个苹果。他激动地称好苹果,收下女人递来的钱。

手里捏着那几张钞票,他的心里甭提多兴奋啦!他想,这做生意并不难啊,只要肯干,就一定能干出名堂来。

一天忙下来,他算了算,发现竟然赚了22块钱。他笑了,笑得很甜、很明媚……

人们很快地发现,菜市场一角,有一个戴眼镜的年轻人,每天固定在那里卖水果。年轻人的笑容很灿烂,那笑容,有点像老大娘。看到那笑容,总让人忍俊不禁。

他的水果品种渐渐地多了起来:苹果、香蕉、橘子、哈密瓜……从一开始是一辆破旧的自行车运货,渐渐地,他换了三轮车、电动三轮车。终于有一天，人们发现小伙子开着一辆面包车来了，还有一个穿粉红色衣服的姑娘，也在他身边帮忙。小伙子的脸上，多了一份自信和沉稳。

小伙子不再露天卖水果了，他租了一个门面房，门面房里，不仅卖水果，还卖各种炒货兼批发。他的生意越做越大，还开了几个分店，手下有了十几个员工，人们开始称他为"老板"了。

有一天，一个记者来采访他。记者问他是怎么想到自主创业的。

小伙子听了，眸子里闪烁着一丝晶亮，仿佛陷入对过往的回忆中，然后，他缓缓地说道，一念灭，一念起。

看到记者疑惑不解的神色，他解释道，我在求职中，感到很困厄、很茫然，突然间，找工作的那个念头熄灭了。看到路边一个老大娘在卖水果，又一个念头升起——就学那老大娘卖水果。就这样，一路走来，我将生意渐渐做大了。

他深情地说道，一念灭，一念起，人生就在这瞬间发生了改变，它让我看到了天堂的模样。

过来了

一

小时候看童话故事，有一则叫"小马过河"，这个故事给自己留下了深刻的印象。

一匹小马驮着一袋粮食到磨坊去。途中，遇到一条小河。看着湍急的河水，小马胆怯了，它不知道自己能不能趟过去。

它看见一头老黄牛在河边吃草，就跑过去问老黄牛，这河水深不深？

老黄牛说，这河水很浅的，能过去的。

小马听了，高兴地迈开腿，正要趟水过河，一只小松鼠过来了。它大声地喊道，不能过去，这河水很深的，前几天，我的一个好伙伴就掉进这河水里给淹死的。

小马听了，赶紧缩回了腿，它不知道如何是好，只好闷闷不乐地回家问妈妈。

妈妈告诉它，河水到底深不深，必须要自己亲自试一试，不能光听别人的。

小马又来到小河边，正要过河，小松鼠又跑来，它急急忙忙地说,不能过河啊,河水很深。

小马坚定地说道,让我试一试吧。

小马终于小心翼翼地渡过了湍急的河流。小马高兴地喊道,过来了!过来了!它回头看了看那湍急的河水,心想,这河水,既不像老黄牛说的那样浅,也不像小松鼠说的那样深。

二

那一年,朋友小张遭遇到了人生"滑铁卢"。妻子遭遇车祸,被撞成瘫痪,肇事司机又逃跑了。求医心切,在网上被人骗了3万块钱。他急火攻心,也病倒了。躺在冰冷、孤寂的病床上,他感到全身凉透了,他没有了一点活下去的信心。

同病房的一位病友,看到小张长吁短叹的神色,递给他一本书,让他看看。小张木然地接过这本书,眼睛瞟了一下,只见书的名字是《假如给我3天光明》。他顺手翻阅起来,这一看,就放不下来了。

作者海伦·凯勒成为盲聋哑后,克服难以想象的困难,最后考入了哈佛大学,还掌握了英、法、德、拉丁和希腊五种文字。她说,假如给我3天光明,我要看人间的善良、真诚和友爱,她还要看日出日落,感恩生命的每一分每一秒。

他深深地震撼了,冥冥之中,他感受到了上苍赐予他的一种力量和坚强。他开始积极配合治疗,身体很快康复了。他回到家,精心服侍妻子,每天为她按摩。几年过去了,奇迹发生了。妻子能下地了,能做一些简单的家务活了。妻子还开了一家网店,出售自己编织的手工艺制品,生意很好。

每每和人谈论他所经历的那些艰难的日子,小张总是意味深长地说道,过来了,我开始以为过不来了,咬咬牙,最后一步一步地走过来了。现在回想起来，人啊，没有过不去的河流。勇敢地往前走，就一定能走到光明的彼岸。

著名学者于丹说过这样一句话，生活就像是一条河，不像老黄牛说的那么浅，也不像小松鼠说的那么深。我们往前走，就一定能走过去。现在讲中国人的诗意和中国人的生活方式，其实就是想找到更多的云淡风轻、从容不迫、面对一切忧思的平衡。

简单成一根骨头

大学毕业后,我和好朋友小王同时进了一家大型企业,并在同一科室工作。

小王是从边远农村考进大学的。在学校里,小王单纯得很,就像是一张透明的纸,一点也不世故、圆滑。同学们有时说他土,甚至揶揄他、取笑他,他也不生气,一点也不往心里去,照样和人家和和睦睦的。时间长了,大家都了解了他,渐渐地,不知怎的,大家都不再揶揄、取笑他了,反而都和他成了好朋友。同学们说,小王心眼不复杂,人好!

上班第一天,我就告诫小王,走向社会后,不能再像大学里那样单纯了,社会上人事关系很复杂,凡事要多个心眼。小王听了,睁着一双清澈、明亮的大眼睛,显得很茫然和懵懂。看了他这样子,我只能无奈地摇头、叹气。

工作后,我处处察言观色、见风使舵,什么该说,什么不该说,自己总是反复掂量,一副老谋深算的样子。我想,照这样下去,我一定会有一个好的发展机会。

再看看小王,我不禁有点恨铁不成钢。他怎么还是过去那个样子啊,一点也不世故、老道,还是那样单纯、无忧。有时同事说话对他敲敲打打的，甚至有一种轻蔑和揶揄的语气，他也反应不过来，还是对人家笑嘻嘻的。什么人都能指派他干活，他也从不抱怨、发牢骚，总是干得欢畅、干得舒心。

我看了，不住地摇头叹息，心想，真是个乡下人，一点也不世故、圆滑，多次提醒他，他一点也改变不了。他这样下去，结局一定很惨的。

一年后，老科长要退休了，科里要提拔一名科长，我和小王这对昔日的好朋友，成了有力的竞争者。我心想，从办事能力和处事老道上讲，我比小王强多了，而且心眼也比小王活多了。这次科长人选，非我莫属了。我信心百倍地准备走马上任了。

没想到，通过大家民主推荐和考评，大家一致推荐的是小王。我感到十分困惑，小王这么缺心眼，怎么会选的是他呢？

在对小王考评评语中，我看到有这么一句话：他很简单，简单得就像一根骨头。

什么，他简单得就像是一根骨头？一根骨头，能有什么？我心里很不服！我脑海里不停地闪现出小王与一根骨头的关系，心里有一种愤愤不平的怨气和牢骚，心想，一根骨头，能有什么长进？

小王这"一根骨头"当了科长后，还是那个德性，一点没有改变，却将科室的工作开展得有声有色。领导多次夸奖小王工作方法好，有特色。同事们也很喜欢小王，觉得小王一点架子也没有，与他在一起共事，觉得心里很亮堂、舒心。

更让人不可思议的是，两年后，小王又被提拔当上了公司副总经理。他当了副总经理，还是以前那个样子，性格一点也没有改变。领导班子成员与他的关系处得都很好，他分管的工作，开展得有声有色。

几年过去了，我这个自以为成熟、世故的人，还在原地踏步走。痛定思痛，我仿佛忽然明白了一个事理：小王之所以能不断进步，是与他简单的人生分不开的。我们有时之所以觉得这个世界太复杂，是因为我们将自己弄复杂了。你只要将自己简单地想成一根骨头，这个世界就简单地成为一根大骨头。

我也要简单点，像王副总一样，简单地成为一根骨头。

守土有责

外甥是一名物流公司的快递员,在这个岗位上,他已经干了几个年头了。每天,他穿梭在城乡的大街小巷,为客户及时、准确地送去邮件、包裹。

几天前的一个傍晚,我在一个小区里看到外甥正拿着一封信件站在一座居民楼前,不时地向远处张望着。

我问外甥在等谁?

外甥说,还有最后一封信件没有送完,我已经跑了三四次,可这家人还没有回来,等这家人回来了,送完这封快递,我就可以休息了。

接着,外甥又兴奋地告诉我,明天他就不干快递员了,这是我送的最后一封信件,一家软件开发公司已录用了我,明天我就到那里上班了。

我疑惑地问道,你明天就到软件公司上班了,干吗还这么死脑筋,这最后一封信件你放在他们家报箱里不就行了吗,还要等他们回来干什么?

外甥听了,一脸严肃地说道,这怎么行?这是一封挂号信,必须要有户主签字才行,这是我干这项工作的职责。

那一刻，我久久地凝视着外甥，不禁感慨万千。在外甥的脑海里，唯一不忘却的，是自己工作的岗位职责，善始善终，来不得半点虚假和敷衍，哪怕明天就要离开这个岗位，他依然严格地遵守着这项工作的职责。

想到这里，我走上前去，轻轻地拥抱了他，并拍了拍他的后背。我仿佛感受到了从外甥身上传递出来的一种踏实和善良，心里溢满了温暖和感动。

小姨是一名环卫工人，每天负责清扫约500米的路段，并负责这条路段的保洁，风雨无阻，工作非常辛苦。

小姨生日快到了，我们早早地就在饭店订了一桌酒席，并一再叮嘱她到时一定要早点来。我们要在饭店给她过个生日。

小姨听了，非常感动，眼眶里一下子红了。

那天，客人都到齐了，蛋糕上的蜡烛都插上了，大家左等右等，就是不见小姨的到来。无奈，我只好开车去小姨负责清扫的那条路段去找她。

远远地，我就看见一个熟悉的穿黄背心的身影还在那里忙碌着。我将车停在她身边，对她说道，今天是你过生日，难道忘了吗？大家都在等着你呢，快上车吧！

小姨抬起头，一阵惊喜，笑道，哪能忘呢！她又望了望前头，说道，快了，还有十几米路段就清扫完了。

我皱了皱眉，说道，你也太实在了，就这么点了，还扫什么？快上车吧！

小姨边扫边严肃地说道，这怎么能行呢？这是我负责的路段啊，我必须要保证把这条路清扫干净才能离开，这是我工作的岗位职责！

小姨的语气里，有一种坚决和凛然，她把自己的工作看得无比神圣和崇高，尽管她只是一名普通的环卫工人。

我一时语塞，看着小姨忙碌的背影，不知不觉，眼前变得一片朦胧……

在荣获"2011中国电视榜"评选结果发布仪式上，白岩松在获奖感言中深情地说道，守土有责，这是一件很小的事情，我们做的事情有比恩怨情感更大的目标。如果每一个人都能把自己的本职工作做好，那么，我们这个民族就有希望，我们这个国家就有希望！

人生如打保龄球

一

他是个早产儿，从小就比别人反应慢。父母常常大声斥责道，你真笨，每次只考六十多分，邻居家小虎比你聪明多了，每次考试都考九十多分。他听了，将嘴唇咬得紧紧的，眼睛里闪烁着一丝晶莹。

在学校里，老师常常嘲笑他：就你呆头呆脑的样子，能不拖班上的后腿就不错了。他听了，将嘴唇咬得紧紧的，眼睛里流露出一种不甘的神色。

同学们对他也常常露出不屑的神色，甚至没有人愿意和他玩。他默默地忍受着各种讥讽和嘲笑，从不和人争辩。

就是这一个从不被人看好的人，高考时，竟一鸣惊人，考出出色的分数，被北大录取。人们一片惊讶的神色，包括他的父母。在人们的印象中，他一直很笨，从不被人所看好。

人们问他是怎么考出这么好的成绩。

他一字一句地说道，我知道，和同龄的孩子相比，我很笨，我的反应总是要比别的孩子慢半拍。但是，我坚信，我只要多坚持一会儿，就能和别的孩子一样。就这样，我一直在多坚持一会儿。坚持,不放弃,这种信念一直陪伴着我。

二

他是个残疾人,拄着拐。为了生存,他开了一个小超市。超市的地段很不好,人流很少,他图的是租金便宜。看到他行走都十分困难,许多人摇摇头,说,他这个超市,用不了两个月就要关门。那些比他大的超市在这里也坚持不了多久,他能有什么能耐?那目光和语气里,满是轻蔑和讥讽。

他听了,目光里,有一种不屈和坚韧。他拄着拐,每天在大街小巷转悠,与人聊天……人们不解,他究竟想干什么。不久,光顾他小店的人渐渐多起来了,人们来到他小店,欣喜地发现,他的小店都是居家过日子的必需品,品种很丰富。他的小店的名声渐渐地大了,许多人还绕道到他店里来买东西。

他小店生意越来越好,很快,他又开了两家分店,雇了好几个员工。人们感到非常惊讶,问他怎么将超市经营得这么好?他深有感触地说道,虽然我经营的商品都是微利,但都是居家过日子所必需的,虽然开始时困难很大,但我不断地鼓励自己,一定不要放弃。就这样,我坚持下来了。

三

他是个进城的农民工,在一家建筑工地干活。工作很辛苦,与他同来的几个同乡,因为吃不了这个苦头,都先后离开了工地,只有他还在坚持着。

他边做小工边熟悉工作流程,熟悉各个环节。渐渐地,他对整个情况比较熟悉了。有一个小工程,很小,没人愿意干。他说,我来干！人家都说他傻，这个工程干不好，还要亏本。他笑了笑，愈发坚定了自己的决心。

工程虽小，但在他眼里却像一个巨大的宝石，每天，他又是工地负责人，又是小工，每道工序、每个环节，他都认真负责。工程完工了，他受到甲方的高度赞扬，并把另一个更大的工程也交给他来干了。

就这样，一步一步地走下来，他成立了自己的建筑公司，有了自己的大型设备和工程技术人员。

有人十分不解地问他，你一个毫无任何背景的农民工，是怎么成功的？有什么秘诀吗？

他认真地说道，如果要说有什么秘诀，那就是我一直在坚持着，无论遇到多么大的困难，坚持不放弃。每坚持一点，离成功也就更近了一点。

有记者采访获得保龄球冠军的选手，请他谈谈获得冠军的体会。这位冠军选手说了这样一段话：保龄球投掷的对象是10个瓶子。你如果每次击倒了9个瓶子，将会得到90分；而你如果每次能击倒10个瓶子，最终得分240分。保龄球的记分规则就是这样，有时看似9个与10个，只有一球之差，可是结果却是天壤之别。社会记分规则也是这样，只要你每次比别人稍微优秀一点，能再多坚持一会儿，就可能赢得更多的机会。

打保龄球如此，人生也是如此。

请不要告诉太多的人

到瓦努阿图旅游，身心仿佛得到了一次圣洁的洗礼，周遭沐浴在一种宁静和敦朴的氛围中。它就像是一颗璀璨的珍珠，镶嵌在太平洋上，远离尘世的喧嚣与浮躁。踏上瓦努阿图的国土，人们情不自禁地放慢了脚步，生怕自己踏出的纷乱脚步声，亵渎了那份宁静和美好。

瓦努阿图，在比斯拉马语中的意思是"永远的土地"。它坐落在太平洋的西南部，由83个岛屿组成，人口20多万。

在瓦努阿图首都维拉港，导游安排我们参观了总统府。说是总统府，看起来很普通，一点也不奢华、气派。如果不说，很难想象，这就是一座总统府。它只是一个三层楼的建筑，没有围墙和戒备森严的军警守卫，视野开阔，四周是绿茵茵的草坪，像铺上了一层绿色的地毯。有人在草坪上憩息，几个孩童在上面互相追逐嬉闹着。空气中漂浮着湿润的海水的气息，用嘴咂咂，仿佛还能咂出咸咸的味道。

在我们到达总统府时，正巧，总统尤路·约翰逊·阿比尔正在花园里散步。看到一队游客在参观总统府，他一边挥手致意，一边快步向游客走来。

总统阿比尔热情地向游客介绍起他的国家和总统府。那一刻，如果不说，你根本看不出他是一国总统，而更像是一个导游，抑或像是一个邻家大哥。

阿比尔总统说，瓦努阿图是一个以农业和渔业为主的国家，分布在太平洋的几十个岛屿组成了这个国家，一直远离大陆。2006年，被联合国教科文组织评为最幸福的国家后，才使更多的人知道了我们这个国家。当获知这个消息后，我们第一反映是在我们马克洛文的网站上注明一句话："请不要告诉更多的人。"我们担心会有更多的人到我们这里旅游，这样，这个小小的国家，可就承受不了了。说到这里，阿比尔总统笑了，笑得有些羞涩和腼腆。

阿比尔总统接着说道，因为我们这个国家不是一个消费国家，它只是一个自给自足的以农业和渔业为主的国家。同时，这里有着自己的生活习俗，我们担心更多的外来人的到来，会打破这里的平静和安宁。平静和淡定，是我们这个国家的国粹，这也是我们国民感到最幸福的地方。

末了，阿比尔总统特意叮嘱道，你们回去后，请不要告诉太多的人，瓦努阿图，是一个宁静、不喜欢外人打扰的国家。

阿比尔总统的话，让游客们大吃一惊，竟然还有不喜欢游客太多的国家，放弃大量的外汇不赚，真的有点让人觉得不可思议。

目送着远去的阿比尔总统的背影，我们看到，他不时和路边的行人打着招呼，或停下脚步，和行人交谈几句。路边一个摆摊的老人，不知在卖什么，只见阿比尔总统站在小摊前，从小摊上拿起一样东西看了看，然后从口袋里掏出钱递给老人。随后，阿比尔总统和摆摊老人挥手告别。

远处，海浪轻轻地拍击沙滩，发出有节奏的声响，溅起洁白的浪花，又悄然退去；椰子树、仙人掌，在蓝天、大海的映衬下，显得更加清新袅娜。偶尔从海边悠闲走过的三三两两的人，给这个太平洋岛国更增添了一种超凡脱俗的清丽和妩媚。

　　导游小姐深情地眺望着远处，看着远处那湛蓝的天空、悠悠的白云、松软的沙滩，顷刻间，她的眸子里闪烁着一丝晶亮。她用手轻轻地掠过被海风吹散在额前的一丝刘海，柔声地说道，瓦努阿图，永远是一处世外桃源，这里的人平和安定，与世无争。他们的幸福来自于内心的一种平静和淡定，在这里，你能得到一种灵魂的洗礼。

　　我们看到，瓦努阿图人的眼睛里，无论男人还是女人，无论是老人还是小孩，都有一种共同的东西，那就是一种摄人魂魄的淡定。这种淡定，纤尘不染，晶莹剔透。这眼神，在脑海里一次次闪现，让人心中注满了温暖和感动。

　　结束了瓦努阿图之旅，告别时，导游小姐向大家亲切地说道，大家回去后，请不要告诉太多的人，瓦努阿图永远不愿外人过多打扰，这是一个世上最美的伊甸园，让人充满了希望和向往。

　　蓦然回首，那一刻，眼前的瓦努阿图仿佛是一个熟睡的婴儿，笼罩在一种宁静和纯净之中，它娇嫩的肌肤，让人充满怜爱。平和和宁静，永远是尘世间最宝贵的财富。它是一种强大的力量，能抵御任何浮华和虚妄，它闪烁着璀璨的光芒和晶莹，直抵人们内心的柔软。

只能用爱

一

国内首部自闭症家庭微博体真情实录《爸爸爱喜禾》出版发行，这本书一面市，立刻引起读者的广泛关注和好评。作者蔡朝晖原是东方卫视的主持人、《东方夜谭》的总策划、万国马桶文学网站的创始人。让他意想不到的是，才只有2岁的儿子喜禾，被查出了患有自闭症。

医生告诉他，自闭症孩子不是不如别人，只是与众不同。他们不是傻子，不该被歧视，也不应该被抛弃，大人一定要有良好的心态，客观地看待孩子，给他一个放松的环境。当科学无能为力的时候，只能用爱。

"只能有爱"，蔡朝晖牢牢地记住了这句话。他开通了微博，名为"爸爸爱喜禾"。他决定，要做一个快乐的爸爸，一个快乐的爸爸才可能让儿子快乐。他每天记录儿子的情绪行为，每天关注自闭症儿童康复的最新进展，还加入了自闭症家长群，和其他家长互相鼓励、互相交流。

是的，每个孩子都是一个奇迹，而儿子喜禾，就是一个神奇。

蔡朝晖在微博中写道："现在只要看到、想到儿子就很幸福，因为他是我儿子，跟自闭症无关。假如有一天儿子问我，爸爸，幸福是什么？我会回答，我的宝贝，你会这么问，爸爸就很幸福了。"

二

一场车祸，使她刚刚披上婚纱不久，就被撞成了植物人。医生说，她很难苏醒了，除非发生奇迹。他问，怎样才能发生奇迹？医生说，当医治无效时，只能用爱。

他听了，欣喜得热泪盈眶。他紧紧地搂着她，哽咽道，亲爱的，你会醒来、会醒来的。从此，他每天伏在她耳边，给她讲他俩恋爱时的点点滴滴，给她读他写的恋爱日记，给她读微博上网友的留言，给她按摩、梳头、听音乐……

日复一日，年复一年。8年过去了，奇迹真的出现了，她终于醒了。她睁开了眼睛，好像刚刚睡了一觉。她看见，他正在朗读他的恋爱日记，她听了，流下了幸福的眼泪。那一幕幕爱的甜蜜，唤醒了她沉睡的记忆。

8年了，他用爱一遍遍唤醒了植物人妻子。这是爱的奇迹，生活在他们眼前重新绽放出它的妖娆和美丽。

三

朋友拥有一个温馨甜蜜的家庭，一个深深地爱着她的老公，还有一个她视如珍宝的儿子。这个儿子是一个智障儿，一个天生愚型儿。经过多方医治也不见效果，医生告诉她，当医治没有办法时，只能用爱。

朋友听了，禁不住潸然泪下，她紧紧地搂着儿子，喃喃道，儿子，加油啊！在我眼里，你与别的孩子没有什么不同，你依然是那么娇美可爱，别的孩子该怎么样生活，你也一样怎么生活。

儿子是不幸的，但又是幸运的。因为，他出生在一个充满爱的家庭里，使他没有感到与别的孩子有什么区别。如果说要有区别的话，那就是他得到了更多的关爱和呵护，他像小树苗一样，在一天天地长大，一天天地茁壮起来。

儿子长大了，去参加世界智障人特殊奥运会，一举获得了三枚金牌。儿子懂事地把奖牌挂在母亲的脖子上。那一刻，母亲紧紧搂着儿子，无声的泪水恣意地滑过母亲的面颊。

她喃喃地说道，孩子，我们继续一起走，一起唱，一起跳，哪怕狂风暴雨和泥泞，也无所畏惧。

四

老人的妻子已患老年痴呆症十几年了，对周围一切都不认识了，包括对自己相伴几十年的老伴，也已全然不认识了。可是，老人对老伴却依然关心备至，视如珍宝。陪她谈心、读报、讲笑话、看电视、晒太阳，尽管老太太对这一切已浑然不知，可老人从没有半点敷衍塞责，而是精心尽责、一丝不苟。

有人对老人说，她不认识你了，您何必还这样对她关爱如初呢？

老人俯下身子，轻轻地擦去老太太嘴边一丝涎水，说道，这又有什么关系呢？她不认识我了，可我认识她啊！

在老人眼里，老太太依然是一道最美的风景线，给他带来无限的憧憬和向往。只要有她在，就有无穷的勇气和力量。

我比你容易些

美国《纽约时报》记者威廉·詹姆斯，为了了解美国社会中生活在最底层的流浪汉的生存情况，他将自己装扮成一个瘸腿流浪汉，混迹于迈阿密一群流浪汉中。

看着身有残疾、衣着破旧，满脸污垢的詹姆斯，这群流浪汉眼睛里顿时流露出一种关切的目光。一个流浪汉走了过来，他递给詹姆斯一根树棍，对他说道："兄弟，拄着它，方便些。"

詹姆斯接过树棍，用手一遍遍地摩挲着这根光滑、发亮的树棍，脸上露出感激的神色。抬眼望去，忽然，心中好像被什么东西重重地击打了一下。他发现，刚才那个递给他这根树棍的流浪汉走路一瘸一瘸的。那背影，却在努力地直立着，好像有一股力量，在他身上燃烧。

拄着这根树棍，詹姆斯似乎感受到了从这根树棍上传递出来的一种力量。很快，他和那些流浪汉成了朋友。他们带着詹姆斯在各个超市、居民区的垃圾箱里，捡拾被人丢弃的食物和废品。他们还告诉詹姆斯哪个地方废品多、什么废品值钱、什么时间捡等等经验之谈。

看到詹姆斯瘸着腿翻捡废品很吃力，一个年轻的黑人流浪汉走了过来，他拍了拍詹姆斯的肩膀，将手中的一大袋废品递了过来，对他说道："兄弟，你到旁边休息一会儿，这些废品给你拿着！"

詹姆斯听了，一愣，疑惑地说道："这怎么行？这些也是你好不容易捡到的啊！"

那个流浪汉听了，咧开嘴，露出一排洁白的牙齿，说了句："我比你容易些！"说罢，转身走开了。

詹姆斯拎着那一袋废品，一遍遍地回味着刚才那流浪汉说的那句话，心中溢满了温暖和感动。

中午吃饭时，一个佝偻着背的流浪汉走到詹姆斯身边，他递给詹姆斯两块面包，对詹姆斯说道："吃吧，兄弟！"

詹姆斯听了，疑惑地问道："你给我吃了，那你吃什么呢？"

那流浪汉咧嘴一笑道："我比你容易些！"说罢，就转身离开了。

詹姆斯手里拿着那两块面包，心中久久不能平静，泪水又一次模糊了他的双眼。

晚上，詹姆斯与这群流浪汉蜷缩在一个桥洞里。看到詹姆斯睡在桥洞的外沿，一个满头银发的老汉走了过来，他对詹姆斯说道："兄弟，你睡到我那边去，那边舒适些。"

詹姆斯听了，疑惑地问道："我睡到你那边去，那你睡哪里？"

那个流浪汉听了，咧嘴一笑道："我比你容易些！"

又是"我比你容易些！"詹姆斯一遍遍地回味着这句话，心中溢满了柔软。他想，这些生活在社会最底层的流浪汉，虽然生活十分困顿，但是，在他们心中，看到别人的难处，总会及时地伸出援助之手，因为他们总能看到自己比别人强悍的一面。

詹姆斯与这群流浪汉生活了半年多。这半年多来，他与这些流浪汉朝夕相处，结下了深厚的感情：那个总爱说笑的黑人流浪汉阿里，一只手有残疾，但是，他却总爱帮助那些两只手都有残疾的人。

面对感激，他总爱说的一句话就是：我比你容易些；那个耳朵听力很弱的流浪汉鲍比，每次捡拾到好的东西，总是爱分一点给那位有眼疾的朋友。面对感激，鲍比总爱说的一句话就是：我比你容易些；那个身体瘦弱的流浪汉凯特，总是爱帮助那位身体肥胖臃肿的流浪汉。面对感激，凯特总爱说的一句话就是：我比你容易些……

这群流浪汉，虽然来自不同地方，身份、背景各不相同，但是，在这个集体里，他们总爱互相帮助、互相安慰、互相鼓励。那句"我比你容易些！"成为这些人说得最多的一句话。这句话，仿佛像一块磁铁，将大家紧紧地团结了起来。风雨中，他们的脸上始终有一种从容、淡定的神色。这种神色，给人一种力量和勇气，能抵御尘世间一切风雨和险阻。

詹姆斯终于结束了这段流浪生活，他恋恋不舍地悄悄地离开了这群流浪汉。蓦然间，他的眼里噙满了泪水。他感到自己已深深地爱上了这群流浪汉，他感到，他们是那么的可爱、可亲，在他们身上，闪烁着一颗金子般的爱心，这种爱心，使他们变得格外强大和无畏。

随后，詹姆斯在美国《纽约时报》上撰文，文章的题目是：我比你容易些。詹姆斯在文章中写道：我比你容易些，是流传在这些流浪汉中最温暖的语言，虽然他们生活在社会最底层，但他们总能看到自己比别人优势的一面，他们用自己微弱的优势，在努力地帮助需要帮助的人。正是有了这样的帮助，才给了别人继续生活下去的力量和勇气。在这个浮躁的社会中，流传在这群流浪汉中的"我比你容易些"，恰似一缕和谐的春风，在人们心里激起层层涟漪，氤氲成为化不开的温暖和甜蜜。

第六辑
从来没有枯死的生命

乔治的遗憾

美国宾夕法尼亚州亿万富翁乔治先生，因病久治无效。临终前，他对聚在身边的亲友们艰难地伸出三个手指头。大家看到后，面面相觑，不知道乔治是什么意思？

只听见乔治气若游丝地说道：我这一生最大的遗憾有"三件事"！

亲友们听了，都非常吃惊，心想，你一个亿万大富翁，有享不尽的荣华富贵，过着人们十分向往和追求的一种生活，你怎么还有这么多遗憾呢？亲友们赶紧弯下腰，俯在他的头前，想听清楚他要说的是哪三件遗憾的事。

只听见乔治喃喃地说道，第一件遗憾的事，就是我年轻时没有热烈地爱过一个人。回首往事，在我的青涩岁月里，我竟没有过一段刻骨铭心、清纯、美丽的爱的情愫。从小，父母和老师就向我灌输要刻苦学习，只有将来出人头地，挣好多钱，才能享受生活。就这样，我像一个苦行僧，为了那个出人头地、挣好多钱的梦想，拼命地奋斗着，还拼命压抑着青春萌动的那种情感。成年后，我虽然把生意越做越大，钱越挣越多，外人看到我，以为我很幸福，其实，我内心里一点也不快乐。每当我看到一些年轻人浓情相依时，我真的好羡慕他们，而我在他们那一个年龄段，感情却是一段深深的空白。

第二件遗憾的事，就是我没有充实地生活过。为了挣更多的钱，我每天四处忙碌、奔波、应酬，我有时竟会忘记了自己是谁。在那些事无巨细的奔忙中，我没有过过一段真正是属于自己的日子，脑海里想的只是钱的积累、财产的升值。我没有纯粹地过过一天闲情逸致、云淡风轻的生活。

第三件遗憾的事，就是我没有学会放弃那些不属于自己的东西。面对那些种种诱惑，我没有能理智地、勇敢地放弃，一直想把它们都抓到手，结果是心力憔悴、神经紧张。现在想起来，我真的很蠢。我没有学会放弃那些诱惑，我总想要得到、得到、再得到，永远不满足。

乔治最后说道，虽然我挣了很多钱，可又有什么用？其实，在我一生中，一直没有快乐过，一直过着一种焦虑、担忧的生活。

说道这里，乔治先生的眼眶里，流下了两行苍凉的泪水……

亿万富翁乔治先生临终前说出自己遗憾的"三件事"，最后刊登在美国《匹兹堡邮报》上。乔治的遗言刊登后，立刻在读者中引起了强烈反响。许多人深深地感到，自己虽然比不上乔治有钱，但比乔治活得充实、快乐，从这个意义上讲，这也是一种富有和幸福。

《匹兹堡邮报》在评论中指出：人们从乔治先生人生的遗憾中，找到了一种人生的幸福和快乐。其实，幸福和快乐并不是可以用金钱的多少来衡量的。始终带着一颗感恩的心走在人生的旅途上，才会使自己更加幸福和快乐。宠辱不惊、云淡风轻的生活，才是人生中一种最美的绽放和妖娆。

我要尝试着犯错

迈克尔以优异成绩从哈佛大学毕业后,很快进了纽约华尔街一家著名的银行,成了一名年薪20万美元、人人羡慕的高级白领。

迈克尔的才华和能力,很得老板丹尼尔的赏识。很快,迈克尔升为部门主管,有了自己的豪华轿车和别墅。就在人们对他羡慕不已的时候,迈克尔突然向老板递交了辞呈。

丹尼尔大感不解,他问道,迈克尔先生,您是因为我给您的待遇不够好?还是有其他什么原因?我还正准备派您担任南美洲银行的总经理呢!

迈克尔听了,轻轻地摇了摇头,说道,不是这个原因,丹尼尔先生,我辞职的原因不是您给予我的待遇不够好,相反,我一直感激您对我的器重。我辞职的原因就一条,那就是我想尝试着犯错。

什么?尝试着犯错?丹尼尔听了,大吃一惊。

是的,我要尝试着犯错!迈克尔语气里透露着一种坚决和果敢。

犯什么错?丹尼尔又追问道。

犯一个正常人常犯的错误。迈克尔深情地说道。

丹尼尔听了,愈发糊涂了。他瞪着眼,张着嘴,感到十分不可思议,哪有要尝试着犯错的人?

看到丹尼尔疑惑不解的神色,迈克尔将目光缓缓地投向了窗外。远处,高楼林立,金碧辉煌。迈克尔的目光顿时变得一片朦胧。他仿佛陷入一种遥远的过往和回忆中。他深情地说道,我感到我人生最大的失败,就是没有犯过错。在大家的眼里,我一直是个好人,是大家学习的榜样。可是,我的内心却感到无比孤独和郁闷。

记得上小学时,我们班上有个"调皮大王",名叫约翰。他常常做些恶作剧,引得班上的同学哄堂大笑,把老师都弄得哭笑不得。约翰虽然是"调皮大王",但是大家都喜欢跟他在一起玩,他的身边总是有几个铁杆朋友。我常想,约翰为什么能想出那么多馊点子,而我却怎么也想不出?他不好好上课,老师把他从座位上拉到黑板前罚站。他站在那里,仰着头,还挤眉弄眼的,一点也不在乎。我好羡慕他,可是自己却不敢,只能正襟危坐在那里,做出十分认真地样子,可内心里却十分羡慕约翰的胆子和调皮。

上中学时,班上的男女同学有早恋的现象。老师反复在班上告诫学生不要早恋,可是,有的男女同学依然悄悄地牵着手开始青春期懵懂的恋情。每天放学时,我就会看到班上的威廉与玛丽牵着手走在放学路上。有时俩人还你一口我一口地吃着一个冰激凌蛋筒。那一幕情景,让我好羡慕啊。我想,我要是威廉那该多幸福啊。看到班上有漂亮女孩子,我却不敢追,不过内心里,却十分渴望也能牵起女孩子那白皙的手。

考大学时,班上学习最好的同学雅各布,放弃了考大学的资格,只报考了一所职业技术学校,学习汽车驾驶和修理。他说,学习汽车驾驶和修理是他从小的理想,现在他终于实现了自己的梦想。大学时,雅各布曾开着他的大卡车到大学里来看我。我看到,他的大卡车高大、气派,上面有冰箱、电视、电脑、办公桌,还有休息室,令人惊讶不已。雅各布一脸兴奋地告诉我,开上这辆运货大卡车,他已跑遍了大半个美国,接下来,他还要跑遍欧洲呢。

看着雅各布兴高采烈的样子,我心里却只有深深的失落和沮丧。小时候,我也想长大了开大卡车,可是我却没有实现孩提时的理想,去学了自己并不喜爱的专业。从某种意义上讲,现在所谓的成功,是我人生最大的失败。

痛定思痛,我终于决定放弃现有的生活,追寻一种我不曾经历过的生活。我想去学汽车维修,我还想去学一门烹饪技术,学一点宾馆服务技能,甚至想去学一门管道维修技术。我还想轰轰烈烈地去谈一次恋爱,我要向所爱的女孩子深情地说一声:我爱你!

说道这里,迈克尔的眼睛里闪烁着晶莹的泪花。

丹尼尔静静地听着迈克尔的诉说,丹尼尔好像也陷入一种遥远的过往和回忆中。仿佛过了很长时间,忽然,丹尼尔站起身,走到迈克尔身边,他紧紧地握着迈克尔的手,激动地说道,迈克尔先生,我十分理解并支持你的决定,如果我再年轻30岁,我也想尝试着犯错。犯错,并不是过失,而是人生的另一种奇妙的经历。如果一个人的生活太平淡无奇,只是一味地循规蹈矩,也是一种失败。

迈克尔看到丹尼尔的目光里,闪烁着一种鼓励和信任的泪花。这目光,在他心里荡起层层涟漪和缠绵。他伸出双臂,紧紧拥抱着丹尼尔。那一刻,他再也控制不住自己内心的情感,流下了两行滚烫的泪水……

奔跑的父亲

里克·范贝克是美国密歇根州一名电脑工程师，他的妻子是一名中学老师。他俩原是华盛顿理工大学的同学，大学毕业后，两人幸福地结合在一起。不久，他们的女儿迪妮出生了。

这是一个多么可爱的小姑娘啊！金黄色的头发自然卷曲着，圆圆的小脸蛋，还有那宝蓝色的眼睛，让范贝克和妻子深深地陶醉了。他们不停地亲吻着迪妮的小脸蛋，向她喃喃地诉说着什么，好像在和一个朋友亲切交谈着。他们感谢上帝给了他们这么一个漂亮、可爱的小天使，这是上帝给他们最好的礼物。

迪妮出世后，给这个小家庭带来挥之不去的甜蜜和快乐。他们幸福地憧憬着，将来要将迪妮培养成一名舞蹈家，让她用优美的舞姿，展现出自己的美丽和快乐。

很快，迪妮快一岁了，可是，范贝克和妻子渐渐地发现迪妮与别的小朋友有许多不一样的地方：她的两眼总是那样无神，对外界的反应很迟钝，她的四肢无力，根本无法站立起来。女儿一系列的反常表现，使他们不禁有些担心起来。

范贝克赶紧带着女儿来到医院检查身体。医生检查后，面色凝重地告诉范贝克，小迪妮是一名先天性的脑瘫患者，对于这种疾病，现代医学也无能为力。

范贝克紧紧地抱着迪妮，泪水涟涟地问道，难道真的一点办法也没有了吗？

医生看着范贝克停顿了好长时间，才慢慢地说道，也许有一种办法，那就是你要给予她更多的关注、更多的爱，也许会有奇迹发生。记住，爱才是一种最科学、有效的治疗方式。

范贝克听了，将女儿紧紧地搂在怀里，他俯下头，对女儿深情地说道，孩子，你是上帝派来的天使，我一定会让你快快乐乐地健康成长。

从此，范贝克每天帮女儿按摩，和女儿喃喃絮语，就像是和女儿在交谈。尽管女儿对这一切毫无反应，甚至笑一下都不会，但这一切对范贝克来说，根本不会感到失落和沮丧，他要用爱打败女儿身上的疾病。他常说，迪妮是上帝派来的天使，我只能给予她更多的关爱。

范贝克发现，只有将女儿带到室外，他抱着她不停地跑步，女儿才会露出甜甜的笑容。看到这笑容，范贝克醉了，他觉得女儿的笑容，就是天使的微笑，是上帝给予他最丰厚的回报，他仿佛看到了天使的模样。于是，为了女儿那甜甜的笑容，他抱着女儿在外面不停地奔跑。尽管那笑容稍纵即逝，甚至是无意识的，但是，这一切对范贝克来说，就已经足够了。

范贝克抱着迪妮跑步，这一跑就再也没有停止过。蓝天、白云、微风，还有清新的空气，让小迪妮感到格外幸福和甜蜜。她常常会露出一丝笑容，这笑容，给了范贝克巨大的信心和力量。

为了有一个强壮的体魄，范贝克戒掉了烟和酒，改掉了一切不良生活习惯，努力加强体育锻炼。日复一日，年复一年。范贝克身体越来越强壮，迪妮在范贝克的怀抱里也渐渐长大。每天，当范贝克抱着她走向室外时，迪妮脸上就会露出甜甜的笑容。她知道，爸爸又要开始带她跑步了，她又可以看到蓝天、白云，还能感受到徐徐和风，呼吸到天下最清新的空气了。

从2008年起，范贝克开始带着女儿参加户外比赛训练，并为慈善机构募捐善款，这是一项艰难的任务和信心的较量。他开通了自己的博客，他在博客中写道，女儿迪妮这种情况驱使我去做这些，你可能称之为灵感、动力，或者其他。我称之为爱，这是一条漫长的路，前方障碍重重，但是我会越来越好。

许多人感动于他的付出，并加入到他长跑的行列中去。他说，是女儿迪妮改变了我的生活，她甚至比我知道的还多。不是我在鼓励大家，是她。

女儿迪妮彻底改变了范贝克的生活，由于每天都带女儿参加户外跑步，他成了一名铁人三项健将。他独创了一种铁人三项比赛跑。在自行车赛段中，范贝克用自行车拉着手推车，手推车里睡着迪妮；长跑赛段时，范贝克推着手推车前进；在游泳赛段中，范贝克把女儿迪妮放入一艘小艇中，拖着小艇向前游。

这震撼的一幕，深深感染了每一个人，人们心里荡漾起绵绵不绝的甜蜜和温暖，人们从他的身上看到了爱的力量和强大，人们亲切地称他为"世纪父亲"。

范贝克说，女儿是我的心，我是她的腿，我要带着她一直跑下去，永不停息。

如今，迪妮已13岁了。她仿佛知道了父亲一颗伟大、博爱的心。尽管她还无法用语言表达，但她脸上露出甜甜的笑容，就已经让父亲范贝克读懂了一切。

范贝克说，我要带着女儿迪妮一直跑下去，同时，为慈善机构募集到更多的款项，让大家都来关注脑瘫患者，只要对他们永远不放弃、不抛弃，他们就会有一个灿烂的明天。他们爱这个世界，他们都是上帝派来的天使，他们的笑容，已告诉了我们一切。

生命的笑容

在互联网上，看到这样一组感人的画面，画面的题目是：生命的笑容。

英国伦敦一名 44 岁的女子，被查出患了乳腺癌。她回到家，笑着对自己 6 岁的女儿说了病情。她说："为了治病，妈妈的容貌马上要有所变，现在请女儿为自己做一件事，那就是请女儿帮助自己把一头秀发剃掉。"

女儿听了，高兴地答应了。于是，6 岁的女儿双手拿着剃须刀，开始帮妈妈剃头。小姑娘笨手笨脚的，把妈妈的头发剪得丑陋不堪。母亲从镜子里看到自己的头发被女儿剪成"阴阳头"，忍俊不禁，与女儿嘻嘻哈哈，互相逗笑。

这充满温暖、甜蜜的画面，感动了无数网友的心。当死神向你露出狰狞、恐怖的面容时，依然以灿烂的笑容面对，展示出生命的坚强和勇敢，这是一种积极、乐观、向上的生活态度。

美国宾夕法尼亚州一个 12 岁的小女孩，被查出患有进行性肌肉萎缩症，这种病，被称为超级癌症。

小女孩得知病情后，脸上露出羞涩的笑容。她说："哇，这病可真厉害呀，都是'超级级别'的了，看来，只能让超人来对付它了。"

于是，她开始把自己打扮成一个超人模样，用超人的语言和动作，表达出对这种疾病的蔑视和不屑；在家里，爸爸、妈妈也常常打扮成超人模样，向她展示出力量和勇气；邻里小朋友，也常常打扮成超人模样，给她信心和力量。

小女孩虽得了可怕的疾病，但是她没有露出一丝胆怯。她诙谐、幽默、轻松的生活态度，感动了无数网友的心。

新西兰惠灵顿一个66岁的老太太，被查出患有脑萎缩症，这种病发展下去，所有的人她都将不会认识了，包括她自己。老太太得知这种病后，哈哈一笑道："哇，这病可真厉害呀，那我可要把我的亲人好好看一下，不然到时我有许多人都不认识了，那多遗憾。"

于是，老太太每天将自己打扮得漂漂亮亮的，走到每一个熟悉的人面前，深情地拥抱着每一个人，然后捧起对方的脸，在对方额头上深情地一吻，说道："我记下了你的容貌，记在心里了，永远不会忘记的！"

就这样，老太太用心去记下每一个熟悉的人，她要赶在疾病恶化之前，将熟悉的人永远刻在心里，即使脑萎缩了，心里却还明亮如镜，心是不会萎缩的。老太太用这种独特的方式，表达对生活的感恩和爱。

生命的笑容，是人生的一种态度，这种态度，给人以无穷的信心和勇气。人生可以被打倒，但决不能放弃笑容。笑容，永远是人生昂首挺立中最优美的姿态。

交出蒙尘的心灵

约翰先生在美国佐治亚州首府亚特兰大开了一家私人心理诊所。许多心理有疾患的人，常常慕名来到约翰先生私人心理诊所治疗。经过约翰先生的一番望闻问切的心理治疗，他们的心理疾患得到很大改善。人们亲切地称他为"心理大师"。

一天，约翰先生的心理诊所来了一位客人要进行心理治疗。约翰先生抬头一看，不禁大吃一惊，原来他是亚特兰大著名的房地产大亨比尔先生。比尔在美国闻名遐迩。1984年第23届洛杉矶奥运会的许多比赛场馆都是他们公司参与建设的，至今人们回想起来还津津乐道。如今，他的生意越做越大，纽约世贸中心新的建筑，也是他们参与建设的。许多城市都有他开发的楼盘，他是一个十分受人尊重的亿万大富豪。

这个衣着光鲜、风流倜傥的大老板，脸上挂着深深的忧虑，他对约翰说道："我虽然很有钱，钱多得几辈子都花不完，可是，不知为什么，我这心里却感到负担很沉重、很累，饭吃不香，觉睡不着。到了许多医院检查，结果是身体各项指标一切正常。"

约翰静静地听着比尔的述说，两眼直直地盯着他看，好像能一眼看透他的内心。看着这双利隼般的眼睛，比尔有些心虚地避开了约翰的目光，惴惴不安地说道："您看我是得了什么病？"

约翰先生淡淡地说了句："您的心灵蒙尘太厚了，所以感觉活得很沉重。"

比尔说："我心里有蒙尘？"

约翰说："对，您只要交出蒙尘的心灵，让心灵放在阳光下，就可以让心灵变得干净、清澈了。"

比尔听了，感到非常惊讶，他说："我的心灵没有什么蒙尘啊？"

约翰严肃地说道："生活中，您暗地里干了些不该干的什么事情？只要说出来，我就会对您进行心理治疗了。"

比尔听了约翰先生的话，好像一下子触痛到他心中的隐私，他的脸一下子紧张起来，额头上渗出颗颗汗珠。他嗫嚅地回答道："这、这、这……"一副十分为难的样子。

约翰见状，脸色更加严肃起来，他说道："我是一名心理医生，您不必讳疾忌医。您只要说出来，我就会对症下药了。如果不说，我也无能为力了。"

比尔听了，思考了好长时间。最后，仿佛下了很大决心似的，他霍地一下站起了身子，说道："好吧，我说，不过，我说出来，您可要千万替我保密啊。"

约翰严肃地说道："我是一名心理医生，为病人保守秘密是我应尽的职责！"

于是，比尔开始向约翰先生吞吞吐吐地说起来了。

他说，我在外面养了几个年轻的女人，我为这些女人每人买了一幢别墅，每月还定期给她们发工资。为了不让妻子发现，我每天周旋在几个女人之间。我给几个女人的手机都设定了代号，以防穿帮。尽管我处心积虑，小心翼翼，可还是有好几次差点出了差错，在我巧妙应对中，才没有被揭穿。可是，却给我吓得够呛，好长时间，我的心还怦怦地乱跳。

比尔又说道，为了少交税，我让财务部门做了两套账。一套是专门内部使用的，是真实账目；一套是专门对税务部门使用的，是假账。我自以为聪明绝顶，可是，上个月税务部门来查账，他们似乎发现了我账目上有问题，本来只要几天就可以查完的，他们突然抽调了精兵强将进驻我公司，查了一个月还没查完。看着他们个个面色严峻的神情，我更加惴惴不安，我想，这下完了，如果他们发现我做假账，我一定会被告上法庭的。

比尔接着又说道，为了挤垮竞争对手，我设计了一个"桃色新闻"。我假装宴请房屋开发公司克里先生。事先，我在他喝的酒里面放了安眠药。克里全然不知，他喝了酒后，昏睡不醒。我将他安排在酒店里，叫来一个妓女。我给他拍了裸照，并将这些照片寄给了他的妻子。他妻子看到这些照片后，和他大吵不止，并起诉到法院，要和他离婚。现在，克里先生根本无暇顾及他的生意了，正和他老婆在打分割财产的官司呢。

……

比尔一口气，说出了埋藏在他心底的许多小秘密。当他说完这些话后，终于有一种如释重负的感觉，不禁长长地吐了一口气。

约翰先生听完比尔先生说完，停顿了好长时间，才一字一句地说道："生活本身是清澈、透明的，就像一块玻璃，能看见阳光。可是，你因为自私、贪婪、龌龊，干了一些见不得人的事，总是在担心东窗事发的那一天，弄得身败名裂，所以才背上了沉重的心理负担。只有清掉你心中的这些小秘密，才能化解你心里的包袱。"

比尔眼睛里闪现出一丝亮光，小心翼翼地问道："怎样清掉呢？"

约翰先生严肃地回答道："很简单，您马上和那几个女人彻底断绝关系，一心一意地爱您夫人；向税务部门主动说明问题，不要再遮遮掩掩了，该怎么处理就怎么处理；马上向克里先生和他的夫人说明情况，以取得他们的宽恕和谅解……"

约翰先生一口气说完后，又补充道："心病还需自己解，我作为一名心理医生，只能帮您到这里了。记住：堂堂正正做人，光明磊落做事，您就会得到轻舞飞扬的心灵。"

比尔听了，将信将疑地告辞了。

望着他离去的背影，约翰先生脸上布满了乌云。

时间就这样一晃，又一晃地过去了。有时约翰先生心里还嘀咕道，比尔先生现在不知道怎么样了？

这天，约翰正在诊所里接待前来进行心理咨询的人。忽然，他看到比尔推门进来了。只见他红光满面，精神焕发，一扫上次那种萎靡、愁容满面的样子。

比尔一进屋，立刻将约翰先生紧紧地拥抱起来，他喃喃地说道："谢谢您，约翰先生，我遵照您的建议，交出了自己蒙尘的心灵，那些阴暗、丑陋的东西，全部得到了清理。我的心灵不再沉重、忧郁，就像您说的那样，交出了蒙尘的心灵，我就得到轻舞飞扬的心灵。"

约翰先生深情地说道："有的人之所以觉得活得很沉重、很忧郁，不是这个世界太复杂，而是自己的心灵太龌龊。交出自己蒙尘的心灵，堂堂正正做人，光明磊落做事，您就会得到轻舞飞扬的心灵。"

比尔笑了，笑得很清澈、很明媚，像个孩子。

永远要看好的一面

美国芝加哥女孩琼斯,小时候,因一场突发大火,面容遭到了毁容。虽然经过多次整容,可还是留下了难以消除的疤痕。那脸上的疤痕,深深地刺痛着她的心灵。

因脸上那无法抹去的疤痕,她感到自己很丑陋。她不愿出去与小朋友一起玩耍,上学了,她总是低着头,一个人独来独往。她喜欢把自己禁锢在一个封闭的世界里,她怕人家看到她丑陋的一面,心里总是很自卑。

母亲芭芭拉看到女儿这个样子,心里很难过。她想,要让女儿走出这封闭的世界,必须要让女儿看到自己好的一面,让她树立起自信和勇气,这样才能开启她崭新的人生。

芭芭拉温柔地抚摸着女儿的脸颊,深情地说道,孩子,上帝总是眷顾着它所喜欢的人,你脸上的疤痕就是上帝的吻痕,没有什么不好看的,而这恰恰是你好的一面。

琼斯听了母亲的话,下意识地用手抚摸着脸上的疤痕,怯怯地说道,是吗?

母亲伸出手,温柔地抚摸琼斯的脸庞,兴奋地说道,是的,孩子!上帝对所眷顾的人,总会留下一丝印记,你脸上的疤痕,就是爱的象征。

琼斯腼腆地笑了，尽管这笑容里夹杂着一丝苦涩，但在母亲芭芭拉的眼睛里，却看到了一丝希望和光明。

母亲拉着女儿的手走了出去。外面阳光明媚，空气中流淌着丝丝馨香。琼斯不禁深深地吸了一口气，感觉心里有一缕清澈和旖旎。她看到，蓝蓝的天空上，几朵白云在悠悠漂浮着，纤尘不染；远处的山峦上，一片翠绿。她的眉毛渐渐地舒展开来，露出了久违的微笑。

草坪上，几个孩子看到琼斯，都热情地和她打着招呼。有几个小女孩还跑了过来，高兴地拉起琼斯的手，让她和她们一起玩耍。

琼斯抬头看了看母亲，母亲微笑着看着她，目光中充满了鼓舞和信任，仿佛在对她轻轻地说道，孩子，去吧，大家都会喜欢上你的！

琼斯和小朋友拉着手，欢快地跑向了草坪。不一会儿，她就和小朋友玩得熟络起来，其间，她不知说了什么，小朋友们听了，都哈哈大笑起来。大家感到和琼斯在一起都很快乐，说她就像是一只快乐的百灵鸟。琼斯心里也感到很幸福、很快乐。

社区要举办一场文艺晚会，许多孩子都报名参加了。几个小姐妹也央求琼斯和她们一起上台表演一个小合唱。琼斯听了，眼睛里露出兴奋的光芒，但很快又黯淡下来。她怯怯地问道，我上台演唱，会不会吓到大家。小姐妹听了，急忙说道，你是最美的小天使，怎么能吓到大家？

在大伙的热情鼓励和邀请下，琼斯终于答应和大家一起表演节目。

晚会现场，琼斯一身小天使的打扮，和几个小姐妹一同演唱了美国儿歌《世界真奇妙》。歌声，像山涧潺潺流淌的山泉，清澈、明亮，让人心中溢满了甜蜜和温馨，大家用力地为她们鼓掌。

琼斯变了，变得热情、开朗起来。每天，她就像是一只欢快的小天使,给大家带去了欢声和笑语。

一天,琼斯放学回来,对母亲悄悄地说道,妈妈,我想竞选班上的学习委员,您看,我能行吗?

母亲听了,一下子将琼斯搂在怀里,激动地说道,孩子,你真了不起,你行的,你一定行!

听了母亲的话,琼斯的目光里闪烁着一缕更加坚定的目光,她不禁将腰杆用力挺了挺。

几天后,芭芭拉到学校去接女儿回家。琼斯看到母亲,远远地就张开双臂向她飞快地跑来,她边跑边欢快地喊道,妈妈,我成功啦!我成功啦!

母亲为女儿整整衣襟,疑惑地问道,什么成功啦?这么高兴?

琼斯兴奋地说道,我竞选学习委员成功了,老师和同学们都说我演讲得非常棒,深深地感动了大家。

母亲紧紧地拥抱着女儿,她激动地说道,孩子,我说过,你是上帝派来的天使,你会越来越好的。

琼斯笑了,笑得很甜、很明媚……

琼斯越来越自信了,她深深地喜欢上了演讲。她在演讲中,仿佛看到了美丽的天使正向她翩翩飞来,在她脸颊上轻轻一吻,她就成了美丽可爱的小天使。她在向人们播撒爱的种子,许多同学都张开双臂向她欢快地跑来,她也轻轻地亲吻了他们一下,他们也都像她一样,成为美丽可爱的小天使。

在美丽的校园里,常常可以看到琼斯在抑扬顿挫地演讲,人们从她的演讲中,找到了一种人生的信心和力量。

2008年,琼斯以优异的成绩考入美国斯坦福理工大学。在大学里,她依然充满着热情和快乐,热爱自己的演讲事业。人们从她的演讲中,看到了一种信念、一种勇气、一种坚强。琼斯成为大学校园里一道优美的风景线。

2012年9月，琼斯在大学留校，担任心理学老师，在斯坦福理工大学新学期的开学典礼上，琼斯对入学的新生深情地说道，在伦敦奥运会闭幕式上，有这样一幕情景给我留下了深刻难忘的印象：一架手工制作的飞行器准备试飞，实现人类最古老的梦想。不过，这个试验还是以失败告终，宇宙人跌落在舞台上。就在这时，天使出现了。英国喜剧演员艾德尔演唱了一首歌《永远要看好的一面》。在优美的歌曲声中，刚才那失败的一幕顷刻间在人们心里荡然无存，留给人们的是那动人的歌声、优美的旋律，还有那深邃的意境。

人们记住的，永远是生活中那好的一面。好的一面，永远是生活中的主旋律，它给人们带来的是振奋、是激情，还有那绵绵不绝的欢畅和感动。

琼斯的演讲，博得了大家热烈的掌声。人们看到，琼斯就像是一个美丽的天使，她是那么的阳光、灿烂。人们记住的是她的勇气、她的坚强，她在人们心中，化作了绵绵不绝的温暖和感动。

彩色的声音

儿子从国外探亲回来。很久没有看到他了,只见儿子又长高长结实了。一家人很开心地坐在一起聊着天。

谈着说着,我忽然想起了什么,问道,孩子,这些年来,你记忆最深刻的是哪个人对你说的一句话。本以为儿子会说是爸爸、妈妈,或者爷爷和奶奶对他说过无数句话中的一句话。

没想到儿子不假思索地回答,是邻居小红姐姐曾经对我说过的一句话。

我很吃惊,疑惑地问道,她说的什么话?

儿子的目光突然变得柔和起来,仿佛陷入一种遥远的过往,他喃喃地说道,那时我才十一二岁,一天放学后,天色已渐渐地暗淡了下来,我背着书包,还在和几个小伙伴在家门口疯玩。小红姐姐下班,看见了这一幕,她走到我跟前,用手轻轻地抚摸了一下我的头,说道,你很聪明,如果再努把力,将来一定会成为一个有出息的男子汉,不应该将这么大好时光就这样白白浪费掉啊。

我抬起头,看到小红姐姐的目光中有一种摄人心魄的温柔,那目光给人一种深深的震撼。我懵懂地点了点头。从此,小红姐姐对我说的这句话,深深地刻在了我的脑海里,一直不曾忘记。

第六辑 从来没有枯死的生命

我听到过无数句大人们对我的殷殷嘱咐和说教，但那些话我都忘记了，没有留下什么记忆。唯独小红姐姐说过的那句话，我却一直记着，我觉得那声音是彩色的，有种绵长的回味和隽永。儿子说完这句话，目光中竟泅上一片晶莹，心中被一种情感缠绵着。

儿子忽然问道，老爸，在您一生中，有什么话对你影响最深刻呢？

儿子这一问，仿佛一下子触摸到我内心的一种柔软，我陷入了沉思……那是20多年前，一次，我给一位老同志写了一篇回忆录，这是位参加过抗日战争的老同志。根据老同志给我讲的他亲身经历的战斗故事，我写了一篇回忆录。写好后，我交给了那位老同志。

老同志仔细看完后，激动地站了起来，他拍了拍我的肩膀，说道，你文字组合得很好，你应该在这方面继续钻研下去，一定会有用得着的时候。

老同志的这句话，仿佛像一道彩色的声音，在我心海荡起层层涟漪，久久难以平复。就这样，我深深地爱上了写作，无论遭受多么大的困厄和艰难，我一直在坚持着，从没放弃过。

我转身问身边的妻子，你听到过这种声音，这种彩色的声音吗？

妻子放下手中的针线活，抬起头，深情地说道，听到过，那彩色的声音一直在我耳旁响起。那是我刚下岗时，心情变得糟糕透了，我仿佛陷入人生的黑洞，看不到一丝亮光。这时，早先我下岗的一个姐妹看到我，对我说了这样一句话，她说，没有什么大不了的，下岗，也许是自己人生的一次华丽的转身。现在社会环境这么好，只要动动脑筋，想想办法，一定会找到人生的出口的。

姐妹平平常常的一句话，那时听起来感到是那么的清澈、悦耳，那声音像彩色的音符，激起我内心里的巨大波澜。经过一段时间的摸索，我的家庭网店开张了。从开始一天只有一两笔生意，到现在又雇了几个下岗姐妹，这网店开得格外红火。无论过了多少年，当年那姐妹的一席话，一直在我耳旁回响，因为那声音是彩色的。

　　人生中，看到他人的懵懂，看到他人的潜质，看到他人的困厄，不是三缄其口，幸灾乐祸，而是说出一句提醒、一句赞美、一句鼓励，对他人来说，就会有种醍醐灌顶、豁然开朗的美好。那声音，对他人来说，是彩色的，给他人带来的是绵绵不绝的希望和美好，甚至能改变一个人的一生。

第六辑
从来没有枯死的生命

生命的清单

埃尔·拉法兰是法国的一名大富翁。他性格温和,乐善好施,被人誉为"大善人"。

没想到,正当他人生处于鼎盛时期,却突然得了一种重病。他去许多医院诊断,医生都无能为力。在生命进入倒计时后,他突然变得格外清醒和冷静,他让妻子坐在他的病床前,记下他埋藏在心里的一个个秘密。他说,这是他的"生命的清单"。

1. 上小学的时候,他曾陷害过一个名叫约翰的同班同学。他向老师打小报告,说约翰偷了邻居一只鸡,他把这只鸡卖5法郎,买了零食和玩具。老师表扬了他,说他有正义感。后来,约翰受尽了老师的嘲弄和同学的挖苦。无奈之下,约翰转到乡下读书去了。后来,听说约翰高中没毕业,就当了一名煤矿工人,从此,一生过得很潦倒。

埃尔流着眼泪对妻子说道,其实,那只鸡是他偷的,这个秘密埋藏在他心里,一直不敢对人说,是他毁了约翰的一生。

2. 上中学时,他看上了一个名叫简的女孩子。他向简求爱,简没有答应。从此,他对简怀恨在心。后来,简看上了另一个男孩子。看着俩人牵手、甜甜蜜蜜的样子,他妒火中烧。他偷偷地写了一封信,放在男孩子的抽屉里。信上说,简这个人品德不好,性伴侣很多……很快,那男孩子和简分手了。受此打击,简的精神一下子崩溃了。后来听说,简一生没有嫁人,嘴里整天唠叨着那个男孩子的名字,眼睛里流露着无尽的忧伤和悲哀。

埃尔重重地叹了一口气,说道,这个秘密他一直不敢对人说,是他毁了简的一生。

3. 他有个生意伙伴,名叫卡达。卡达对他一直毕恭毕敬,关爱有加。在他资金最困难的时候,卡达还借给他十万美元,帮他走出了困境。但是,看到卡达生意做得顺风顺水,生意越做越大,他非常嫉妒。为了击败卡达,他设计陷害了卡达。看到卡达生意每况愈下,最后破了产,他心里比吃了蜜还甜。

埃尔悲伤地说道,这个秘密他一直不敢说,是他毁了卡达的一生。

4. 为了寻找刺激,他还多次在外偷偷地发生过"一夜情",并致使一个名叫珍妮的女孩子怀孕。珍妮流产后,最后导致终身不孕。

5. 为了偷税漏税,逃避税收检查,他贿赂了一名税务工作人员。目的达到后,他偷偷地写了一封匿名信,检举了这名税务人员,致使这名税务人员丢了饭碗,关进了大牢。

……

埃尔列举几十条埋藏在他心底的秘密。当他说完最后一条后,他有一种如释重负的感觉。他说,如果不说出这些埋藏在他心里的秘密,他到了上帝那里,也不会轻松的。现在,我要对我一生所做出的种种罪恶,表示深深的忏悔。

妻子拿着丈夫这份"生命的清单",完全惊呆了。没想到,与自己同床共枕的丈夫,被人誉为"大善人"的他,竟是一个如此龌龊、卑鄙的小人,他的心里竟隐藏着这么多见不得阳光的东西。

这份"生命的清单"最后被刊登在法国《费加罗报》上。文章刊登后，立刻在读者中引起了强烈的反响。许多读者给报社写信、发短信，述说自己生命中隐藏着一些像埃尔一样做过的事情，他们感到自己很可耻、很卑鄙。

《费加罗报》在评论中一针见血地指出：我们每一个衣冠楚楚的人，内心里都住着一个埃尔·拉法兰，它是人的自私、虚伪、狭隘的体现。在我们短暂的一生中，时时在扮演着埃尔·拉法兰的角色，它让我们活得沉重、活得贪婪、活得悲怆。这是人性的悲哀，这是良知的泯灭，更是社会道德的缺失。

一只会说话的青蛙

英国科学家进行了一项人文科学研究，他们从澳大利亚土著居住区邀请来15名土著人到英国做客。在为期一个月的时间里，英国科学家们让这些土著人尽情享受现代文明成果，让他们住五星级酒店、坐飞机、地铁、轿车，逛公园、商场、游乐场。

科学家们相信，经过一个月的时间，这些土著人一定非常留念这种生活，再也不愿意回到过去那种近似原始状态的生活了。

可是，让科学家们大跌眼镜的是，不到半个月的时间，这些土著人就厌倦了这种生活，嚷嚷着要回到过去那种生活中去。

科学家们不解地问道，难道这种生活不好吗？

这些土著人说，不是好不好的问题，而是不明白这种生活方式。这里的人每天都在忙忙碌碌的，就是为了拼命地去挣钱，他们追求的都是一些身外之物，这是一种外在的表象。对于他们用钱买来的这些东西，我们根本不需要，我们需要的是一种灵魂的皈依，这才是真正的生活。

科学家们在研究成果中写道："现代文明的生活本身并没有错，对于生活在现代文明社会的人来说，应当如何以一种内心与外在的高度和谐与统一，去理性与克制地追求和享受这些现代文明成果，这才是现代生活中的人们应当思考的。"

英国《泰晤士报》在报道这条新闻时写道："当人被世界改造时，应该是一种滋润的、舒展的、找到自我灵魂的状态，同时凭自己的力量又一次改变世界。每个人终其一生的成功不是成为偶像、楷模，而是——最终成为自己。"

曾看过一个童话故事，对此一直记忆犹新。故事说，从前，有个乞丐在路上碰到一只青蛙。青蛙说其实我原来是个美丽的公主，你只要亲我一下我就可以变回原形。

乞丐并不说话，捡起青蛙放进衣兜里继续赶路。

过了一会儿青蛙又说，你只要帮我变回原形，我父王会给你享不尽的荣华富贵。

乞丐脸上露出一丝狡黠的笑容，还是没有回答，继续走他的路。

等到了休息时，乞丐坐下来掏出青蛙放在手里，幸福地笑着说："相比荣华富贵和美女公主，我更想要一只会说话的青蛙，能拥有你，一只会说话的青蛙，我不是已经很幸福了吗？"

从此，这个乞丐，成为了天下最幸福的乞丐，因为他拥有了一只会说话的青蛙。

如果生活只给了你一只会说话的青蛙，那么你就拥有了一种富有、一种幸福、一种唯一。

凯特拉街的鞋匠铺

夏洛特市位于美国北卡罗来纳州，是一座只有70万人口的小城。66岁的安东尼在凯特拉街187号经营着一家鞋匠铺。

安东尼修鞋技术很高超，特别是修理一些女式名贵高跟鞋，更是技高一筹。无论破损得多少严重，到了安东尼手里，他很快就能说出品牌、出厂年限、什么皮革制成、性能等，并能完好如初地修理好。安东尼高超的修鞋技术，令人刮目相看。凯特拉街187号，成为夏洛特市一处独特的风景线。许多顾客还专程从佛罗里达州、加利福尼亚州、科罗拉多州赶到这里，就是为了请安东尼修理一下自己名贵的皮鞋。

一天，美国著名红苹果皮鞋厂老板乔治专门从华盛顿州驱车来到夏洛特市凯特拉街187号。他找到安东尼，从包里拿出一只女式红苹果皮鞋，急切地说道，安东尼先生，这双女式红苹果皮鞋是我们厂生产的第一代产品，现在会制作这种皮鞋的人早就没有了。这是一位老妇人拿到我们厂的，她说这双皮鞋是她祖奶奶遗留下来的，另一只却遗失了，她叫我们想办法帮她复制出另一只。实在没办法，我才来打扰您了，想请您帮忙复制出另一只。

安东尼接过这只女式皮鞋，眼睛里顿时露出惊喜的神色，说道，听我祖爷爷说过，红苹果皮鞋有一款女式皮鞋距今有 200 多年的历史了，它的制作工艺、材质、款式独一无二，堪称绝世精品，可是，他也只见过一次，一直想购买一双作纪念，可始终没能如愿，这成为我祖爷爷一生最大的遗憾。今天，我终于见到了这只皮鞋，果真是世上精品。

乔治感慨地说道，安东尼先生，您的修鞋技艺无与伦比，您的祖爷爷和我家祖爷爷生前就是世交，我们家族的皮鞋厂一直得到你们家族的支持和帮助，我从心里充满感激。

安东尼听了，脸上露出一丝不安和愧疚，他说道，如果没有你们皮鞋厂，我们家族修理业也不会很好地传承下去。安东尼诙谐地说道，如果要说感谢，那我还真的感谢你们呢！

安东尼告诉乔治，再复制一只这样的皮鞋，我还需要一段时间，请您一个月后来拿吧。

乔治听了，千恩万谢地离开了安东尼的修鞋铺。

一个月后，乔治又来到凯特拉街 187 号。安东尼看到乔治来了，就从柜子里拿出一只皮鞋，说道，乔治先生，这只女式皮鞋我已定做好，您看看，是否满意。

乔治接过那双皮鞋，眼睛里立刻露出惊喜的神色。他说道，安东尼先生，您的手艺太高超啦，做得简直和这只一模一样！

乔治又说道，安东尼先生，您为什么放弃祖辈遗留下的那么多财产的继承权，将那些财产全部捐赠给了慈善机构，却始终待在这小城里靠修理皮鞋维持生计？

安东尼听了，脸上露出慈祥的笑容，他说道，那些财产都是祖辈遗留下来的，它们来自于社会，理应回报给社会，对财产继承的最好方式，是将祖辈的那种创业和奋斗的精神传承下来。祖辈上这个修鞋技术，我继承下来了，就是对家族产业最好的回报。奢侈的生活，对人生是一种挥霍，有节制的生活，才是人生最好的一种享受。

乔治听了安东尼的话，眼睛里顿时变得一片朦胧。他紧紧地握着安东尼的手，哽咽地说道，安东尼先生，您有一颗博大、善良的爱心。节制是一种生活，更是一种生活享受。

据2012年3月18日北卡罗来纳州发行量最大的报纸《坦帕论坛报》报道：安东尼家族曾是北卡罗来纳州最大的鞋业制造商，他为了追求一种简单、质朴的生活，放弃了58亿美元的财产继承权，在凯特拉街187号经营着一家鞋匠铺，每天靠修鞋维持着生计。他那种永远自食其力的生活方式，让我们看到了人性中闪烁着的善良的光芒。

一切生命都是平等的

美国《时代》杂志前总编艾萨克森所著的《史蒂夫·乔布斯传》，使我们看到了一个更加真实的乔布斯。他就像是一个邻家大哥一样，是那么平凡、和蔼可亲。这是乔布斯生前唯一一次同意记者为自己撰写传记。那个时候，生命留给乔布斯的时间已不多了。

在这部传记的发行仪式上，艾萨克森说了这样一件事，让人们心里充满了温暖和感动，沉浸在绵绵不绝的回味和怀想中……

2009年初，苹果总裁乔布斯被查出处于肝硬化晚期。医生告诉他，必须马上进行肝移植，才能挽救他的生命。乔布斯最终同意了肝移植手术方案。院方马上为乔布斯在加利福尼亚州肝移植中心进行登记，等待肝源。

可是院方发现，要进行肝移植的病人有很多，如果排到乔布斯至少需要10个月的时间。为了尽快挽救乔布斯的生命，院方又为乔布斯在其他州进行了登记。这种跨州登记在美国是法律所允许的，目的是为了争分夺秒地抢时间，尽快地挽救病人的生命。

院方发现，几个州最快的是田纳西州，只需要6个星期就可以等到。于是，院方决定让乔布斯在田纳西州进行肝移植。乔布斯排在了需要肝移植人中最后一个。

6个星期,在我们平常生活中并不会觉得有多长,可是,对于急需进行肝移植的病人来说,却是显得那么漫长,每一分、每一秒都是那么的宝贵。

有人会想,如果让乔布斯插队排在前面,不就很快可以移植,而无需再等待6个星期了吗?于是,有人找到医院院长杜尔先生,希望杜尔能行使院长的特权,让乔布斯插个队,先给乔布斯移植。

院长杜尔先生听了,皱起了眉头,脸上露出十分惊讶的神色,他两手一摊,无奈地耸耸肩,说道:"我哪有那种特权让乔布斯插队?如果让乔布斯先移植了,那么其他病人怎么办?一切生命都是平等的啊!"

说情的人,只好郁郁寡欢地离开了杜尔的办公室。

有人又找到田纳西州州长菲尔·布雷德森,希望布雷德森能帮帮忙,给院方打个招呼,或写个批条,让乔布斯先移植,否则,乔布斯会有生命危险。

布雷德森听了,脸上的笑容消失了,他严肃地说道:"我哪有那种特权?打个招呼?批个条?什么意思?我不懂!谁也没有什么特权能让谁先移植,谁可以后移植。一切生命都是平等的,大家只能按照排队先后秩序来进行!"

说情的人,又失败了。

有人对乔布斯悄悄地说道,看能不能花点钱,给有关人员打点打点,让您先移植?

钱对乔布斯来说是最不缺的,他富可敌国。

乔布斯听了,吃惊地说道:"这怎么行?那不是违法了吗?我的生命和大家是一样的,大家只能按照秩序来排队!"

没有任何人能帮助乔布斯,包括他自己。那些排在乔布斯前面需要肝移植的病人,有的是普通的公司职员,有的是家庭主妇,有的是老人,还有的是失业者,他们都在按照顺序排队,等待可供移植的肝脏。生命，对于每一个人来说，都是那么的宝贵。

6个星期后，乔布斯终于等来了可供移植的肝脏。可是，由于等待时间太长，乔布斯的癌细胞已经转移。这次移植，只延长了乔布斯生命两年多点的时间。

但是，乔布斯无怨无悔。他在生命最后的时间里，依然为苹果公司开发出更加新颖的产品，一直到他生命的最后一息。

艾萨克森深情地说道："生命没有高低贵贱的区别，任何生命都是平等的。平等不是口号，平等不是作秀，平等更不是交换，它是生活中最生动、具体的体现。它如明月般的皎洁，光可鉴人，散发着圣洁的光芒，它使我们看到了人性的光辉，直抵我们内心的柔软。"

人活着的世界

韩国前总统卢武铉在任期间,其亲属收受财物贿赂的丑闻,使得这个被韩国民众称为史上"最廉洁的总统"的形象一落千丈。

卢武铉离任后,检察机关发现卢武铉在任期间,他的亲属利用他的影响,收受过巨额贿赂。于是,检察机关决定对其立案侦查。本应安度晚年的卢武铉没想到他的家人会受到检察机关的传唤,并牵涉到他本人。这一切,对卢武铉来说,都是一种巨大的精神和心理上的打击。他感到心灰意冷,无法面对。本来这个令他十分留恋的世界,已变得一片灰暗,没有一丝阳光和希望。最后,他选择了跳崖自杀,告别了这个世界。

卢武铉生前开了一个博客,博客的名字叫"人活着的世界"。在他的博客里,常常记录着他对社会、对人生、对生活的感悟。他的博客,拥有很多"粉丝",他的文章,被网友们称之为"心灵鸡汤"。人们从他的文章中得到了一种心灵的慰藉与启迪,感受到了生活的幸福和美好。

卢武铉在他最后一篇博文中写道:"自己的亲属因没有走出金钱这副枷锁,使他活着有一种承受不完的痛苦,从而决定与这个人活着的世界告别,得到灵魂的解脱,自己之所以造成今天这种结果,都是因为命。"

卢武铉从总统宝座上退下来以后，为了远离政治的漩涡和世俗纷争，他谢绝了政府为他在首都首尔安置的别墅，回到了家乡金海市峰下村自己的老宅居住。

家乡的山山水水和淳朴的民风，使他感受到心灵的清澈和明媚。在村子里，他常常和村民们在田间地头拉家常、逗孩童，其乐融融。

在家乡，他再次见到了他孩提时的好伙伴金永昌。俩人常常在一起聊天、下围棋。村头那棵老槐树下，是他俩相聚最多的地方。两个老哥俩，似乎有说不完的话，诉不完的情。

卢武铉对金永昌说，如果我不当总统，我一定会像你一样成为一个干农活的行家里手。如果让我重新选择人生的话，我一定会选择去当一个农夫。

卢武铉说到这里，眼睛仿佛有些湿润。看得出，他的内心一定被一种炽热的情感澎湃着。

金永昌说，老哥回来了，我又有伴了，我好像又回到了从前，感到真的很幸福、很快乐！

卢武铉跳崖自杀后，金永昌大恸，他哭诉道，您从这里走了出去，却走不出活的世界，没想到，您活得这么沉重、这么悲伤。还是您说得对，如果人生可以重新选择的话，您一定会选择去当一个农夫。那样，您也许就不会有那么多的忧愁和烦恼了。

在峰下村卢武铉纪念馆里，有一个醒目的展出，那是卢武铉博客"人活的世界"里面最后一篇文章，题目是：请忘了我吧！

人们在这个展览前，常常驻足、流连，陷入到深深的沉思中……

让驴子和学者走在队伍中间

公元1798年，年仅30岁的拿破仑率领远征军开始对埃及大举进攻。远征军共有20万人、2000门大炮、10000多马匹，还有200多头毛驴。一路上，远征军浩浩荡荡向埃及挺进。

在这支大军里，还有175名法国的专家、学者，他们随着远征军，向着埃及一路高歌猛进。这些专家们有一个特殊使命，他们成立了"埃及研究院"，专门收集、研究埃及的文化、历史、艺术、宗教。他们被誉为不拿枪的远征军，拿破仑兼任这个研究院的院长。

拿破仑不仅是一位卓越的军事家，而且精通数学和天文学，同时，还十分热爱文学与宗教。远征军成立后，他首先想到的是要成立这样一支特殊的队伍随军征战。

一路上，远征军受到英、俄、奥等国联盟军队的顽强攻击，损失惨重。这时，拿破仑发出一道命令：让驴子和学者走在队伍中间。

将士们十分不解。一路征战，士兵伤亡很大，许多士兵受伤后行进十分困难，如果能骑上毛驴该多好。让那些不打仗的学者骑在毛驴上，有什么意义？

拿破仑看出了将士们的心思，他向士兵们解释道，我们远征的目的，不仅是要征服埃及，更要吸纳埃及的古文明，征服不是目标，吸纳文明才是目的。野蛮和杀戮不能征服一个国家，文明才是人类发展和进步的力量。

远征军一路艰辛，不时遭到攻击。拿破仑一边指挥作战，一边让那些专家学者们骑在毛驴上，研究埃及的天文、地理、宗教。他告诉将士们，大炮和战马可以损失，但是，专家们收集来的书籍绝不能丢失。

在渡过西奈半岛后，远征军包围了一座名叫沙姆沙赫的小城。拿破仑正要发布进攻命令，突然得知小城居民正在悼念刚刚去世的诗人穆罕默德·阿里，全城百姓正处于巨大悲痛之中。拿破仑立刻发布命令：停止进攻。

将士们十分不解，如果错失战机，后果将不堪设想。拿破仑横刀策马，那布满血丝的眼睛里，溢满了柔情，他喃喃地说道，城邦之间交火，许多是野蛮与霸权的暴虐，但是科学与艺术是超越国界的，值得全人类顶礼膜拜，诗人的热血流淌在我们每一个人的心中。

这次远征埃及，时间长达4年，远征军驰骋大半个埃及，最后，远征军在英、俄、奥、葡、土耳其等国组成的反法联盟军队强大阻击下，以失败告终。远征军溃败回国后，只剩下2门大炮、一千多名士兵。可是，人们惊讶地发现，远征军里的175名专家、学者却一个不少，他们带回来的战利品是成百箱书籍。

拿破仑将这些专家们招集起来，亲自担任主编。历时5年时间，终于编纂完成了巨著《埃及记述》。这部巨著包括了埃及的生物学、医学、机械学和考古学等诸多方面。史学家们认为，这部巨著的问世，填补了埃及文化的一项空白。

在这部书的扉页上，拿破仑写下了这么一句话：让驴子和学者走在队伍中间。

从来没有枯死的生命

　　智利摄影师克劳迪奥·亚涅斯在海边摄影时，发现沙滩上有一条干枯的死鱼。鱼已死了很长时间了，只剩下一些骨架。海浪不时冲向它的身边，好像在深清地亲吻它；天空中，海鸥不时在它上面盘旋着，发出悦耳的叫声，好像在和它呢喃着什么。

　　这一幕，深深地打动了亚涅斯的心。他仿佛看到那条干枯的死鱼又有了一种新的生命，正发出生命的歌唱。他拍下了躺在沙滩上的那条干枯的死鱼，并做了一些艺术处理。照片洗出来后，这条枯死的小鱼，转换成沙滩上一朵鲜艳的花朵，娇艳欲滴。这株鲜艳的花朵，就是从那条干枯的死鱼延伸出来的一种新的生命。

　　这张照片在报纸上发表后，引起了读者的强烈反响，人们纷纷称赞亚涅斯，觉得他拍摄的这张照片，蕴含着深刻的生活哲理和人文思考，给人带来了强烈的视觉震撼和艺术效果。这张照片，最后还获得了智利最高摄影奖——21世纪智利青年摄影奖。

　　一次偶然的成功，给了亚涅斯很大的信心和创作灵感，他仿佛找到了另一条摄影创作之路。就这样，他开始了一种全新的摄影探索和艺术追求。

　　他看到路边一根枯死的树桩，他在这根树桩前久久徘徊、凝视，目光中溢满了柔情。这根树桩上布满了尘土和蛛网，在常人的眼里，这根枯死的树桩，没有一点生命的迹象。亚涅斯选择角度拍照后，经过艺术处理，这根枯死的树桩转换成了一只美丽、可爱的小山羊。小山羊眨着一双美丽的眼睛，正无忧无虑地吃着嫩绿的青草。

他看到垃圾筒里一块人吃剩下的半块面包。他将面包拿出来仔细观察着。一对青年男女亲亲我我地走了过来，女孩看到亚涅斯手里拿着半块面包，嬉笑道，捡了半块面包，还这么左看右瞧的，好像捡了个什么宝贝似的。

亚涅斯听了，深沉地说道，是的，在我眼里它就是一块宝贝。女孩听了，一下子笑出声来。她说道，您这人说话可真逗人，不就是半块被人丢进垃圾桶里的面包吗？怎么成了宝贝了？

亚涅斯说道，姑娘，你拿着这半块面包，你马上会看到一种神奇的效果。这不是魔术，是艺术。

女孩拿起这半块面包，满脸疑惑地看着亚涅斯。亚涅斯举起手中的相机，调整好光圈和焦距，按下了快门，然后，亚涅斯将相机拿给女孩看。女孩看到相机里刚刚拍下的照片：她手里托举的是一片丰收的稻田。

女孩看呆了，过了好一会儿，女孩才对男孩喃喃地说道，这看似被丢弃的半块面包，其实是一片丰收的稻田演变而来的。她又对亚涅斯说道，谢谢您让我知道了这样一个浅显而深刻的道理，从来没有枯死的生命，一切生命将会用另一种形式出现。

亚涅斯专门拍摄生活中那些没有生命迹象的东西，经过他的艺术处理，这些过去看似没有生命的东西，以另一种形式，重新被赋予了生命。被车碾死的小狗，拍摄后，成了盛开在马路上的玫瑰；漂浮在水面上的死鱼，拍摄后，成了欢快的鸭子；被人射杀的鸟禽，拍摄后，成了欣欣向荣的向日葵……

亚涅斯成了智利著名的另类摄影师,人们从他的摄影作品里,看到了燃烧的生命和希望,看到了珍惜生命、热爱生命的深刻和迫切。人们亲切地称他的摄影作品是"从来没有枯死的生命"。

第六辑
从来没有枯死的生命

很远的远

很远的远，究竟有多远，恐怕从来没有人能说清楚。人们常常用"海内存知己，天涯若比邻"来比喻双方的亲密。只要心与心相近，虽然两人相隔天涯，也仿佛近在咫尺，从此不再感到遥远。但是，如果双方貌合神离，尽管近在咫尺，却也仿佛相隔天涯海角。很远的远，有时，并不是用距离来衡量的。心与心的距离，才是尘世间衡量距离的尺度。

我一直在努力，在坚持，在路上，甚至不敢有任何的懈怠。为了心中那些一个个叫远的目标，也一直在使出浑身解数追赶。可是，尽管我百般努力，百折不挠，一路追赶过去，却总感觉前面是一片山重水复，迢迢渺渺。远，总是看不清，摸不着。那个很远的远究竟在哪里？我常常用力向前眺望着，看到的，却是白茫茫、雾蒙蒙的一片，根本看不到那个叫远的地方。

为了排遣郁积在心中的苦闷，前几天，我回了趟乡下。偏僻的乡下，远离了城市的喧嚣和浮躁，显得十分安静。一路上，看到的是青山依依、农舍点点；听到的是田地里滚滚麦浪发出的沙沙声和小河潺潺的流水声。

乡下的二舅正在田地里劳作。听到我的呼喊声，二舅抬起头，看见是我回来了，急忙停下手中的活，惊喜地说道，外甥回来了，走，回家去！

我笑道，不用忙，时间还早着哩，就在田里，看还有什么需要我帮忙的。

二舅见我一再坚持，就不再推让，满脸笑容地说道，你好不容易回趟老家，哪能让你随便下地干活呢？要不，你就陪我说说话，干完手上的这点活，我们再回家去。

于是，我站在一旁，边陪着二舅干活，边和二舅说着话。我说，二舅，这几年，你们生活过得怎么样？

二舅笑道，现在的生活好多了，与过去相比，简直是天壤之别。现在，国家的政策好，吃穿都不用愁了，只要肯动脑筋、想办法，不偷懒，路子就更活了。这不，村子里年轻的后生们大多出去打工去了，剩下的多是一些妇女、老人和孩子。农民的各种基本生活保障也很好，病了，有合作医疗；老了，还有基本生活费，这样的生活和过去是没法比的。

没想到，没有多少文化，也没有见过多少世面的二舅说起话来还挺精辟的。我指着远处村里那幢幢崭新的三层楼房，有的还是乡间别墅，说道，二舅，您家里房子盖了吗？

二舅笑着回答道，还没有，暂时还没有这个打算，现在的五间大瓦房，住得还挺舒服的，待两个孩子大学毕业了，负担减轻了，再考虑这个问题也不迟。

我低声地问道，村子里的许多乡亲家里都盖上了楼房、别墅，您看了，心里不失落、难过吗？

二舅直起腰来，望着眼前那些楼房、别墅，爽朗地笑道，这有什么失落、难过的，家庭情况不一样，草有草的活法，花有花的姿态，只要我自己过得快乐、惬意就行了。我只以我现在的生活为圆点，回过头，向后看，就这样，由远而近，一路看过来，就会觉得生活是那么美好。于是，就感到这日子是越过越好、越来越有盼头，未来也越来越有信心了。

　　我忽然感到，二舅的一番话，竟说出了淤积在我心中很久的困惑。我一直想知道很远的远究竟有多远，这种念头时时在我脑海里盘旋，以至于常常陷入一种无可名状的烦躁、郁闷中。原来，换个角度向后看，很远的远，才看得那么的清晰、明亮和美好。那由远而近的距离，就是自己所走过的路。这条路，从遥远的起点，一步一步地走过来，或笔直、或蜿蜒、或坎坷，但无论什么样的路，那可是自己一步一步走过来的。这一路上，有过欢笑，有过眼泪，有过痛苦，那是以自己生命的姿势开放，冷暖自知，一点点、一滴滴，都有着它的温暖和回味。这样看着远，才发现，这日子，是一天天地锦绣、一天天地明媚起来的。这样走下去，才不会烦躁、郁闷和苦恼，很远的远才会知道有多远。

　　很远的远，一直向前看，是一种远。这种远，山重水复，迢迢渺渺，一望没有尽头。很远的远，向后看，也是一种远。这种远，一马平川，看得是清清楚楚。原来，方向一变，生活的色彩就全变了。

人间最美的读书声

在叙利亚与土耳其边境接壤的一片荒凉地带,刚刚从霍姆斯逃离出来的苏珊带着一脸惊恐,正蜷缩在一个废弃的土屋里。很长时间了,她的胸口还在剧烈地起伏着。那梦魇般的日日夜夜,让她想起来,还是惊悚万分。

过了很长时间,苏珊的心才渐渐舒缓了下来,她心力交瘁地走出土屋,深情地眺望着家乡霍姆斯的方向。

她看到,远处山路上,由霍姆斯方向逃离战火的难民正源源不断地涌来。持续达一年多的叙利亚国内动荡,使叙利亚民众饱受战火的蹂躏、摧残。昔日美丽、平静的叙利亚已经被战火摧残得遍体鳞伤、民不聊生。

苏珊和男友道格拉斯在霍姆斯一所中学教书。他们曾是大马士革大学的学生,在一次学校举办的联谊活动中,美丽、聪慧、善良的苏珊,让道格拉斯一见钟情,他开始狂热地追求苏珊,苏珊对英俊、高大的道格拉斯也心动不已。不久,两人就热恋了。

菁菁校园的林荫小道上、碧波荡漾的小湖边、图书馆的阅览室里,常常可以看到他俩浓情相依的身影。俩人相约,大学毕业后,就到家乡霍姆斯中学教书去,向孩子们传递知识、传递友谊、传递爱。俩人十指相扣，仰望着湛蓝的天空，眸子里露出无限深情和向往。那一刻，俩人的心紧紧地贴在了一起，他们感到了一种天长地久的永恒和美好。

大学毕业后，苏珊和道格拉斯一同来到了家乡霍姆斯一所中学教书。看着一个个活泼浪漫的学生、明亮的校舍，两人深深沉浸在教书育人的幸福、美好之中。

可是，这种幸福、平静的生活没有持续多久，叙利亚国内就发生了严重的动乱，各种政治派别风起云涌，人们互相攻击、谩骂，最后导致了武装暴乱，局势在一天一天地恶化。

这种动乱的局面，也彻底地改变了苏珊和道格拉斯昔日平静的生活。因不同的政治主张和信仰，苏珊与道格拉斯发生了严重的意见分歧，两人谁也说服不了谁，最后发生了激烈的争吵。

学校停课了，教师们也各奔东西，另谋出路。道格拉斯丢了教鞭，拿起了AK47冲锋枪，参加了自由军武装。大街上，枪炮声一天接一天，许多居民楼被摧毁，无辜居民被子弹打死打伤。霍姆斯的上空，布满了战火硝烟。

苏珊的母亲和妹妹也被炮火击中，失去了生命。曾经温馨、甜蜜的家庭，也不复存在了。为了躲避战火，苏珊随着逃难的人群，带着自己唯一的一样东西——一块小黑板，颠沛流离，长途跋涉，最后，逃到了叙利亚与土耳其相接壤的边境，才找到了一块安身之地。

眺望着远处家乡霍姆斯，泪水又一次划过苏珊的面颊。她的耳旁仿佛又响起了那隆隆的枪炮声，那一阵接一阵的枪炮声，撕裂了她的心，她心里流淌着汩汩热血。

她想起了道格拉斯。她至今无法理解，他一个拿教鞭的手，什么时候会开枪了？她记得，她曾经温柔地抚开道格拉斯的手掌。她看到，他的手掌白皙、柔软。他深情地说道，他要用这双手，写出最美的叙利亚文字，教授孩子知识、文化和文明。她看到，他的目光里，像湖水一样清澈、明亮，不染一丝杂质。她深深地陶醉了，陶醉在这双清澈的眼睛里……

可是，让她始料不及的是，自叙利亚发生严重动乱以来，这双清澈的眼睛不见了，变得混浊、茫然起来。道格拉斯热衷于街头打砸抢，最后甚至拿起了枪。他竟"鼓励"自己和他一样拿起枪，参加武装斗争。苏珊要他安下心来，努力教育好学生，应该将"心"站在课堂上。他笑她幼稚、可笑，学生气太重。

苏珊心里一片冰凉。她心中的他已离自己渐行渐远，再也回不来了。两人谁也说服不了谁，最后分道扬镳。

苏珊从枪林弹雨的霍姆斯城逃离出来，逃到这片荒凉的地方，暂时远离了战火的纷扰。她的心，才渐渐地平静下来。

她看到那些逃难的人群中，还有很多孩子，苏珊心里不禁溢满了惆怅。她想，如果不是动乱，这些孩子们可能正在教室里接受知识和教育，享受幸福、宁静的生活。可是，现在他们却失去了过去那种幸福和宁静，随着家人逃难到这里，这对他们幼小的心灵是多么大的打击和摧残啊！他们的心里，一定布满了阴云和惆怅。

想到这里，苏珊心里掀起了巨大的波澜。她将带来的那块小黑板挂在土墙上，在黑板上，用粉笔写下一行叙利亚文：我们的学校开学了！然后，她走到孩子们中间，将孩子们带到小黑板前的空地上坐下。

她站在黑板前，看着眼前一双双天真无邪的眼睛，深情地说道："孩子们，我们的这所特殊学校就要开学了！无论我们国家发生了什么，我们都不应该放弃学习，只有掌握了科学文化知识，将来才能更好地建设我们美丽的祖国、我们美丽的家乡。"

说到祖国、家乡，苏珊的嗓音哽咽起来，眼睛里泅上了一片晶莹的泪水，她看到，孩子们的眼睛里也噙满了泪水，他们轻轻地抽泣起来。

苏珊抑制住心中的悲伤,在黑板上写下了"和平""友爱""幸福"几个字。然后,她对着孩子们说道:"今天我们开始上第一课,大家跟着我一起念:和平、友爱、幸福!"

孩子们仰起头,脸上露出憧憬的神色,跟着苏珊一起朗读起来。那朗朗的声音,在这片贫瘠的土地上传出很远、很远……

苏珊对孩子们抑扬顿挫地说道:"和平、友爱、幸福,是我们人类最宝贵的东西,它是一种力量,离开了这些,我们人类就谈不上发展和进步,动乱、内战,只会给我们国家带来灾难,我们一定要珍惜和平、友爱和幸福,才能让我们的生活充满阳光和雨露,人人过上幸福、甜蜜的生活!"

苏珊再次抬起头,眺望着远处的霍姆斯,孩子们的目光也随着苏珊的目光向家乡望去。远方,山高水长,迢迢渺渺。那里曾经有他们美丽的家乡,那里曾经有他们的梦想,那里曾经是他们的天堂。

苏珊深情地说道:"我的心永远和孩子们站立在一起,当阴霾过去,阳光一定会洒满大地,那个时候,我就会和孩子们一起回到我们可爱的家乡,把我们的家乡建设得更加美丽、富饶!"

一缕金色的霞光从天空乌云的缝隙中照射下来,照在孩子们身上。孩子们像披上了一层金色的羽毛,闪烁着耀眼的光芒,熠熠生辉……

第七辑
跌倒的姿势很豪迈

未来未必来

一

　　不知从哪里传出来的一个消息，说是单位要精减一批员工。消息传开后，在员工们中顿时产生了一阵焦灼，人们都在窃窃私语着，猜测着谁将会是不幸被精减掉的人。一时间，人人心里都有一种无形的压力和恐慌。

　　员工老王得知此消息后，更是陷入前所未有的忧虑中，他担心自己被精减掉，如果自己下岗了，这日子可怎么过啊。儿子还在上大学，正是花钱的时候；妻子下岗了，靠给人家当钟点工，日子过得十分艰难。他想，如果自己下岗了，就找老板拼命，把老板狠狠地打一顿，然后自己就到厂区那幢六层的办公大楼自杀。

　　这些乱七八糟的念头，在他脑海里反复地搅来搅去，使他食不甘味，夜不能寐，短短几个星期，他就消瘦了十几斤，人像被霜打了的茄子似的，无精打采的。

　　这天刚一上班，老王就接到通知，要他马上到厂部去开会。老王一听，心里不禁暗暗叫苦，心想，完了，这是宣布精减人员名单呢。

老王不知是怎么走进会议室的，心里乱极了。他找到一个角落坐下，看到老板正坐在主席台上，手里拿着一叠讲话稿，心想，那上面写的就是精减人员的名单啊。他愤愤地看着老板，两眼布满了血丝，仿佛要喷出火来，心里面一遍遍地咒骂着老板。

会议开始了，老板说道，因业务不断扩大，在保持厂里原有员工规模不变的情况下，厂里最近还要招 50 名新员工。同时宣布，老王同志因为工作踏实，技术全面，威信又高，现提拔老王为分厂厂长。

什么？老王简直有点不敢相信自己的耳朵。自己不仅没有被精减掉，反而被提拔当了分厂厂长，这真是没有想到的事。老王看着台上的老板，那一刻，他看到老板是那么的和蔼可亲，那么的慈眉善目，面目一点也不狰狞。那种可怕的未来并没有来，展现在眼前的却是一片明媚和锦绣。

二

高考结束了。他对考试结果感到很失望，他一直感觉到有好几道题自己做错了。他一遍遍地埋怨、责骂自己。看来这次高考是考砸了，自己的理想、自己的前途、自己的未来，全部化为泡影了。

他将高考复习资料、课本全部撕碎，然后抛向了空中。看着那些纷纷扬扬的纸屑，他感到眼前一片黑暗。

他记得，自己从小学到中学，学习成绩一直出类拔萃，获得的各种竞赛奖状，贴满了家里的一面墙。自己对物理学非常感兴趣，渴望未来成为一名像霍金一样的物理学家，研究浩瀚深邃的宇宙空间。可是，这次考砸了，曾经的梦想、曾经的憧憬、曾经的激情，统统成为泡沫了。

他内心里充满了恐惧和焦灼，心如死灰。这个小城再也待不下痕迹。晚年毕加索的许多绘画作品都是反映小朋友生活的。他的一幅《拿烟斗的小男孩》的作品，就是这个时期的代表作。

小学生凯特是一个8岁的小男孩，他看到毕加索每天都来看他们画画，感到很有趣。于是，他就将自己身边的一个小凳子搬给毕加索坐。毕加索爱怜地抚摸着凯特的头，然后坐在凯特身边看他画画。

就这样，一来二去，俩人成了好朋友。凯特常常将他画的画送给毕加索，毕加索脸上露出惊喜的神色，仿佛如获至宝。凯特看到毕加索这么喜欢画画，就对毕加索说："老爷爷，您这么喜欢画画，那么我教您吧。"

毕加索听了，高兴地回答道："那太好啦，谢谢您收下我这个小学生，我真的很幸福。"

小凯特听了，脸上露出幸福和自豪的神色。

凯特妈妈来学校接凯特回家。小凯特欢快地跑到妈妈身边，他指着一旁的毕加索，对妈妈说道："妈妈，这个老爷爷也喜欢画画，我已经收下他当我的学生了。"

凯特妈妈的脸一下子红了，她对毕加索说："老先生，您千万别见怪，小孩子不懂事，他自己还没画出成绩来，哪能收您当学生呢？"

毕加索却认真地说道："不，小凯特画得很好，他很有绘画天赋，他能收下我当他的学生，我感到很荣幸。"

学校为小凯特等人的绘画作品举办了画展。画展吸引了许多家长和附近居民来观看。毕加索也来了，他在孩子们的画展前流连忘返，脸上露出惊喜的神色。

当地报社记者比尔·伯里在小朋友的画展前，发现大名鼎鼎的画家毕加索也来到现场观看，只见他还不时地在自己的速写本上记录着什么，眼前一幕，让他惊讶得合不拢嘴。

比尔·伯里感到十分不可思议，于是，就走上前去问毕加索：

"毕加索先生，这些小学生举办的画展，您怎么也来看呀？"

毕加索不无感慨地说道："这些小学生真是绘画的天才啊，当我像他们这么大的时候就能画得像拉斐尔，但我花了一辈子的时间，才学会画得像他们一样！"

毕加索的一番话，让比尔·伯里沉思良久。过了好一会儿，比尔伯里又疑惑地问道："您毕加索先生的画为什么能卖出这么大的价钱？您成功的秘诀是什么？"

毕加索听了，不假思索地回答："终生向儿童学习，这就是我成功的秘诀！"

毕加索的一番话，给比尔·伯里留下了无穷的回味和思考。随后，比尔·伯里在法国《费加罗报》上撰文，题目是：《终生向儿童学习——毕加索成功的秘诀》。

比尔·伯里在文章最后写道："永远保持一颗未泯的童心，才能发现生活中的美，发现生活中的善，发现生活中的真。毕加索成功的秘诀，让我们看到了他那颗金子般的童心。让我们心怀感动，并充满深深的敬畏。"

残缺的果实

凯特很小的时候，爸爸、妈妈就经常教导他："将来要想出人头地，就必须学习好！"

凯特常常睁着一双澄澈、明亮的大眼睛问道："什么叫出人头地？"爸爸、妈妈说："出人头地就是要比别人吃得好、穿得好、住得好！"

在学校里，老师经常教育学生说："你们要想出人头地，就必须学习好！像'调皮大王'普尔特，从不爱学习，一辈子也不会出人头地。"

凯特和吉琳是好朋友。吉琳会拉小提琴，常常在学校的舞台上表演节目。凯特常常摸着吉琳的小提琴，脸上露出羡慕的表情。吉琳说："你要是喜欢，我可以教你！"

凯特把自己想学小提琴的想法告诉了爸爸、妈妈。爸爸、妈妈严厉地斥责道："你怎么能不务正业呢？"

凯特终于在学习上出类拔萃，他想："这下大家应该满意了吧！"

没想到，父母和老师又告诉凯特："这还不能算是出人头地，你在班上虽然考了第一名，但是和其他班的同学比起来你还是不行。"

有一次学校举办运动会，凯特看到同学们参加各种体育比赛，他很羡慕。同学们在球场上奔跑、传球、射门，十分精彩。于是向父母提出："我想学踢足球。"父母听了，脸色大变，严厉斥责道："现在学习这么紧张，你怎么还有闲工夫去踢足球？"

凯特终于考了全年级第一。他想："这下我该出人头地了吧！"可是，父母和老师又告诉他："这根本不是出人头地，你在年级中虽然考第一，但是在全市、全州比，你还是不行。"

最后，凯特以优异的成绩考取了一所著名大学。他觉得自己应该实现了父母和老师的期望，他想："这下大家不会再说什么了吧！"没想到大家又告诫他："大学里的学生都是来自全国各地的佼佼者，你要比他们更胜一筹，将来才能找到好工作、拿高薪、出人头地！"

大学毕业后，凯特在华尔街金融中心找了个高薪工作。几年过去了，他有车、有房，还有一辈子也用不完的钱。此时人们都称他是成功人士，总表露出羡慕的姿态。

凯特反问自己："这就叫出人头地吗？"他的目光里充满了茫然和迷惘。

就在人们把凯特作为人生的标杆时，他突然做出了一个惊人的决定。他放弃了华尔街那份人人都羡慕的高薪工作，离开了繁华都市。他去了美国西部的一个贫困山区，当了一名乡村教师。

人们百思不得其解，他所拥有可是很多人一辈子都在努力和追求的。

凯特很淡定地说："这是我唯一一件自己做主并且认为正确的决定。我为了追求所谓的出人头地，失去了作为人最基本的快乐和幸福。我除了从书本上学到的那些知识外，我还有什么？我不会音乐、不会体育、甚至不会生活中的一些很基本的技能。从某种程度上讲，我的人生是残缺的，我只是一颗残缺的果实。我要开始一种新的人生，我要告诉我的学生们：一个人的世界应该是丰富多彩的，一定要活出真正的自我。"

和老板争得面红耳赤的人

大学毕业后,我和大学好友晓强同时应聘到一家电子公司工作。我和晓强互相勉力,决心一定要好好地干出一番成绩来。

老板50多岁的年龄,他是一个非常严厉的人,对工作要求很严,员工们来不得半点马虎,他们私底下都骂他是个"冷血动物"。

我和晓强从事产品设计工作,很快,我们对这项工作就得心应手了,我们设计出来的产品,经常得到老板的欣赏和赞扬。看着老板那满是鼓励和信任的目光,我心潮澎湃,工作的积极性更高了。

可晓强和老板说话常常有种锋芒毕露、咄咄逼人的气势。我多次提醒他,要他和老板说话要谦和些,不要固执己见。

晓强听了,并不认同我的观点,他说,老板有的地方看问题很偏颇,如果我不提醒,一味地顺从,最后损失的还是老板。

我对晓强这种职场态度,一直持否定态度。我对老板交代的事情,一直唯唯诺诺,看到老板有不妥的地方,也从不指正,生怕得罪了老板,对自己产生不利的印象。

老板在董事会上说,要在我和晓强俩人之间,拟提拔一个人担任产品开发部门的主管,现在正在对俩人进行考核,看谁更能胜任些。

我听到这个消息,工作上更加勤奋了,我想,凭着我的工作态度和对老板的谦卑,主管的职位一定会是我的。

一天,我路过老板办公室,听到里面传来一阵激烈的争执声。我探头一看,不禁大吃一惊,只见晓强拿着一叠设计图纸,正和老板对产品设计上的问题发生激烈的争执。只听到晓强严肃地说道,您的这种观点落伍了,如果按照您的这种设计理念去设计,肯定没有市场,而且会给企业造成巨大损失。我敢说,我的这种设计方法具有广阔的市场远景,会给企业带来巨大的利润。

老板听了,用手指着晓强,气得脸色铁青,他大声地说道,我是老板,还是你是老板?你应该毫无条件地服从,不能自以为是,我行我素。

晓强不卑不亢地说道,您这是武断,一意孤行,对于您这种态度,我表示遗憾,我保留我的意见。

说完,晓强转身拂袖而去,把个老板晾在那里气得目瞪口呆、不知所措。

我急得慌里慌张地追上晓强,大惊失色道,你疯啦?怎么和老板这么说话?你这不是自找苦吃吗?你太清高啦!老板怎么说,你就怎么干,你管他说得对不对!

晓强皱着眉头说道,我看到不对就要说,我这也是为了企业好!

晓强依然自我,根本没有认识到事态的严重性。看着晓强倔强的背影,我只能无奈地摇了摇头。心想,晓强这样下去,结局一定很难看、很被动。

公司开大会,就要宣布主管人选了。我踌躇满志地走向会场,心想,主管人选肯定非我莫属了。晓强早把老板得罪了,老板心里哪还能容得下他?

老板端坐在主席台上,目光犀利地看着台下。我屏住呼吸,静听老板宣布对我的好消息。我扭头看了看晓强，只见晓强正低着头，在一张图纸上不停地画着什么。我心里暗暗好笑，只知道设计，不知道和老板好好说话，没有被老板炒了鱿鱼，对你算是客气的了。

老板环顾台下，清了清嗓子，说道，经过考察，董事会讨论通过：产品开发部的主管是晓强。

什么？怎么会是晓强？我简直不相信自己的耳朵，差点跳了起来。要知道，晓强和老板常常发生争执，老板怎么会要他担任主管，老板的大脑不是给驴踢了吗？

老板似乎看到我的疑惑和不解，严肃地说道，在工作中，晓强多次和我发生过争执，有时甚至不给我面子，让我很难堪。其实，作为一个老板，从心里还是喜欢这样的人的。他的思想、他的观点，对企业发展很有好处。我们不需要老好人，我们需要的是真干、实干的人。只要你有本事，敢和老板争得面红耳赤，照样会得到提拔、重用。

老板的一席话，博得了大家热烈的掌声。老板的一席话，在我耳边久久回荡，我陷入到深深的思考中……

跳不过去的唱针

朋友小王在一家电子研究所工作，在外人看来，小王工作一定很体面、很惬意。可是，一见面，三言两语，小王就会说到他人生的失落和沮丧。原来，在小王的心里有一件心事，一直难以放下，以至于他现在还耿耿于怀，心有怨言。

小王说，如果当年不是他父亲硬叫他报考电气自动化专业，他现在也不会从事这种他不喜欢的工作，是他的父亲造成了他人生的失落，毁灭了他人生的理想。他说，他一直喜欢汉语言文学，中学时代，他就在报上发表过文章，那个时候，他就萌发了一个心愿：将来报考汉语言文学专业，去当一名老师，给孩子们讲解写作方面的知识。可是，高考时，他父亲一定要叫他报电气自动化专业，父亲说，让他报考这个专业，从某种角度上讲，也是了却他人生的一个心愿，因为他本人就是一名电气工程师。

就这样，他学了一种他非常不喜欢的专业，一直到现在，他都在埋怨、指责父亲对他的误导。他说，如果不是父亲武断、专横，他现在一定混得很风光，一定会在他喜欢的专业里，唱出最美的歌声来。

这个话题，小王对我说过多次，几乎每次见面，他都要说到这个话题，以至于我的耳朵都要生老茧了。

有一次，见了面，小王又对我说起这个话题。我听了，顿生厌烦，不禁皱起眉头，说道，这是发生在你身上多年以前的事了，那时，你还是个孩子，对人生还是懵懵懂懂的，你父亲当时的出发点也是好的，对你是怜爱的。现在你不能总在这上面喋喋不休地抱怨、愤懑，你的唱针应该跳过这一划痕，不能老在这里卡针，只有这样，你才能走向一种新的人生，唱出最美的歌声来。

小王听了，睁大一双眼睛，紧紧地盯着我，好像不认识我似的。过了好一会儿，他才喃喃地说道，让自己的唱针跳过这一划痕？

我点了点头，目光中满是信任、鼓励和期待。

他静静地看着我，好像陷入了深深的思考中。过了好一会儿，他忽然走上前来，紧紧地拥抱着我，哽咽地说道，说得太好了，我的唱针是该跳过这一划痕了，如果总在这个地方徘徊、重复，那真的是一种噪音！

小王的语气里，流露出一种顿悟和坚决。

再次见面，小王已不再重复以往那个话题了，而是欣喜地说起他的一些新成就和规划，说到兴头上，他还手舞足蹈起来，人仿佛也年轻了许多。

听着这悦耳的音符，我心里感到了一阵激情和豪迈。这样的声音，今天听起来，是多么铿锵、多么悦耳，给人一种精神振奋和新意。

又过了一段时间，再见面时，小王对我说道，业余时间，他又拿起搁下多年的笔，开始了文学创作，并有文章在报刊上发表。经朋友介绍，他还给一个校外写作班的孩子们讲解写作知识，很受孩子们的欢迎。他说，他现在活得很充实、很快乐，他仿佛看到那个叫缪斯的女神正向他翩翩飞来。小王不无感慨地说道，真的要感谢你，是你让我将那枚唱针跳过了那道划痕，开始唱出新的音符了。

小王越说越激动，脸上呈现出兴奋的光芒。看到那一幕，让人心里溢满了温暖和感动。

英国著名音乐家乔纳森·哈维说过，我一直喜欢听碟片。将唱针放在碟片上，就会唱出悦耳的歌曲。可是，一些碟片有了划痕，唱针跳不过去，就会在一个地方重复一个声音，很是刺耳。将唱针拿起来，跳过那道划痕，就又会响起悦耳的歌声。

乔纳森说道，生活中，有的人总是跳不过去生活的那道划痕，总在一个地方自怨自艾、悲天悯人。跳过那道人生的划痕，不仅需要勇气和毅力，更需要人生的一种智慧和决心。

摆地摊也是一种人生

在美国纽约西市大街的一处跳蚤市场,有许多摆地摊的人,他们专门出售一些物美价廉的小商品,他们大多数是生活在社会底层的人。

在这儿摆地摊的,有一位年近古稀的老人,他每天在地摊上出售各种邮票、火花、烟标、钱币等。老人出售的品种很齐全,许多收藏爱好者常常专程从德克萨斯州、缅因州等地赶来,就是为了能在老人地摊里寻找到一些稀缺品种。一些游客在他的地摊前挑选了一些邮票、火花、烟标、钱币后,叫老人便宜点。老人听了,脸上就会露出一种失落的神色,嘴里喃喃道,那我就亏本了!那我就亏本了!看得出,老人对每一美分,看得都格外重。

西市大街的市政管理部门看到老人摆地摊很辛苦,就给老人送来一柄遮阳伞。这把硕大的遮阳伞,成为西市大街的一道亮丽的风景线。老人在遮阳伞下摆地摊,感觉舒服多了,灿烂的笑脸,像盛开的菊花,婆娑、逶迤。

老人名叫罗纳德·威恩,他在这儿摆地摊已有许多年头了,很多人认识这位慈祥、和蔼的老人,人们亲切地称他为"威恩大叔"。

威恩大叔虽然只是一个摆地摊的,但是他十分重视自己的仪表。

每天摆地摊时，他都要西装革履，还要戴上一顶棒球帽，给人一种干净、潇脱的样子。他在出售邮票、火花、钱币时，还常常兴致勃勃地向顾客介绍起上面国家的风土人情、地理地貌。他的这种营销方式，令人耳目一新。人们夸赞老人很会做生意，老人听了人们的夸赞，脸上就会不经意地露出一丝尴尬的笑容。

看到这一幕，人们心里就会泛起一丝嘀咕：这老人挺怪的，人家夸他会做生意还显得有些尴尬和腼腆，好像有什么心思似的？

苹果总裁乔布斯生前也是老人地摊前的一名老主顾。闲暇时，乔布斯就会来到这里。他蹲在老人的地摊前，兴致勃勃地挑挑拣拣，买些邮票、钱币之类的小商品。

老人看到乔布斯来了，总会欣喜地从包里拿出一些邮票、火花、钱币等，他对乔布斯说，这是我最近才进来的新品，您看看，有您喜欢的吗？

乔布斯接过老人递过来的新品，高兴地翻看起来。有时会露出惊喜的神色，说道，这枚邮票好，我正缺呢！那一刻，乔布斯的脸上绽放出幸福的光芒，欣喜之情溢于言表。

得知乔布斯喜欢中国的邮票，老人就经常将自己收购来的中国邮票卖给乔布斯。日积月累，乔布斯收藏的中国邮票日趋丰富多彩，琳琅满目。乔布斯常对老人说，谢谢您，是您向我打开了一扇通往中国的窗口，我看到了苹果品牌进入中国市场的广阔前景。

威恩老人听了，脸上露出羡慕的神色，说道，您的目光总是那么敏锐，苹果公司能有今天的发展，是与您敏锐的市场眼光分不开的。而我的目光却是那么的短浅，只看到眼前的那一点点利益，也许我只适合在这里摆地摊。

乔布斯劝慰道，您不要悲伤，在这个社会上，每一个人的生存方式不同，只要靠自己的勤奋和努力，摆地摊也是一种人生呀！

听了乔布斯的劝慰，威恩大叔的脸上露出一缕羞涩的笑容，那笑容还是显得那么的单纯、可爱。

谁也不知道,大名鼎鼎的超级亿万大富豪乔布斯和这个身份卑微的摆地摊老人之间,还有一段鲜为人知的故事。

得知乔布斯去世后,威恩老人悲痛万分,一连好几天没有出来摆地摊。乔布斯的不幸去世,对老人来说,是个巨大的打击。

在乔布斯的追思会上,老人也来了。看到老人,许多人窃窃私语道,他不是摆地摊的吗?他来干什么?

要知道,来参加乔布思追思会的,大多数是商界巨贾、社会名流。

老人面色凝重地向来宾们说了这样一个故事。他说,我和乔布斯有30多年的友情了。35年前,我与乔布斯等3人创办了苹果公司。公司运作后,遇到很多困难,我一度看不到公司的发展前途,就要求退出苹果公司。乔布斯苦口婆心地劝说我不要退出,他说困难只是暂时的,眼光要看远点,将来会有很大发展的。

可是,面对当时苹果公司发展的困境,我心灰意冷,去意已定。无论乔布斯怎样劝说,我就是不听。最后,我以800美元卖掉了拥有苹果公司10%的股权,彻底离开了苹果公司。

几十年来,我做过很多事,开过店、办过厂,还当过水手,可结果都一事无成,最后只得靠摆地摊维持着生计。如今,当年我那些以800美元卖掉的股份已价值350亿美元。

说到这里,老人脸上一阵抽搐,内心如刀割一般地疼痛。

老人又说道,在我心里一直有一个难以启齿的痛苦,当初离开苹果公司,是我人生最大的失败。我因为缺乏市场眼光,它彻底地改变了我的人生和命运。

老人挺了挺腰杆,转而又坚定地说道,还是乔布斯说得对,他对我说过,在这个社会上,每个人的生存方式不同,只要靠自己的勤奋和努力,摆地摊也是一种人生。这句话,给了我一种继续生活下去的信心和力量。

说到这里，老人流下了两行浑浊的泪水。

听了威恩老人的故事，参加追思会的各界人士不禁唏嘘不已。没想到，这个毫不起眼的摆地摊的老人，竟是当年与乔布斯共同创业的人。如果他当初不是将那10%的股权卖掉，那么他现在可就是超级亿万大富豪了。

美国《纽约时报》在报道这件事时写了这样一段话，让人回味无穷：我们常常听到有人感叹命运的不公，老天不长眼。其实，我们每个人的一生中都面临着各种选择。越是在困难和挫折中，越能考验一个人。乔布斯的智慧和聪明就在于，在他人生和事业陷入底谷时，依然看到前方那闪烁的微弱光亮，然后一直坚持走下去。如果当初乔布斯也卖掉手中苹果公司的那份股票，那么现在的西市大街也许又多了一个摆地摊的。

他是一只卡通熊

小约翰对母亲琼斯太太说:"圣诞节到了,我要在学校表演节目,邀请您到学校去观看我表演的节目。"

母亲听了,高兴地说道:"孩子,你真棒!妈妈真替你高兴。"说罢,母亲在小约翰的额头轻轻地亲吻了一下。

小约翰的脸颊顿时飞上两朵红晕,像天上的彩虹。

小约翰7岁了,在德克萨斯州达拉斯市一所小学上三年级。小约翰很喜欢唱歌、跳舞,每当电视上有小朋友表演节目,小约翰总是惟妙惟肖地跟着模仿起来。小约翰的表演虽然显得有些笨拙,但他学得很认真。母亲在一旁看见了,常常夸他表演得很好。小约翰心想:"我要是也能在学校圣诞节的晚会上,像好朋友卡尔一样,登台表演一个节目就好了。"

卡尔的母亲是一名大提琴演奏员,在她的言传身教下,卡尔从小就会拉一手漂亮的小提琴,他的琴声,悠扬、动听,像泉水一样,潺潺流淌。卡尔曾在圣诞节晚会上表演小提琴独奏,令台下观众听得如痴如醉,引来阵阵热烈的掌声。许多同学的家长都认识卡尔,他们都夸卡尔是个小音乐家。

小约翰常常抚摸着卡尔的小提琴,眼睛里流露出羡慕的神色,他也希望拉出一手好琴，琴声像泉水一样，潺潺流淌。可是，他的目光很快地黯淡了下来。他知道，母亲在商场当售货员，薪水很低，买一把小提琴，需要母亲半个月的工资，而且学小提琴的费用很高，他只能将这份美丽的希望埋藏在心里。但是，他渴望也能在圣诞节晚会上表演一个节目，这在他心里一直像熊熊燃烧的火焰，从未熄灭。

当老师终于同意他登台，和卡尔一起表演节目时，他高兴极了。他想，这是自己送给母亲最好的圣诞礼物，母亲看到自己的表演，一定会像其他孩子的母亲一样，紧紧拥抱着自己，亲吻着自己的额头。那一刻，他一定会幸福地陶醉在爱的氛围中的。

圣诞节晚会到了。母亲琼斯早早地来到了晚会现场。街坊邻居们听说小约翰要在圣诞晚会上表演节目，也都兴高采烈地早早地来到了晚会现场，要观看小约翰表演的节目。街坊鲜花铺里的老约翰先生，听说小约翰要在圣诞晚会上表演节目，将自己打扮成一个圣诞老人，也兴致勃勃地来到了晚会现场。

晚会上，小朋友表演了一个又一个节目。歌声飞扬，琴声悠悠，一阵又一阵热烈的掌声在晚会现场响起。

卡尔的小提琴独奏，更是引起了一阵又一阵热烈的掌声。一曲演奏结束，在观众的尖叫和欢呼声中，卡尔又即兴拉了一曲。

琼斯和街坊们，都将眼睛瞪得大大的，他们都在努力寻找着小约翰的身影。可是，人们的眼光渐渐地黯淡下来。除了一只卡通熊在卡尔身后蹦来蹦去的，一直没有出现小约翰的身影。

街坊邻居们不停地问琼斯太太，小约翰在哪里呢？老约翰将圣诞老人的白胡子也拿了下来，不停地四下张望着，嘴里喃喃自语道："我的小约翰在哪里？"

可是，一直到晚会表演结束，大家谁也没有看见小约翰。琼斯太太忽然控制不住自己的感情，流下了伤心的泪水。街坊邻居和老约翰也都站起了身，神情沮丧地准备离开。

忽然，琼斯太太听到儿子的声音："妈妈，您看到我表演了吗？我表演得好吗？"

琼斯太太循声望去，只见儿子身着笨拙的卡通服，手里拿着一顶卡通熊头套，一脸汗水地跑了过来，他的身旁是拿着一把小提琴的卡尔。

母亲看到儿子，泪水一下子夺眶而出，她哽咽地说道："你表演的什么呀？我们都没有看见你呀！"

小约翰脸上露出兴奋的光芒，他举起手中的卡通熊头套，说道："我在台上看到了您啦！我还看到了许多街坊邻居们，还有约翰先生呢！我表演的是那只为卡尔伴舞的卡通熊啊！"

仿佛有阳光落地的声音，"嘭——"地一声，现场溅起一片阳光的碎片，斑斑驳驳的。那碎片，在每一个人心中溶化。

一阵短暂的沉静后，忽然响起了热烈的掌声。琼斯太太将小约翰紧紧地搂在怀里，她哽咽地说道："我看到了，你表演得太好了，那是一只非常活泼、可爱的卡通熊！"说罢，母亲在小约翰的额头上轻轻地亲吻了一下。

小约翰幸福地笑了。

街坊邻居们听了，恍惚片刻后，也都惊喜地说道："小约翰，你表演的那只卡通熊真是太可爱啦，又蹦又跳的，逗得我们开怀大笑！"

老约翰走了过来，他紧紧地搂住小约翰，说道："孩子，你表演的那只卡通熊，是一只非常可爱的卡通熊，我一直在心里嘀咕，这是哪位小朋友装扮的卡通熊啊，表演得真好，原来是我们可爱的小约翰啊，我真为你高兴啊！"

大家都夸小约翰表演的那只卡通熊非常可爱。小约翰听了，脸上愈发地红润，绽放出幸福的笑容，好像连眉毛都在笑哩。

卡尔走到约翰母亲琼斯跟前,激动地说道:"我的小提琴演奏,如果没有约翰装扮成卡通熊给我伴舞,我的演奏效果就会差了许多,约翰真是我最好的朋友!"

说罢,他紧紧地拥抱着小约翰,眼睛里闪烁着激动的泪花,喃喃地说道:"谢谢你!我的好朋友约翰!你真了不起!"

大家都对小约翰的表演赞不绝口。舞台上,那只憨态可掬、蹦蹦跳跳的卡通熊在人们脑海里留下了难忘的印象,虽然小约翰穿着笨拙的卡通服,头上戴着小熊头套,将自己严严实实地包裹起来,人们看不见他的脸,但是,人们都记住了那只卡通熊,因为那只卡通熊是由小约翰扮演的啊!

从此,小约翰走在小镇的大街上,常常听到人们欢快地喊道:"小约翰,你真是一只可爱的卡通熊!"

小约翰笑了,笑得很甜、很明媚。他情不自禁地又手舞足蹈起来,就像舞台上那只活泼、可爱的卡通熊,给人们带来绵绵不绝的回味和甜蜜。

小约翰心里一直记着妈妈说过的话:"孩子,如果你成为不了一名小提琴手,那么你能成为一只又蹦又跳的卡通熊,也是很了不起啊,它同样给人们带来了欢声和笑语。"

别碰落花瓣

表妹有一个"习惯",每次从家里出来,总是先将钥匙插进锁孔,轻轻旋转一下,然后,再将门轻轻带上。这关门声,轻轻的,几乎没有一点声音,仿佛一枚银针掉落下来也会听见,这使一种轻柔和平静萦绕在周遭。

有时爱人出来,表妹总是不忘在他身后叮嘱一句,出去时,把门关轻点,不要一副心急火燎的样子,把门关得震天响。

开始,丈夫有些不解,问道,关门要那么小声干什么?

她抬起头,迎着丈夫的目光,暖暖的,然后,喃喃地说上一句,不为什么,只为了心中的那份平静和美好。

丈夫似乎还是不解,听不懂她说的是什么意思。不过,当他从别人家门口经过时,听到别人家重重的关门声,震得山响,心里就会一颤,顿时有一种郁闷和慌乱。丈夫这时似乎就会想到,妻子那句叮嘱的话,似乎有一定的道理。

表妹开车外出,丈夫坐在身边。遇到下雨天,看到有行人时,她总是将车速开得很慢、很慢,好像怕碰落了什么。

丈夫急促地说道,开快点,你开这么慢干什么?还没有别人走得快!

表妹望着小车外面那些在路边行走的人，目光中流淌着一缕温馨，喃喃地说道，车开快了，车轮会将雨水溅到行人的身上，我心里会不安的。

丈夫这才注意到，路上的行人看到他们的小车徐徐开来，不再惊慌失措，侧身躲避，而是不慌不忙地行走。小车从他们身边经过，他似乎感到行人向他们投来暖暖的目光，他感到身上一阵温暖。

表妹带女儿到公园游玩。五岁的女儿，天真烂漫，像个快乐的花蝴蝶在公园翩跹。看着女儿快乐、幸福的样子，她的眼睛里溢满了柔情，她仿佛也回到了幸福、快乐的童年。

女儿看到花丛里那些美丽的花朵，更加兴高采烈，在花丛中跳来跳去。她看见了，赶紧喊住了女儿。女儿回顾头，漆黑的眸子里仿佛会说话似的，稚气地问道，妈咪，什么事啊？

她招呼女儿来到自己身边，然后，俯下身子，用手指着那些花朵说道，孩子，你知道吗？你在花丛中乱跑，会碰落那些花瓣的，这些花朵会感到很疼的。

女儿懵懂地眨着眼睛，长长的睫毛忽闪忽闪的，问道，碰落了花瓣，花朵真的会疼吗？

她将女儿搂在怀里，柔声地说道，会的，花瓣是花朵的一部分，它们也是有生命的，不要随意碰落每一朵花儿的花瓣，你的心里才会装满整个春天，你才会爱戴这些花花草草，才会爱惜你身边的每一个人。

女儿听了，一下子欢快地跳了起来，说，哦，我知道，花朵也是有生命的，碰落了花瓣花儿会很疼的。

看着女儿似懂非懂、欢快跳跃的天真和活泼，她的目光流淌着一缕幸福的暖流。别碰落花瓣，也许女儿还没有真正地懂得这句话的含义，但是，她相信，在女儿幼小的心灵里，播下了这颗种子，她就会更加懂得爱，懂得情，懂得温暖。

光阴流逝的安宁

一

老屋前，一条小河从门口蜿蜒地穿过，阳光下，河水波光粼粼。定睛细看，清澈的河水里还有一些小鱼在游弋。有的是静止的，漂浮在水中，一动不动，只是小嘴在微微启合着。小鱼是透明的，甚至可以看见小鱼肚子里的肠道。有时，一枚落叶落在水面上，荡起一丝涟漪，竟惊动了那些小鱼，顷刻间，这些小鱼便躲藏得无影无踪。安静了片刻，它们又聚集在了一起。

外婆常常搀扶着我，端坐在小河边的一棵古槐树下，静静地看着河水和水下静谧的世界，目光里满是平静和淡定。阳光透过婆娑的绿叶洒在外婆身上、脸上，斑斑驳驳的。那静静移动的阴影，很晃人眼。

长大后，一直在路上，一直在奔跑，仿佛一直想追赶着什么，须臾不曾停留。我变得焦虑不安，愁容满面，在追赶中，我遇到的是焦虑、烦躁和苦闷，失去的是平和、淡定和宁静。

不知怎的，我常常想起孩提时那依偎在外婆怀里的一幕情景：看静静的河水和静静的小鱼。光阴从外婆身上静静地流逝，那种光阴流逝，有一种摄人心魄的安宁，外婆就在这种安宁中得到了永生。顷刻间，我的目光变得一片朦胧。

二

当我拐过一个巷口，看见一个老人正坐在一级路牙的台阶上。老人满头银发，微闭着眼，面朝着阳光，脸上露出一种慈祥和安静的神态。

看到这个独坐的老人，我不禁感到有些眼熟。于是驻足，仔细地看了看老人，顿时，不禁一阵感慨。

原来，眼前这位老人竟是我几十年前曾经工作过的一个单位的领导。看着眼前的老领导，我仿佛又回到了几十年前工作时的情景。那时，眼前这位老领导正值盛年，每天都充满着意气风发、慷慨激昂的干劲。那种拼劲、那种勇猛、那种雷霆的气势，常常让我们这些小青年望而生畏。

此时，老领导已完全没有了那种意气风发、慷慨激昂的气势了，他正闭目享受着这阳光的温暖。老人安静的表情似乎告诉我，他正沐浴着人生最美好的时刻。在老人的周遭，一切都是静的：静的空气、静的阳光、静的思想。

我不忍心打破老人这份享受安静的美好，没有惊动老人，只是向老人投去静静的一瞥。

三

世界首富比尔·盖茨日前向外界宣布：他已正式退出微软，不再担任任何职务，并将自己的全部财产捐出。比尔·盖茨这种近乎决绝的"裸捐"和退出江湖的决心，是一种什么样的心态呢？许多人对此无法理解，并产生了深深的疑问。

比尔·盖茨说，无它，只是想享受一份光阴流逝的安宁。他已厌倦了那种热闹、浮躁和喧哗，他需要享受一下真实的生活，与妻儿家人多待一会，这是他最大的快乐，现在，是时候了。

没想到，财富、地位、名望，这一切，对于富可敌国的比尔·盖茨来说，都不重要。重要的是，他要享受光阴流逝的安宁。安宁的生活，对他来说，才是人生最大的财富，其他，别无所求。

四

看到这样一个故事：有个老太太，她每天从外面回到家，打开门后，并不急于进家，而是要过两三分钟才进去，仿佛在静静地欣赏着什么。邻里看见了，不解，为她为什么不进去？

她笑着说道，我在静静地等待灰尘慢慢落下。在光影中，这慢慢落下的灰尘，变得格外曼妙、妖娆。这个静谧的片刻，我看到了世界的华美和婆娑，心灵得到了一种愉悦和享受。这光阴流逝的安宁，才是人生最大的幸福。

人生的"地下室"

《挪威的森林》序言里有这样一句话："每一个人都像是一座两层楼，一楼有客厅、餐厅，二楼有卧室、书房，大都数人在这两层楼间活动。实际上，人生还应有一个地下室，没有灯，一团漆黑，那里是灵魂所在地。深处暗室，闭门独修，正是为了面对真实的自我。"

从此，我知道了人生应该有一个"地下室"。这个"地下室"，可以自我疗伤、自我咀嚼、自我思考。一个没有"地下室"的人，哪怕地上的房子再华丽、再漂亮，也是一种"贫穷"和"困顿"。

《瓦尔登湖》的作者梭罗，为了静心沉思，他听从内心的召唤，去森林中过一种隐士生活。自己种豆和黍为食，摆脱了一切剥夺他时间的琐事俗务，全心记录自己的思考和人生的感悟，为人类留下了丰厚的思想文化遗产。

面对人们的不解和嘲讽，梭罗决不动摇自己的选择和目标。他说，自己到瓦尔登湖隐居，是因为生命太宝贵了，他要过一种有深度的生活，吸吮生活的精髓，绽放自己的心灵。

日本著名作家川端康成自从获得了诺贝尔文学奖后，受名之累，利之苦，热衷于被官方、民间、电视广告商等拉去"作秀"，天长日久，渐渐地迷失了自己。面对陷入这种种忙乱的俗事重围，不知如何解脱，最后用自杀了却一生。

临终前，他对友人说过这样一句话，我现在整天生活在高高的楼房上，一刻也不得安静了，我想拥有一间小小的"地下室"，也成为一种奢侈和不可能，这是多么大的一种人生悲剧啊！

他是著名的古籍整理暨文史研究专家，他编撰的《苏轼年谱》《苏辙年谱》《三苏年谱》，被学术界称为"迄今为止三苏研究的最高成果"，他就是无冕学者孔凡礼。

其实孔凡礼并非没有"加冕"的机会，而他却一再选择了放弃。他或因编务、公务与古籍整理难以兼顾，或因离京太远耗不起而一一婉辞。一次次与编审或教授头衔擦肩而过，然而，在丰厚的学术成果面前，他的"失去"，显得那么的微小。

他在给友人的信件上说，当我在自己人生的"地下室"里编撰古籍时，我的心灵变得那么的清澈、那么的宁静，那是我人生最大的幸福和快乐！

爱不单行

一

　　每天早晨，无论多忙，他都要下楼到车库里，先将妻子的电瓶车从车库里推出来。这样，待会儿妻子去上班，就会省许多力，骑起来就可以走了。他总觉得这种出体力的活，应该由自己来做。妻子方便了，就像自己方便一样。冥冥之中，他能感受到妻子的舒适和惬意；他常常不声不响地骑着妻子的电瓶车绕上几圈，如果发现车刹不灵了，或者有其他什么小毛病，他都要不声不响地将车子修理好。不为什么，因为她是他的妻子。为了妻子的骑车安全，他觉得，这是一个丈夫应尽的责任。

　　他喜欢喝茶。每次泡茶时，他总是发现自己的紫砂杯里，开水已倒了浅浅的杯底，茶叶已经泡得半开了，里面还放了几朵茉莉花。自己再往杯里续点开水，立刻清香四溢，端起杯子就能喝上一大口。真舒服啊。他从心里发出啧啧赞叹声；他汗脚，但是，每天下午上班，穿上鞋时，他总感觉到鞋垫里暖洋洋的。这暖，从脚底一直传递到心里，真舒服啊。

　　为他提前泡杯茶、将鞋垫拿出来，放在阳台上晒一下，这些生活上的小细节，妻子已默默地为他做好。不为什么，因为他是她丈夫，丈夫舒服了，她也会感觉到。有一种甜，在心里荡漾。

这种默契，这种心系，不需要提醒，不需要嚷嚷，一切都在悄无声息地完成。

二

隐约中，他仿佛听到大门上传来轻微的敲门声。是谁啊，将门敲得这么轻。他边嘀咕，边将门打开。可是，却没有看见人。他以为自己刚才是听错了，就在他要将门关上的一刹那，忽然听见一声稚嫩的声音：叔叔好！

他低头一看，不禁哑然失笑，这不是邻居家的小男孩吗？都长这么大了，快请进来吧！他笑吟吟地拉着小男孩进屋。他担心邻居家找小孩，所以大门没有关上。

小男孩大约才三四岁的样子。进了屋，到了一个新的环境，显得很兴奋。他东张张，西望望，好像寻找什么新发现。他看到小男孩像个将军一样的在视察，忍俊不禁地给小男孩一一介绍起来。小男孩听了介绍，竟像模像样地头点、微笑。

不知什么时候，小孩的母亲倚在门口，看到这一幕，目光中溢满了温柔。这男主人真太细心了，竟将自己的小孩当作个大人似的介绍来介绍去，这真的是一种平等和尊重。

想儿子了。乡下老父亲一个人到城里来看儿子。来的时候，儿子正在上班，老人进不了屋。于是，老人只好蹲在门口。

邻居女主人开门出去，看到老人正蹲在门口，忙热情地搀扶着老人先进自己家休息一下。女主人为老人倒了一杯茶水，又端来果盘。老人坐在沙发上显得有些局促不安，只是不停地说，给您添麻烦了。女主人亲热地坐在老人身边陪老人拉着家常，渐渐地，老人不再局促和不安。

老人儿子回家看到这一幕,内心里满是温暖和感动。邻居女主人的热情、和善,使老父勉受不少苦等和焦虑,真是邻里好、赛金宝啊。

三

这几天他家里有些事,请了几天假。手上那一大堆报表还没做好,他心里很着急。今天一上班,他就早早地来到办公室,想抓紧时间将那些报表做好,报迟了,影响了工作,他可要挨批了。

到了办公室,他突然看到一叠报表已全做完了,正整整齐齐地放在自己办公桌上,自己只要签上名就行了。等大家都来上班了,他激动地问大家这报表是谁做的。同事们笑嘻嘻地告诉他,就别问了,把报表报上去就行了。

这几天,同事小王要出差,可是,孩子才上幼儿园,没有人接送,他很着急。小王是单亲家庭,一个人带着个孩子已很不容易。

他对小王说,你放心出差吧,孩子交给我爱人接送,她正好在家,也没有什么事。小王听了,非常感动,连连道谢。他说,大家在一起工作,帮一下,是应该的。

爱不单行。生活中,这种爱无论是在家里、邻里,还是在社会上,永远是一条双行道。付出一点爱,就会得到更多的爱、更多的关心和帮助。生活中,往往不是缺少爱,而是缺少付出。